没有指针的钟

〔美〕卡森·麦卡勒斯——著
Carson McCullers
李翼——译

人民文学出版社
PEOPLE'S LITERATURE PUBLISHING HOUSE

著作权合同登记号　图字 01-2017-3759

Carson McCullers
Clock Without Hands

图书在版编目(CIP)数据

没有指针的钟/(美)卡森·麦卡勒斯著;李翼译.
—北京:人民文学出版社,2017
(麦卡勒斯作品系列:珍藏版)
ISBN 978-7-02-013472-4

Ⅰ.①没…　Ⅱ.①卡…　②李…　Ⅲ.①长篇小说-美国-现代　Ⅳ.①I712.45

中国版本图书馆 CIP 数据核字(2017)第 257819 号

责任编辑　卜艳冰　邱小群
封面设计　高静芳

出版发行　人民文学出版社
社　　址　北京市朝内大街 166 号
邮政编码　100705
网　　址　http://www.rw-cn.com

印　　制　上海盛通时代印刷有限公司
经　　销　全国新华书店等

开　　本　890 毫米×1240 毫米　1/32
印　　张　8.125
字　　数　192 千字
版　　次　2017 年 8 月北京第 1 版
印　　次　2018 年 1 月第 1 次印刷

书　　号　978-7-02-013472-4
定　　价　55.00 元

目录

前　言

诺思亚娜·萨维诺[①]

一九四〇年，欧洲已陷入战争，美国尚未参战。此时的文坛上，出现了一位奇特的新人。她时年二十三岁，高挑、纤瘦，目光有力，说话时带着浓重的南方口音，穿一身长裤、衬衫，与当时的女性颇为不同。她是卡森·麦卡勒斯，一九一七年出生于佐治亚州。她小时候名叫露拉·卡森·史密斯，但她很快就弃用了“露拉”这个在她看来过于娇弱的名字。后来，她嫁给了一位名叫利夫斯·麦卡勒斯的军人。在她成名的城市纽约，原本没有人认识她，可几个星期后，她的名字出现在大大小小的新闻和评论里。因为她的小说处女作《心是孤独的猎手》在评论界和公众当中掀起了热浪。

在种族主义盛行，民权运动还很遥远的南方，伴随着夏季的潮热，这本书诚然受到了一些批评，但赞扬无疑占了上风。人们听到了一个新声音，领略到一种属于作家的感知力。她那精准的语调、对人性孤独的洞见、描写南方小镇的人情世故时所展现的笔力都令人惊异。最重要的是，面对那些因不符合他人期待而被排挤的人，她表现出关切与体贴。人们注意到了她笔下人物的品质与力量：约翰·辛

① 诺思亚娜·萨维诺（Josyane Savigneau），法国作家，麦卡勒斯研究专家。

格，一名聋哑人，叙事围绕他展开；米克·凯利，一位个子过高的女孩，她想成为音乐家（和卡森本人的愿望一样）；比夫·布兰农，咖啡店老板，小说人物们在他的咖啡店产生交集；本尼迪克特·科普兰，一位黑人医生，马克思主义知识分子；杰克·布朗特，嗜酒的造反派。约翰·辛格是孤独的极致化形象：聋哑的他在故事一开始就与他唯一的同伴、另一位聋哑人分开了（我们知道卡森·麦卡勒斯原本想给书取名为《哑巴》）。辛格成了其他人物的知心人，可他却无从吐露自己的心声，就这样死去了。

《心是孤独的猎手》确实是一部了不起的小说，它仿佛不是出自新人之手，而是由一位作家老手写成的，这位作者能够准确拿捏悲剧与幽默、感情与政治分析、反叛与热爱的比例。无论是过去的年轻人还是今天的年轻人，都能在米克·凯利这个形象中找到他们自己的痛苦。如果说有什么值得注意的评价，那应当是来自于麦卡勒斯后来遇到的黑人作家理查德·赖特。在一九四〇年八月五日的《新共和》杂志上，赖特毫不犹豫地将麦卡勒丝与福克纳相提并论，这或许有些夸张，但他强调了麦卡勒丝特有的品质："《心是孤独的猎手》令我印象最深刻的是那份对人类的惊人见解，凭借它，南方文学史上首次出现了这样一位白人作家，她用与对待自身种族一样的简洁和精准塑造了一系列黑人角色。这不仅关乎写作风格或政治立场，还来源于一种面对生活的态度，这种态度使麦卡勒斯小姐有可能避开周围环境的压力，将人类汇聚在一起，无论对白人或是黑人，她都抱有一视同仁的理解与温柔。"

作为一颗新星，卡森·麦卡勒斯结识了一些作家、艺术家，有美国人，也有逃到美国的欧洲人。如果说自戴高乐将军六月十八日的宣言之后，伦敦成为了抵抗运动的象征，那么对于那些从纳粹主义国家中逃出来的人们而言，纽约则是他们的流亡地。卡森与德国大作家托马斯·曼的两个孩子克劳斯、艾丽卡尤为相熟。克劳斯在一九四〇年六月二十六日的私人日记里写道："认识了有趣的新朋友：年轻的卡森·麦卡勒斯，优秀的小说《心是孤独的猎手》的作者。来自南方。身上有一种奇特的气质，融合了文雅与野性、柔美与天真。可能极有天分。"

第一部小说大获成功后，人们急切而又小心翼翼地等待着麦卡勒斯第二部作品的出版。一九四〇年六月十六日的《纽约时报》上写道："人们怀着担忧的心情等待着第二部小说。卡森·麦卡勒斯将标准定得太高了，不可能再次达到同样的高度。"一位年轻作家会被这样的话唬住。但卡森没有。她再次回到了工作状态。接下来，有必要列一份简短的人物传记了。

卡森和她的丈夫利夫斯都想当作家。他们曾有一个约定。一个人写作时，另一个人负责养家。一旦这本书写完了，两人就互换角色。《心是孤独的猎手》的巨大成功改变了这个约定。卡森继续写作。然而，由于她的第二部小说《金色眼睛的映像》发生在军营里，便总有传闻认为那其实是利夫斯·麦卡勒斯的作品。毫无疑问，利夫斯的军人生涯给卡森带来了启发与帮助。他一定提供了一些细节。可是，只需读一读他在战场上写的信——他参与了一九四四年六月六日的诺曼底登陆——就能知道，两人之中，卡森才是那个作家。尽管他的信十分详尽而且感人，但缺少了卡森那种独特的风格。

卡森的第二部小说完成于一九四一年初，在二月十四日出版，那天也是美国人热衷庆祝的情人节。《金色眼睛的映像》献给了安娜玛丽·克拉拉克-施瓦岑巴赫——一位年轻的瑞士女人，卡森通过托马斯·曼一家认识了她，然后爱上了她——在她心里，这份爱更多的是一种情绪、一种热爱，而非肉体之爱。五天后，也就是二月十九日，她二十四岁了。她返回南方，不再出入纽约知识分子圈，但她依然是一九四一年初风头正劲的作家。诗人路易斯·昂特迈耶（1885—1977）为她写了被美国人称作“广告”的东西，这种宣传语会占据封面的四分之一，由著名的作家撰写，彰显前辈作家提携新人的“文学授勋”传统。路易斯·昂特迈耶写道：“故事具有一种内在的冲动，同生活本身一样自发且无可回避。它层层发展，伴随着各种离奇、阴暗的转折和突如其来的幽默，又自然而然地走向了意料之外、情理之中的结局。对我来说，这是目前出版的最与众不同的作品，是美国有史以来最引人入胜、最令人不安的故事之一。”

现在，许多人都同意田纳西·威廉斯在一九五〇年的再版后记中说的，《金色眼睛的映像》也许是卡森·麦卡勒斯最厉害的一本书。最挑衅。最细致、紧张、干涩。对日常的观察巨细靡遗。最不多愁善感，对人际关系的残酷抱有最无声的冷漠。

这部小说震惊了清教徒众多的美国。一九六七年，在卡森·麦卡勒斯去世几天后，约翰·休斯顿从这本书中获得灵感，与马龙·白兰度、伊丽莎白·泰勒一起制作了一部精彩的电影，同样震惊了那些道德家联盟。一九四一年，评论家们讨论这部小说的技巧，并将它与《心是孤独的猎手》进行比较，以此掩饰对它根深蒂固的反感。人们说它写得太快，认为它太病态、太反常。有些人认为它比第一部写得更早，没有经过充分的修改就出版了。《纽约时报》节制地表达了失望："精明的读者，无论他们在文学上的品位和喜好如何，都认为《心是孤独的猎手》令人难以忘怀。这部更短、更脆弱的小说也部分地展现了相同的品质。但它显然比第一部要差一些。"人们或许会想要更多的论证，好知道它差在哪里。然而，令人震惊的是卡森·麦卡勒斯对被认为是"反常"的东西的关注。无比喜爱《心是孤独的猎手》的评论家罗斯·费尔德也写道："我们把麦卡勒斯女士比作威廉·福克纳：事实上，她似乎试图向福克纳最病态的部分看齐。"由于诸多言论针对这种病态，针对她对"反常"的喜爱，卡森·麦卡勒斯不得不多次表达自己对这部小说的观点，更多的是对文学中"正常"的看法。她试图在《写作笔记》中总结："对病态的指责是不公正的。只能说，作家的写作是从他潜意识里的种子开始的，这粒种子一点一点地生长。大自然从不反常。只有缺乏生命力是不正常的。"一九六七年，去世前不久，她在《金色眼睛的映像》的笔记（保存于得克萨斯州奥斯汀市卡森·麦卡勒斯基金）中写道："我忙于各种家务，每天打扫我们的小公寓。我累了。我没有想到要开始写另一本书，但一不留神，站岗士兵这个灵感就占据了我的大脑，我写下：和平时期的陆军驻地沉闷寂静。一个又一个人物在那里诞生，在那里确立（……）这个故事侵入了我的生活，我从来没有写得如此愉悦。叙事的风格是最重要的，字词的奇迹每一天都令我陶醉。通常情况下，我平均每天写一页，但令我惊讶且快乐的是，这篇故事我每天能写四页，有时甚至能写到六页。"

接下来，卡森·麦卡勒斯的主要任务便是与疾病战斗，努力存活，不顾一切地写下去。疾病最初的几次发作是在《心是孤独的猎手》出版后不久，却未被正确诊断。这是一种急性类风湿关节炎，发作了好几次，因误诊而未引起关注，最终导致她身体左侧瘫痪。此外，她的情感生活一片混乱。她和利夫斯·麦卡勒斯先是离婚，后又复合。一九四二年十一月十五日，她爱着的安娜玛丽·克拉拉克-施瓦岑巴赫从自行车上摔下来，死在了瑞士。这对她打击很大。

安娜玛丽·克拉拉克-施瓦岑巴赫去世时刚刚三十四岁。卡森二十五岁。她不知道自己已经走过了一半的人生。但她朦胧地感觉到，安娜玛丽的死亡以悲剧的方式为她的青春烙下了结束的印记。随后，利夫斯·麦卡勒斯去了战场。她成了一个战争新娘，不断地给利夫斯写信，等候回音——他在信里讲述自己在法国的见闻，以及对这个国度的爱。一直以来，卡森都爱喝酒精饮料，尤其是热樱桃茶，里面的樱桃往往比茶更多。这逐渐导致其健康的恶化，显示出她的一种自我毁灭的倾向。

一九四五年，卡森·麦卡勒斯决定在三月十五日完成新小说《婚礼的成员》的手稿。于是，她回到了前一年夏天拜访过的耶多艺区——位于萨拉托加温泉市的作家之家。她做事有恒心且严谨。她反复修改某些段落，把它们拿给耶多的经理伊丽莎白·艾姆斯过目。在伊丽莎白的鼓励下，她一丝不苟地工作了两个月。八月末，她把完成的手稿拿给伊丽莎白。伊丽莎白在夜里读后对她说："我知道，它终于完美了。"这是一九四六年，距离这本书的出版还有几个月的时间。她感觉到自己的作品又将完成。彼时她刚刚写完《伤心咖啡馆之歌》，一部中篇小说，很久之后才和其他几篇中短篇合集出版。

《婚礼的成员》出版于一九四六年三月十九日，献给了伊丽莎白·艾姆斯。一些评论家将它视为卡森的“代表作”。它在南方又成了人们谈论的禁区，但这一次，故事不是发生在陆军驻地。一九四四年至一九四五年的几个月里（除了结尾之外，故事集中发生在一九四四年八月末），一位少女诉说着她生活的痛苦、她的孤独。她强烈地宣告想要“参与”某事的疯狂欲望，特别是她哥哥贾维斯与嘉尼丝的婚礼。在美国，“婚礼的成员”几乎成为一个流行语，用来指那些热切希望“归属”于某个群体、某个团体的人。弗兰西丝·洁丝敏·亚当斯，她自称“弗兰淇”或“弗·洁丝敏”，显然是《心是孤独的猎手》中米克·凯利的姐妹。她也是卡森的姐妹，一个长得太快的少女——“这个夏天她长得这么高，简直成了一个大怪物。她的双肩很窄，两腿太长”。青少年们能够从她身上看见自己，看见自己对身体的窘迫，对身体发育的害怕，担心随着时间的推进，他们将不可避免地成为大人。和卡森本人一样，弗兰淇表达了抗拒：“我希望我是别人，反正不是我自己。”她对雪和寒冷的幻想与卡森童年时期一样。弗兰淇有两个对话者，一个是黑人女佣贝丽尼斯·赛蒂·布朗，另一个是弗兰淇的表弟约翰·亨利·韦斯特，这个六岁小男孩总是惹恼她，可她却不自觉地爱着他。这份三角关系不是她所渴望的。她想与她的哥哥、哥哥的未婚妻再创造一段关系。这个奇怪的状况在同样奇怪的几天后被揭露。婚礼开始了。十三岁的弗·洁丝敏用回了自己的本名，弗兰西丝。到这里，麦卡勒斯已经能够创作出一部简练、诗意、哀而不伤的小说了。音乐在这部小说中的分量不如《心是孤独的猎手》，但像往常一样，音乐依然在麦卡勒斯的作品中组织着话语。如果说，弗兰淇的角色更接近《心是孤独的猎手》而非《金色眼睛的映像》，这部小说的叙事则与《金色眼睛的映像》有着相同的厚度和力度。

许多评论家认为《婚礼的成员》是卡森·麦卡勒斯绝对的代表作，远远领先于她的其他作品，很可能是因为他们从中发现了更明显的自传性。当然，这篇小说的自传性是卡森作品中最清晰的，是对青春期作为人生关键时刻的戏剧化肯定。卡森·麦卡勒斯认为，青春期中的人们处于一种以后不可能再达到的清醒状态。这当然是值得商榷的。与卡森的另外三部小说及其他作品相比，《婚礼的成员》运用了减少作品力度的方法。在《婚礼的成员》里，人们会错误地相信这是一个“关于青春期危机的故事”，成功地找回了“从童年迈入青春期的那个难以捉摸的时刻”，就像《时代》杂志上写的那样。在《金色眼睛的映像》以及后来的《没有指针的钟》里，不适感直接针对读者，迫使他们认为虚构对他们自身的叙述与对作者、对书中人物的叙述一样多。

我们看到，评论家在谈论《婚礼的成员》时要和缓许多。有些评论家相当赞赏它，并因此将麦卡勒斯视为一位“独特的作家”，一位“推荐作家”。几个月后，这本书却在英国遇冷。人们批评卡森缺乏敏感性，“用福克纳最差的水平写了一篇尴尬、浮夸的小说”——将她与福克纳相比总归是一种褒奖，想到这里，她多少能获得一些安慰。在美国，极富声望的埃德蒙·威尔逊刊发在《纽约客》上的批评最为严苛，但也比英国的那些评论更加高明。他审慎地评价，卡森·麦卡勒斯是一位才华横溢的作家，心思十分敏锐，但“似乎不擅长将自己的才能运用于真正的戏剧性主题。她最新的小说《婚礼的成员》是戏剧性的，但相当不真实”。威尔逊谨慎地总结道：“我希望我面对这本书时没有表现出愚蠢，因为这本书让我恍惚有种上当的感觉。”威尔逊不可能愚蠢。但他或许有些过于传统，稍稍有些大意，因为，只需认真阅读文本就能发现，他那些用来佐证自己观点的评价其实是错的。卡森·麦卡勒斯对威尔逊抱有极大的敬意，这一负面评论使她无法平静。她因此发誓，永远不看别人针对她作品所写的东西。显然，她没有信守诺言。

就在这部小说出版之后，她认识了田纳西·威廉斯，一直到她去世，他都是她最亲密的伙伴，坚定不移地捍卫她，抵挡那些关于她的陈词滥调——“繁琐”“具侵略性”“不够自主”“对任何接近她的人来说都是负担”。一九七五年，弗吉尼亚·斯潘塞·卡尔写了一部关于卡森的传记，名为《孤独的猎手》，威廉斯为它撰写了前言。他有一段文字被卡森·麦卡勒斯的妹妹玛格丽塔·史密斯引用在《抵押出去的心》的序言中，这段文字详细地叙述了他与卡森·麦卡勒斯的相识：“这位终于被我发现的新朋友，她似乎也有趣地、神奇地游离于我们这个世界，如同黑夜本身。”这两位作家都被视为“可怕的孩子”“在自恋中不可自拔”，可他们却每天都在同一张桌子上一起工作。威廉斯认为卡森应该将《婚礼的成员》改编成戏剧。由于她没有他那样的戏剧写作经验，他便给她提了很多建议，以便她能写好这部戏。但她很快就不再来了，因为她和利夫斯复婚了，利夫斯想让她见识一下法国。于是，一九四六年十二月，他们待在巴黎。战后，人们为了忘掉悲伤，常常聚会庆祝。卡森和利夫斯总是在狂欢，很少睡觉。利夫斯参与了解放法国的诺曼底登陆，以英雄的身份出了名。卡森则被视为一位年轻的文学奇才而受人崇拜，《心是孤独的猎手》和《金色眼睛的映像》都被译成了法语。利夫斯对所有愿意倾听的人说，来到欧洲对他意味着重生。然而，他们违背了复婚时彼此许下的节制饮酒的承诺，他们喝得更多了，每天都喝，甚至每人每天都要喝掉一瓶白兰地。一九四七年春天，卡森刚满三十岁，她还不知道，这是她作为一个仅仅身体虚弱而已的年轻女子所度过的最后一个春天，此时的她并没有真的患上不可治愈的疾病。然而，几个月后，每个遇到她的人看到的都是一个残疾了的她——夏天，她突然发病，导致身体左半边瘫痪。尽管如此，她依然决定留在法国，立刻开始撰写新书。然而到了十一月，她再次生病住院。利夫斯和她于十二月一日回到美国，发誓永不再去欧洲。

直到一九四七年圣诞节临近，她才出院。接下来的一年似乎非常痛苦。三十岁的她是否是一位落魄的小说家、作品注定流产的剧作家？那些乌鸦嘴认为是的。但田纳西·威廉斯不这样想。卡森和利夫斯又分开了，她像抓住救生圈一样紧紧抓住了她的写作欲望。她想看到《婚礼的成员》变成戏剧。可她身体很虚弱，经常病倒，总是左半身瘫痪——直到去世都是如此，而田纳西·威廉斯此时在欧洲，在罗马。一九四九年着实是艰难的一年，一切都没有起色。她又病了。她收到了田纳西·威廉斯为《金色眼睛的映像》的再版所写的精彩文章，可她甚至没有力气感谢他。她被病痛折磨，动一动都困难，但仍然调动了身上所剩的全部精力去完成她的戏剧。一九四九年的夏天和秋天，她跟踪着这部戏的整个制作过程：从导演到演员。十二月二十二日，这出戏在费城预演，随后轰动纽约。评论在一开始就非常积极。一九五〇年，距离她成功出版第一部小说《心是孤独的猎手》已经过去十年，卡森·麦卡勒斯重新回到了文艺界。一九五〇年一月五日，《婚礼的成员》在纽约百老汇剧院首演。演出结束时，公众起立致敬。所有的评论都看好这部戏，有些甚至认为它非常卓越。《纽约时报》用"恩典"来评价卡森·麦卡勒斯和演员们的表现。成功迅速到来。这部戏一直演到了一九五一年三月十七日，为卡森带来了大量的现金收入，保证了她的物质生活。这部戏获得了由戏剧评论界授予的季度最佳戏剧创作奖。接着，她又获得了百老汇处女作奖，然后是年度戏剧评论家奖。她在技术上并不纯熟，但她拥有现代戏剧的品位。她的小说焕发了第二次生命，她觉得这振奋人心的新开始也令她重生了。她和田纳西·威廉斯的巨大肖像出现在一九五一年四月的《时尚》杂志上。五月，她出版了小说集《伤心咖啡馆之歌》，收获了评论界的一致好评，书很畅销。一九五二年初，她当选美国艺术文学院成员。

卡森·麦卡勒斯的人生似乎重新起航了，但这不包括她的疾病以及与利夫斯之间的关系。为了让自己的身体有所好转，她尝试了一种又一种排毒疗法。但卡森明白，从今以后她再也不会有灵活的四肢了。就像那些永远意志薄弱的青少年一样，卡森和利夫斯再次食言。一九五二年初，他们前往欧洲。第一站是罗马，卡森在那儿写她的新小说《没有指针的钟》。前来拜访她的人觉得她总是"处在酒精的迷雾中"。到了法国，他们定居在巴希维莱尔的弗克桑，一所被花园环绕的神甫住宅里。他们与花园里的瓜果蔬菜为伴，享受着健康的生活。但很快，酒精取代了健康的食物。卡森的法国编辑决定把她写的所有东西都翻译出来，可是巴希维莱尔发生的事情令他担忧，他不知道卡森是否在写她的小说。天知道。利夫斯和她返回意大利待了两个月，当他们十月份回到巴希维莱尔时，一场不可逆转的灾难发生了。《没有指针的钟》的手稿遇到了问题。利夫斯声称自己写了一本书，但他主要是在参观酒窖。他们常常争吵，相互冲对方大喊大叫。一九五三年的夏末，卡森飞往美国，在尼亚克与她的母亲见面，那里也是她结束生命的地方。从此，她再也没见过利夫斯。十一月十九日，他被发现死在巴黎某旅馆的房间里。是自杀？是药物和酒精过量？我们永远无法了解真相，但我们知道，几个月前，利夫斯曾向卡森提议一起自杀。卡森认为，利夫斯应该被葬在巴黎，这座他深爱的城市。但利夫斯的家人没有同意。

卡森·麦卡勒斯病得越来越重，她唯一的念头就是：为写作活下去。她要写完《没有指针的钟》。在尼亚克，她还没有遇见她的医生玛丽·默瑟博士——她照顾她，支持她，延长她的生命。人们看到才三十六岁却如此憔悴、痛苦的卡森时，都无法想象她能活这么久。一九五四年夏天，卡森回到耶多，完成了戏剧《奇妙的平方根》的初稿，并且继续写了一点《没有指针的钟》。当她离开耶多时，所有人都以为再也见不到她了，以为她会跟随利夫斯·麦卡勒斯而去。利夫斯曾说，她是“坚不可摧的”。耶多的住客们错了，利夫斯对了。写作的意愿赋予了她毋庸置疑的力量。她没有待在尼亚克，因为害怕与世隔绝的感觉。她常去纽约。一九五五年四月，她在基韦斯特和田纳西·威廉斯重聚。两人一起写作。但困难突然出现。卡森的母亲，玛格丽特·沃特斯·史密斯，在一九五五年六月十日溘然去世，享年六十五岁。那个一直关怀她的女人不在了，卡森只剩一个选择：放弃抵抗，向疾病投降，也许会死，也许能争取做一个出色的作家。如果她必须放弃，她早就放弃了。然而，一九五六年是可怕的一年，她的左臂让她越来越难受。但她依然完成了戏剧《奇妙的平方根》，并在第二年上演。结果是一场灾难。难道她不该把更多的注意力放在小说《没有指针的钟》上吗？这次失败让她不知所措。她觉得自己不能再写了。她就像她的人物弗兰淇一样叹道："我的感觉真真切切，就像有人把我的整张皮给剥了下来。"

时间到了一九五八年，卡森既不抱希望也毫无计划。一位精神病专家朋友将卡森介绍给自己的同行，玛丽·默瑟博士，她在一九五三年搬到了尼亚克。这是一次决定性的会面。卡森对心理疗法颇为抗拒，本无意参与这场精神分析的冒险。因为卡森并不富裕，玛丽给每个疗程定价十美元。多亏她的治疗，卡森重新开始工作了。一九五九年夏天，卡森十分高兴，因为《没有指针的钟》的手稿已经过半。一九六〇年十二月一日，手稿完成。她耗费了十年的时间和巨大的心力才完成了这部作品。她上一本伟大的小说《婚礼的成员》完成于一九四六年，就在"重病时期"开始前。《没有指针的钟》献给了玛丽·默瑟，出版于一九六一年九月十八日，连续六个月排名畅销书榜的前六位。由此看来，卡森·麦卡勒斯一直拥有等待她的读者，以及声望。

当然，这又是一部关于南方的小说。在一个小镇里，有一位年迈的南方法官和他的孙子，以及一个年轻的黑人男孩——他有一双不知从哪儿混血来的蓝眼睛，另外还有一个四十岁时会死于白血病的男人。卡森·麦卡勒斯已经很久没回南方了，但正如她反复说的那样，生在南方，便永远属于南方，即使厌恶种族主义，厌恶它给黑人群体的日常生活带来的所有不幸。确切地说，《没有指针的钟》是卡森·麦卡勒斯最直面这个主题的作品。这是一本关于死亡和种族问题的书。有评论写道："她的意图，是在最深的层面，也就是人类灵魂最隐秘的皱褶里，与我们分享这个问题，因为问题就藏匿在那里。"一九六一年的那个秋天，没有哪家报纸不在谈论《没有指针的钟》。卡森·麦卡勒斯的作品还从未引起过那么多讨论。如果说英国方面的评价都是正面的，美国这里则褒贬不一。评论的文章通常很长，火力十足。《时代》杂志这样写道："死亡是卡森·麦卡勒斯小说公认的主题，但我们没有感觉到它黑暗、强大的存在。相反，我们只看到了这种缺乏生命的死亡仿冒品。"在《纽约客》上，人们甚至懒得分析，一则简短的评论总结说："谈到麦卡勒斯女士那扭曲、啰嗦的文字，便让人奇怪地联想到一张凌乱的床。"在读这些话的时候，我们尤其能感受到来自文学批评家们古怪的冷漠。

鉴于这一切，我们渴望记下戈尔·维达尔在《纽约记者》里的话，更何况人们知道他往往并不宽容，对卡森·麦卡勒斯更是如此："从技术上讲，它会让你屏住呼吸，看到麦卡勒斯如何设置一个场景，然后在上面钉上一个又一个角色，从一句话、一行字中萌发生命。"他认为，她的小说与福楼拜的《简单的心》相似："里面没有任何虚假的字符。她的文字天赋仍是我们文化中少有的、幸运的成就之一。"

然而，越来越多的人认为，《没有指针的钟》可能是卡森·麦卡勒斯最糟糕的一本书。是因为田纳西·威廉斯对它的喜爱不如前几本吗？是因为伟大的作家奥康纳讨厌它是“分崩离析的典范”吗？还是因为人们很难承认，一个被放弃又被拾起、一半手写一半口述的文本仍能神奇地保持其魅力、独创性和内在的音乐性？然而，当一个人了解了卡森遭受的痛苦，看见她面临死亡时的样子，那么他会在读第一句话时就被打动：“人终将一死，但死法千差万别。”在《没有指针的钟》的结尾，卡森·麦卡勒斯又写道：“可他的生机正离他远去，而在弥留之际，生活呈现出马隆从未知晓的井然之序，一切都变得简单。”尽管这最后的战斗取得了胜利，可她怎么能不想到这即将离她而去的生机？她同意接受一些记者的采访，他们试图不让她察觉出，她在他们眼中有多么脆弱。她身高一米七五，体重还不到四十五公斤。她在轮椅上费了好大力气才能站起来接待他们，为他们提供波旁威士忌，并用南方的方式问一句：“要给身体来点儿托迪酒吗？”

卡森·麦卡勒斯笔下的 J.T. 马隆，“他的气势、生命力已经消失了，而且他似乎也不再需要它们”。卡森并非如此。她想继续往前走，再坚持一下，出门转转，去百老汇看田纳西·威廉斯新戏的首映，去爱尔兰见约翰·休斯顿——他将《金色眼睛的映像》改编成了电影。一九六七年春天，她成功地进行了这次爱尔兰之旅。她在那儿待了一个星期。这是她最后的幸福时光。她被视为明星，但几乎连说话的力气都没有。她回来的时候，开心地在《纽约时报》里找到了一幅大肖像，标题写着“弗兰淇五十岁了”。她确实刚满五十岁。连美国总统都看她的小说。一九六七年对她来说似乎没有之前的两三年那么可怕了，但在八月十五日，她再次发生了严重的脑瘫。她完全瘫痪，不省人事。九月二十九日上午，昏迷四十七天后，她在尼亚克医院去世。人们意识到，一个短暂的人生结束了，她留下的作品数量不多却具有强大的生命力——几年后，她的作品出现在著名的“美国文库”中，就证明了这一点。

人们没有想到的是，虽然卡森·麦卡勒斯去世了，但她的作品并没有结束。她的妹妹玛格丽塔·史密斯曾在母亲去世时因遗产问题与卡森产生分歧。她决定将卡森的文章收集起来。她编辑了《抵押出去的心》并撰写了前言，这本书于一九七一年出版。这是一本小说、散文和诗歌的合集，其中收录了卡森·麦卡勒斯在十六岁时写的第一篇短篇小说《吸管》。在序言中，玛格丽塔·史密斯大量引用了田纳西·威廉斯对卡森的回忆文字，包括卡森的一些生活片段，尤其是她离开南方故乡到达纽约时遇到的困难。玛格丽塔提到她和卡森一起住过的房间，“面朝一片安第斯丁香和日本木兰”，她们还分享了“同一张红木床”。这是一个看似琐碎的细节，但如果我们知道卡森一生中多么害怕一个人睡觉，多么无法独自生活，这个细节就有了很多意义。在这本文集的引言里，玛格丽塔·史密斯强调，弗兰淇这个脆弱少女就是卡森·麦卡勒斯本人。在她眼里，这是最像卡森的一个角色。尽管发生了那些让她们产生隔阂的事情——尤其是她们的母亲对卡森有着明显的偏爱——玛格丽塔·史密斯在谈到她的姐姐时仍然带着深深的爱意，她回忆她那南方语调的甜美嗓音、她对“漂亮故事”的喜好，说“她美化了自己生活中最值得注意的瞬间”。在读《抵押出去的心》时，我们还能发现一件事：比她早几年出生的南方作家尤多拉·韦尔蒂擅长写短篇小说，长篇小说则欠佳，但卡森能完美地掌握这两种体裁。她最后一本文集就是如此。那是她一九五五年写的，当时她在基韦斯特，与田纳西·威廉斯一起。“再也不能写了”对她来说只是身体的问题，由疾病所致。她写作的欲望从未停止，思想或想象力也从未干涸。也许正是因为她所有作品中都流露出的这种能量，因为她永恒的敏感的青春，她打动了一代又一代青少年，他们从米克·凯利和弗兰淇的身上看到了自己的不安。而作为成年人，我们更是清楚地看到了她的才华、她的写作技艺、她风格中的音乐性。我们知道，她是二十世纪美国文学中最令人迷醉的声音之一。伟大的作家往往会被误解，因此他们的作品需要流传，需要捍卫，需要被阅读。

（郁梦非　译）

致

医学博士玛丽·E. 默瑟[①]

① 1958 年，玛丽·E. 默瑟（Mary Elizabeth Mercer，1911—2013）成为了麦卡勒斯的心理医生，一年的治疗结束之后，二人一直保持着密友关系。麦卡勒斯克服了写作障碍，于 1960 年完成《没有指针的钟》一书，遂献给玛丽。从相识到 1967 年麦卡勒斯去世，玛丽一直作为后者的医学顾问。玛丽去世时，与麦卡勒斯葬在了同一墓园——奈阿克的橡树山墓园。

第一章

人终将一死，但死法千差万别。对 J.T. 马隆而言，死亡临近时，他依然过着寻常日子。生命已近终点的种种征兆，在他眼中竟成了季节初始的迹象。不惑之年的这个冬天，南方小镇异常寒冷——白天寒气逼人，阳光清淡，夜晚星光灿烂。一九五三年，三月刚过一半，春天便悄然而至，让人措手不及。孟春时节，花蕾初绽，天高风劲，马隆只觉着身子慵懒，不觉间竟形销骨立起来。他是药剂师，自诊患了春倦症，于是自开药方，配些益肝补铁的药剂。尽管精神容易倦怠，但日间工作仍有条不紊。他的药房是主街上最早开门的店铺之一，晚上六点才打烊。他平日里步行去药房，中午常在闹市饭馆用餐，晚上和家人共进饭肴。他的饮食变得拣精剔肥，体重与日俱减。待他脱了冬衣，换上轻便的春装，顿显长身鹤立，裤子褶褶层层地悬在枯槁的骨架上。太阳穴深陷下去，咀嚼吞咽时，血管的搏动清晰可见，喉结在细长的脖颈上剧烈蠕动着。可是他觉得无甚大碍，没必要疑神疑鬼。待那春倦症日渐严重，病情不似寻常时候，他又按传统配方增添了两味硫磺与糖蜜——归根结底，土法里往往藏着灵丹妙药。每念及此，他顿时心安神定，不觉间神清气爽，还像往年那样，重拾花园种菜的活儿。那日，他正配着药，身子一晃便人事不省，之后便去看了医生，又谨遵医嘱，在市立医院一番检查。尽管如此，他却仍不挂心，因为春倦症他早已领教过，发作时周身疲乏，还曾在某个阳春日晕倒在地——他一向觉得这春困夏乏稀松平常，甚至顺乎自然，不足为奇。马隆可未曾细想自己会死，顶多觉得那档子事发生在晦暗不明、变化莫测的将来，或只是在买保险时，“死”的念头一闪而过。他不过是个凡夫俗子，朴实单纯，死亡却是多么的不可思议。

肯尼斯·海登医生是药房的好主顾，也是马隆的老友，他的诊室就在药房二楼。体检报告出来那日，马隆上楼找他，时间是下午两点。待房中只剩马隆和医生二人时，他便产生了一种无可名状的威胁感。海登医生没有正眼看他，那苍白的脸孔本是很熟悉的，现在却好像没有了眼睛。他寒暄的嗓音也听着古怪，一本正经，还拿腔拿调。医生坐在桌边，一声不吭，把玩着一把裁纸刀，刀在两手间转来转去，一双眼睛凝神望刀。他的沉默太不同寻常，马隆心中徒然一惊，待他不堪忍受时，便脱口问道：

“报告是不是出来了？”

马隆的蓝眼睛满是焦灼，医生却避开了他注视的目光，显得坐立不安，随后将视线转向洞开的窗扉。“我们仔细查过了，血液的化学成分好像有些异样。”医生终于回答了，语调轻柔，却很拖沓。

一只苍蝇嗡嗡飞过，房间更显沉闷，能闻到乙醚余味未散。此时，马隆已觉大事不妙。静寂之中，医生那做作的嗓音也令他忍无可忍。他便开始闲话家常，装着一无所知：“我总觉得会查出轻度贫血。

你知道，我也学过医学，我担心血球指数低了些。”

海登医生低头凝视着那把裁纸刀，他在桌上一刻不停地舞弄着那把刀。他的右眼皮微微颤动。“若是这样，你我就能从医学的角度探讨这一问题了。”他的声音旋即压低，一股脑吐出下文：“红细胞只有二百一十五万，应该是并发性贫血症。但这倒不打紧。白血球急剧增长，数量非比寻常——有二十万八千个。”医生话音一顿，揉了揉抽搐的眼皮，“你应该明白这意味着什么。”

马隆不明白。惊骇之下，他手足无措。房间似乎骤然冷了。他觉得这冰冷的房间开始左右摇晃，恍惚间只知道有件可怕的怪事落在了他头上。医生用他那短小洁净的手指舞弄着裁纸刀，马隆被这双手催眠了。有段往事本已沉睡许久，却忽被搅扰，久已淡忘的羞辱感又泛上心头，可若仔细端详，往事的模样却仍影影绰绰。如此一来，他受着双重的折磨——一面苦于医生欲言又止的话语，心中惶惶不安，一面又有早已封存的记忆冒出了头，辨不清看不明，满心羞辱。马隆一直盯着医生那双手，留意到那白皙的手上汗毛很重，那双手自顾自不停玩刀，他其实早就看厌了，却居然无法分神，目光着魔了一样停在那双手上。

“我记不太清了，”他觉得迷茫无助，“学医是很早的事了，何况我没毕业。”

医生把刀放在一旁，递给他一个温度计。“你能把这个放在舌头下面吗？”医生瞟了一眼表，踱到窗前，双手握紧背在身后，双腿叉开，望向窗外。

“体温下降将意味着白血球存在病理性增长，出现大量的幼稚白细胞，还将伴随出现贫血。简而言之——”话音停顿了片刻，医生重又握紧双手，踮了踮脚尖，“一言蔽之，我们有一个白血病的病例。”

话音刚落便转过身，拿起温度计，马上看起刻度。

马隆身子绷紧了，坐着等待，一条腿盘在另一条腿上，喉结在他孱弱的脖颈间颤动。他说道：“我确实觉得有点儿烧，但一直以为是春倦症。”

“我想给你检查一下。你愿意脱了衣服，躺在检查台上吗？”

躺在检查台上的马隆，没了衣服，愈加苍白无力，形容憔悴，心底的羞辱感也愈加汹涌。

“脾增大得很厉害。你没生过肿块或肿瘤吧？”

“没有，”他回答，“我正在脑子里搜寻着跟白血病有关的一切。我记着在报纸上读到过，一个小女孩的父母在九月为她庆祝圣诞节，因她多半将不久于人世了。”马隆万念俱灰，凝视着灰泥天花板上的一道裂缝。听得见小孩在隔壁办公室痛哭，那哭声压低了，许是因那孩子自己心惊胆战，许是因大人的反对，听上去便不似来自他处，倒像马隆心中酝酿的痛苦。他问道：“这个——白血病会要了我的命吗？”

医生虽没应声，马隆也心知肚明。隔壁那孩子猛地一声嘶喊，听得出痛彻心扉，叫声迟迟不停，几乎撑了整整一分钟。等检查完了，马隆哆嗦着坐在台沿上，觉得自己弱不禁风，又悲从中来，更增了厌嫌自己的心。尤其是他那狭长的脚边生的硬茧，更是令他作呕，便抢先把袜子套上。瞧见医生在墙角的脸盆里洗着手，马隆心中无名火起。把衣服穿好后，他回到桌边坐下，轻轻抚摸着自己日渐稀疏的头发，用长长的上嘴唇小心抿住战栗的下嘴唇，马隆已具备了绝症病人那轻声下气的神情，一副被阉割后再无性情的样子。

医生又玩弄起裁纸刀，马隆又看得如痴如醉，隐约觉得黯然神伤；医生摆弄刀又引得他想起自己的病，蛰伏的羞辱感重又若隐若现，却又无可名状。他咽了咽口水，稳了稳嗓音，问：

“那么，医生，我还能活多久？”

良久，医生凝睇不语，这是当天医生第一次与他对望相视。对视一眼后，医生便望向了办公桌上的照片，照片上是他的妻子与两个小儿子的合影。“你我都有家有室，我若是你，也想弄清真相，也好诸事安顿。”

马隆觉得如鲠在喉，等他终于能开口说话时，声音却大得刺耳：“能活多久？”

苍蝇的嗡嗡声，汽车驶过街道的喧闹声，似乎都让这一潭死水般的房间愈发寂静，气氛也越发紧张。“我估计我们也许还剩下一年，也许剩十五个月——很难给出准确的时间。”医生白皙的手上长满黑色的汗毛，这双手不停地玩弄那象牙小刀，尽管这画面让马隆胆战心惊，他却依然屏气凝神地注视着，同时又滔滔不绝地说起话，语速飞快。

“蹊跷得很。入冬之前，我买人寿保险都选最简单易行的，要交一辈子钱。可今年冬天，我换成了给退休金那一种——广告是从杂志上看到的，你留意了吗？六十五岁起，每月可以领二百美元，直到最后。现在想来，太可笑了。”他骤然一笑，接着说，“公司得改回原来那种保险——最简单的那种人寿保险。大都市这家公司不错，保险金我付了将近二十年——经济萧条时拖欠了些，但我一有了能力，就付清了欠款。广告一提到退休生活，总是一对中年夫妇住在阳光明媚的地方——许是佛罗里达，许是加州。我们夫妻另有打算，我们计划在佛蒙特州或缅因州找个小地方了此余生。在南方过了一世，厌倦了炎炎烈日，刺目眩光——”

顷刻之间，言语的屏障土崩瓦解，在命运面前，马隆无所依附，泣不成声。他用那双宽阔的双手，那双被酸沾染的斑斑点点的双手，盖住面庞，苦力挣扎，忍住呜咽。

仿佛寻求指引一般，医生望向照片中的妻子，小心地拍着马隆的膝盖："当今时代，无望之事并不存在。每个月科学界都会发现对抗疾病的新武器。也许不久之后，他们就会找到控制患病细胞的方法。与此同时，科学家正在竭尽全力延长生命，使人身心安适。这个病有个好处——若此种情况下，还有'好'存在的话——这病不会给你带来疼痛。而且我们会尽心竭力。我希望你能到市立医院登记住院，越快越好，我们可以给你输血，进行 X 光治疗。这样你或许会感觉好些。"

马隆已镇定自若，用手帕擦干脸庞。在眼镜上哈了气，擦干净戴上。"很抱歉，我可能身子有点虚，方才稍有些放恣。你选时间，我随时可以去医院。"

第二天清早，马隆便去了医院，在那里一连待了三天。头天夜里，服了镇静剂后，他在梦里见到了海登医生的手，还有那把放在桌子上，不停摆弄的裁纸刀。醒后，前一天令他倍受折磨的那种羞辱感，之前蒙昧不明，终于也显露了缘由，还有那日待在诊室时，突然袭来的那种朦胧的哀伤，他也看清了源自何方。他也首次意识到海登医生是个犹太人。有段往事不堪回首，他竭力将其遗忘，如今却重现心头。那段往事与他二年级时，从医学院退学的经过有关。那所大学在北方，班上聚集了众多犹太学霸。他们拉高了平均分，一个天资平庸的中等生毫无机会胜出。这些犹太学霸把 J.T. 马隆挤出了医学院，便毁掉了他当医生的前途——他只能转攻药剂学。上课时，一个叫利维的犹太人坐得和他只隔一个过道，利维习惯摆弄一把短刀，刀刃锋利，分散了他的注意力，他便因此漏掉了课上的重点。那个利维是个犹太学霸，每晚都在图书馆学习，一直学到闭馆，成绩拿得是全优。马隆还想起利维的眼皮也会不时扯动。意识到海登医生的犹太身份可是至关重要的事，马隆诧异自己怎么会一直对此事视而不见。海登是个好主顾，还是他的老友——经年累月，他们在一座楼里工作，每天都看见彼此。为什么他之前没有察觉？也许是医生的教名蒙蔽了他的双眼——肯尼斯·黑尔。马隆坦言自己其实并无偏见，但犹太人若是起了名副其实的盎格鲁-撒克逊人名，颇具南方风格，充满古老的风味，那他便觉得这样做就未免不合时宜了。他想起海登的孩子们都长着鹰钩鼻，有个礼拜六，他还看见海登一家站在犹太教堂的台阶上。海登医生来查房时，马隆望着他，胆颤心惊——尽管数年间，海登医生都是他的顾客，他们还是旧友。不只因为海登医生是个犹太人，更因为他此刻活着，还将继续活下去——他，还有他们这类人——而J.T. 马隆却罹患绝症，只能再活一年，最多十五个月。只身一人时，马隆有时会潸然泪下。他睡得很多，读了大量的侦探小说。出院时，他的脾已经康复了不少，尽管白血球数量并未显著减少。他无法思忖余下的岁月，也无力想象死亡。

之后，虽然他的日常生活一如往常，他却茕茕孑立，与世隔绝。患病的不幸多半会拉近夫妻二人的感情，他为了避免由此而生的亲密感，对妻子隐瞒了病情；夫妻的爱意缱绻早已沉淀，化作了为人父母的尽心尽力。这一年，艾伦读高三，汤米只有八岁。玛莎·马隆是个生气蓬勃的女人，发丝已渐渐变得灰白——她是个贤妻良母，还是家庭经济的支柱之一。大萧条期间，她拿自制的蛋糕去出售，他觉得在非常时期她这样做也无可厚非。她为药房还清了债务，之后依然经营着点心生意，她做的三明治甚至还在几家杂货店上架销售，这些三明治都包装精巧，包装带上还印着她的名字。她因此赚得盆满钵盈，孩子们也受益良多——她甚至还买了些可口可乐的股份。马隆觉得这未免有些得寸进尺了；他担心别人会说他赚钱少，他的自尊心受到了挑战。有一件事他可是明令反对的：他不送货，他的妻儿也都禁止去送货。马隆太太会把车开到顾客门前，服务员——马隆店里的服务员要么太小，要么太老，这样便能少给些跑腿费——捧着点心与三明治从车里费力地爬出来。对于妻子这些年的变化，马隆百思莫解。他娶的那个女孩，穿着薄纱裙，看见老鼠从鞋上跑过，立时便会晕倒——莫名其妙地就变成这样一个一头灰发的家庭妇女，还经营着自己的公司，持有可口可乐的股票。他现在生活在一种不可思议的真空中，家庭生活的各种琐事包围着他——话题是高中毕业舞会，是汤米的小提琴独奏会，还有七层的结婚蛋糕——日常生活围着他旋转，如同落叶绕着漩涡中心回旋一般，他却不可思议地不为惊扰。

尽管生病让马隆浑身无力，心里却躁动不安。他常常毫无目的地沿镇子的街衢漫游——一路穿过死气沉沉的贫民窟，这些穷巷陋室拥挤在一起，居中是家棉花厂，他有时会穿过黑人住地，或者穿过中产阶级的居住区，房前的草坪都经过一番精心修剪。他这样一路游荡，仿若一个漫不经心的人企图寻找什么，却又已然忘怀遗失了何物。他经常无缘无故伸出手，抚摸着触手可及的物件；他会偏离路线，去摸一个灯柱或将双手抵住石墙。之后他会心不在焉地呆立良久。他还会去探究一棵绿叶葱茏的榆树，捡起一片黑色的树皮，神情带着病态的专注。灯柱，墙壁，树木，在他死后都将继续存在，想到这个马隆便心中愤懑，他还有更深层的迷惑——死亡即将到来，他却无法承认这一现实，这种内心冲突又让他陷于一种无所不在的虚无缥缈中。有时，马隆会依稀觉得自己不慎闯入一个荒谬的世界，那里毫无秩序，任何生命设计的图景也都无从理解。

马隆去教堂寻求慰藉。当生与死的虚幻飘渺使他饱受折磨时，第一浸信会教堂的真实可触令他安心。这是镇上最大的教堂，紧邻主街的街区它占了一半，即便粗略估算，地产也价值两百万美元。这样的教堂定是绝无虚假的。教堂的中坚力量尽是一呼百诺的人。教堂的副主祭，布奇·亨德森是房地产经纪人，也是本镇最精明的商人之一，冬去春来，做礼拜他从未缺席——如果这事不是如泥土般踏实可靠，难道布奇·亨德森愿意费时费力？其他的副主祭也都有着相同的资质——纺纱厂主席，铁路公司理事，还有顶尖百货公司的总裁——都是精明强干，敢做敢当的生意人，他们的判断绝对可信。他们全都信仰这教堂的神灵，相信死后有来世。甚至还有 T.C. 韦德威尔，可口可乐公司的股东之一，坐拥千万资产，他给教堂捐了五十万美元，专门修建教堂的南楼。T.C. 韦德威尔可是别具慧眼，对可口可乐公司坚信不疑——同样让 T.C. 韦德威尔坚信不疑的还有教堂和来世，他遗赠了百万资产的一半给教堂，可见他的虔诚之心。这个从未做过赔本买卖的人此番投资必是为了来世。最后还有信徒福克斯·克兰恩。老法官昔日是国会议员，堪称本州与南方的骄傲，他若是在镇上，便时常光顾教堂去做礼拜，当听到他最心仪的赞美诗时，便会用力地擤鼻涕以示感动。福克斯·克兰恩是教会人士，笃信上帝，马隆心甘情愿地追随老法官信仰上帝，就如他曾在政治上对法官执鞭随镫。如此，马隆便虔诚地去了教堂。

四月初的一个星期天，华生博士的布道令马隆深受触动。他是个亲切的传教士，经常将布道文与商界或体育界相关联。这个礼拜天的布道讲述救赎如何瞄准死亡。他的声音响彻教堂的穹顶，阳光透过彩色玻璃窗，在教众身上投下耀眼的光芒。马隆身子僵硬地坐着听，每一刻都期待着内心能够觉悟。但尽管布道文很长，死亡却依旧是个谜，在最初的兴奋之后，他有种上当的感觉。你怎么能瞄准死亡呢？那就犹如瞄准天空。马隆仰头凝望着明净的青天，一直看到脖子觉得酸了，才匆忙赶回药房。

同一天，马隆经历了一次偶遇，这事虽然表面看来平凡庸常，却莫名其妙地惊扰了他。他在空寂无人的商业区走着，忽然听见身后传来了脚步声，待他拐过街角，脚步声却依然跟随。等他抄了个近路，拐到未铺石砖的小路上时，脚步声便消失了，他却有种不安的感觉，觉得自己被人跟踪了。待他瞥见了墙上的黑影，便猛一转身，他动作太快，一下子撞上了后面的人。撞上的是个黑人男孩，马隆觉着此人面熟，在镇子里游荡时，似乎经常遇见他。也可能只是因为他的外表太过反常，马隆对他便多了一分印象。男孩中等身材，铜筋铁骨，默然不语时，神色总有些郁郁寡欢。他看上去与其他黑人男孩并无差别，可他的眼睛却与众不同。他的眼睛是蓝灰色的，在黧黑的脸庞映衬之下，眼神中添了些许阴郁粗暴。一看见这双眼睛，他身体的其他部分也都好像不再协调，变得异乎寻常。胳膊太长，胸部太宽——表情变幻于多愁善感与怏怏不悦之间。这种印象在心里扎了根，在马隆看来，这个男孩便不再是个无关紧要的"有色男孩"——他不自觉地称这个男孩为"邪恶的黑鬼"，话语尖刻刺耳，尽管这个男孩对他来说不过是路人，而他通常在这种问题上心胸宽大。当马隆转过身，二人撞在一起时，黑鬼稳住身子，却没有退让，反倒是马隆退后了一步。他们伫立于狭小的路径上，彼此凝视。他们都有着相似的灰蓝色眼睛，一开始，这种对视就好像是在比谁能瞪得更久。注视着他的那双眼睛，在黑色的脸庞上愈加冷静明亮——马隆却觉得那双眸中的亮光忽而摇曳了一瞬，转为一种奇异的理解。他觉得那双眼睛知晓他来日无多。这种感情来得太过迅疾，又完全出乎意料，马隆哆嗦了一下，转身离开。方才的凝视持续了不满一分钟，也并未产生明显的后果——但马隆觉得刚刚发生了举足轻重的事，令他毛骨悚然。剩下的路，他一路蹒跚，当在路的尽头看见寻常友善的面容时，他觉得如释重负。走出那条小径，回到平淡无奇的药房，一切又变得不再陌生，令他倍感安全，心中一阵宽慰。

礼拜天正餐之前，老法官经常顺路到药房喝一杯，马隆看见他已在那里等候，正和一群好友在吧台前聊得起劲，马隆心中顿时欣喜。他心不在焉地和顾客们打着招呼，脚步却未停留。天花板上的吊扇旋转着，搅拌着房间里混杂的气味——冷饮柜里传出的糖浆味，里屋调药间漫溢的苦涩药味。

"J.T.，过会去找你。"老法官停下话头，对擦身而过的马隆说，马隆正向里屋走去。法官虎背熊腰，面色赤红，黄白相间的头发蓬乱地顶在头顶，如同一圈光晕。他身着皱巴巴的亚麻白套装，内穿淡紫色的衬衣，打着领带，配着珍珠领带夹，领带上沾了些咖啡渍。他的左手在一次中风中瘫痪了，被小心地放在柜台边缘。这只手很干净，因为不再使用而略显浮肿——而他谈话时不断挥舞着的右手，指甲里藏污纳垢，无名指上戴了颗星星形状的蓝宝石。他拄着一支镶着银质曲把手的象牙拐杖。法官结束了反对联邦政府的长篇大论，便去调药间寻找马隆。

调药间很逼仄，一排药瓶便是墙，和药房的外间隔开。这一隅之地只容得下一把摇椅和一张下处方的桌子。马隆已经备好了一瓶波旁威士忌，从角落里取出一张折叠的写字椅，打开放好。法官挤进房间，小心翼翼地俯下身子缩进摇椅中，魁梧的身体大汗淋漓，汗味与蓖麻油及消毒剂的气味混杂在一起。马隆倒酒时，流淌的威士忌轻轻拍打着玻璃瓶底。

“在星期天的早上，没什么比得上倒第一杯波旁酒发出的声音更动听的音乐了。巴赫不行，舒伯特不行，我孙子演奏的大师，无论哪一位都不行。”

法官唱开了：

“哦，威士忌乃人之命——哦，威士忌！哦，约翰哟！”

他浅酌慢品。每一口酒下咽后，舌头便在嘴里转一转，品味酒的余味。马隆喝得太快，酒在他的肚子里如一朵玫瑰瞬间绽放。

“J.T.，你有没有驻足沉思，南方如今被卷入一场革命的漩涡中，这场革命与南北战争一样凶险？”

马隆未曾想过，但他把头偏向一侧，神情严肃地点点头，听着法官继续说：

“革命的风暴已经扬起，它将摧毁南方赖以生存的根本。人头税很快就会被废弃，任何一个无知的老黑鬼都可以投票了。下一步他们就会获得接受教育的平等权利。想象一下，就在将来，为了习文认字，纤弱的白人小女孩就不得不和黑煤般的黑鬼共用一张书桌，最低工资法可能会被强行执行，那数目可是高得让人不堪忍受，对于依靠农业的南方，丧钟已经鸣响。想象一下按小时付费给那些人，那不过是一群干农活的人，毫无价值可言。联邦住房计划已经搞垮了房地产投资商。他们称其为贫民窟清除计划——可我们倒是说说，又是谁建造了贫民窟呢？是那些住在贫民窟的人，他们因为没有远见卓识，便造出了贫民窟。我把话放在这儿，等着瞧吧，那些一模一样的联邦公寓大楼——像模像样地盖得充满现代风格，一副北方风味——十年后也会沦为贫民窟。”

马隆一心一意地聆听着这番话，真好似在教堂谛听布道，对法官的一言一语恭敬不已。他人生中引以为傲的几件事中，他与法官的忘年交便是一件。初来米兰，他便结交了法官，一到狩猎季节，他便会去法官的庄园里打猎——法官的独生子尚在人世时，他周六周日都会去。法官病卧床榻之后，有种奇特的亲密感在二人心中萌芽——那段时光，这位年老议员的政治生涯似乎已告终结。每个礼拜天，马隆都会带上一大把从自家花园摘的芜青嫩叶，或是几袋脱水玉米粉，都是法官的钟爱之物。有时他们会打几圈牌——他们在一起时，法官都会侃侃而谈，马隆则负责倾听。在那段时光里，马隆觉得他接近了权力的中心——好像自己也成了个国会议员。后来法官渐渐康复，能起身出门了，便常在礼拜天来药房，他们俩总是在调药间推杯换盏。如果说马隆对老法官的见解起了丝毫的疑心，他会即刻将它打消。他算老几呢，竟敢挑议员的错？老法官若是错了，那谁又能对呢？既然老法官又聊起想竞选议员，马隆觉得该担大任者就需担大任，如此一番设想，他已觉得心满意足。

喝第二杯酒时，法官掏出了他的雪茄盒，他行动不便，马隆为他倒上酒，燃上烟。烟雾一路升腾，悠悠飘向低垂的天花板，在那里缭绕不去。通往街道的门敞开着，一缕单薄的阳光射进来，氤氲便呈现出乳白色。

“说正经的，我想请你做件事，”马隆说，“我想立遗嘱。”

“永远乐于为你效劳，J.T.。有什么特殊要求吗？”

“哦，那倒没有，就是最平常的——但是我想越快越好，你一有时间就帮我起草。”他接着淡淡地说：“医生说我来日无多了。”

法官停下晃动的摇椅，放下酒杯。“为什么这么说，怎么回事！J.T.，你怎么了？？”

马隆第一次和人谈起自己的病情，法官这番问话竟让他闷怀顿释。“我好像得了血液病。”

“血液病！怎么会，这不可能——你的血是全州最好的。对你的父亲我记忆犹新，他在梅肯市的十二街与桑树街的拐角处开了药品批发商店。我也记得你母亲——她是威尔怀特家的人。J.T.，你血管里流淌着本州最好的血液，永远铭记这一点。”

马隆一阵洋洋自得，可这种称心快意却几乎转瞬即逝。“医生说——”

“哦，那些医生——恕我冒昧，对医生这个职业，任他们说什么，我都置若罔闻。几年前，我轻度中风那阵子，我那个医生——花枝市的塔特姆医生——就开始大惊小怪啦。禁止喝酒，禁止抽雪茄，甚至禁止抽烟。就好像我最好去学学拨弄竖琴或者去铲煤。”法官的右手弹着想象中的琴弦，又做了个铲煤的动作，“但我直言不讳地和医生谈了，之后便随着自己的性子。天性，那才是男人应该载一抱素之事。如今我身强力壮，可谓我这个年龄的最佳典范。颇具讽刺的是，那可怜的医生——我是他葬礼上的抬棺者。更讽刺的是医生是个禁酒主义者，孤行己见，还从不抽烟——最多时不时嚼嚼烟叶。他这人，真是出类拔萃，医学界的翘楚，但就如他们这类人一样，诊断时杞人忧天，难免犯错。别被他们吓坏了，J.T.。”

马隆心中自是倍感安慰，他再开始喝酒时，便开始揣测海登和诸位医生是否可能诊断错误：“化验结果是白血病。血细胞计数显示了白细胞数量剧增。”

“白细胞？”法官问，“是什么？”

“白血球。”

“闻所未闻。”

“但它们真实存在。”

法官抚弄着拐杖的银把手：“若是说你的心脏出了问题，抑或肝脏，即便是你的肾脏，你这么终日惶惶的，我尚能理解。可只是因为白细胞太多，引起了一点失衡，根本无关痛痒，不足为虑，我觉得你这反应就有点太过了。我怎么活了八十多年，都根本没想过我是不是有白细胞？”出于本能，法官的手指蜷曲起来，他一边再次将五指伸直，一边用那双蓝眼睛望着马隆，眼中透着茫然不解，“不过你最近还真的消瘦了些。肝对血液有好处。你该吃些油炸牛肝，酥脆可口，再抹上厚厚一层洋葱酱。既是珍馐美味，又是最天然的疗法。而且阳光是调血剂。相信我，只要你过得明智，再享受一下米兰绚烂的夏日，不日便会痊愈的。”法官举起了酒杯，“还有这个，此物方为滋补中的上品——促进食欲，放松神经。J.T.，你不过是受了惊吓，过度紧张罢了。”

“克兰恩法官。”

格柔恩·博伊走进房间，站在一旁等候。他是薇萝莉的侄子，薇萝莉是个黑人，为法官干活，博伊高个子，长得肥头大耳，今年十六岁，脑袋不太灵光。他穿了件浅蓝色套装，贴在身上紧巴巴的，脚上穿了双尖头鞋，有些挤脚，走起路来便是一副蹑手蹑脚、一瘸一拐的样子。他近来有些伤风，尽管胸前口袋里装了手帕，还是用手背抹鼻涕。

“礼拜天了。”他说。

法官从口袋里摸出一个硬币递给他。

格柔恩·博伊急不可待地奔了出去，一路跌撞，同时还拖着音调，奶声奶气地说着话：“十分感谢，克兰恩法官。”

法官迅疾地瞥了马隆几次，他的眼神中满含愁思，可待马隆转身望向他时，他避开马隆的目光，重又抚摸起拐杖。

“每个钟头过去——每个生灵都在走向死亡——但是谁又会时常

系念着这些呢？我们坐在此地，喝着威士忌，抽着雪茄，而随着每个时刻的流逝，我们都在接近终点。格柔恩·博伊吃着他的甜筒，从来不会对任何事多费心思。我坐在此处，带着半朽之躯，死亡曾和我交战，最后以僵局告终。我是死亡这一古老战场上一片狼藉的战区。自从我儿子过世，十七年恍然而逝，我一直都在等待。‘噢，死神啊，汝之胜利又在何方？’在我儿子自杀的那个圣诞节下午，是死神赢了。”

“我时常想起他，”马隆安慰道，“为你感到悲伤。”

“可又是为了什么——为什么他要那样做啊？我那儿子可是一表人才，前途不可限量——还不到二十五岁，便以‘优等生’身份大学毕了业。他早拿了法学学位，未来本该有似锦的前程。又娶了年轻漂亮的妻子，马上就会有孩子了。日子也过得衣食无忧——可以说是锦衣玉食啊——彼时，我的财产额达到了顶峰。我买下了塞瑞诺庄园送给他当毕业礼物，那庄园是前一年花了四万美元买的——这价钱几乎能买一千亩栽种桃树的良田呢。他可是个富家公子，命运的宠儿，即将开始他的宏图大业，无论哪方面都可谓幸运至极。他本可以当总统的——天下没有他做不成的事。可他为什么要死呢？”

马隆敛容屏气：“许是因为忧郁症突然发作。”

“他出生那一夜我见到了流星，夜空景色非同凡响。那一夜天光很亮，那颗星在一月的夜空划了个弧形，小小姐已经分娩了八个钟头，我一直趴在她的床脚边，又是哭又是祈祷。塔特姆医生揪着衣领把我拉了出去，告诉我：‘从这儿滚出去，你这个聒噪的老傻瓜——去储藏室灌醉自己，要么去院子里走走。’等我走到院子里，举目望向天空，正看见流星坠落的弧形，就在那一刻，约翰尼，我的宝贝儿子，出生了。”

“无疑，这预言了一切。”马隆附和着。

“后来，我就在厨房忙活开了——已是凌晨四点——我给医生煎了一对鹌鹑肉，又煮了玉米粥。煎鹌鹑可是我的拿手好戏。”法官话音顿了顿，然后低怯地问：“J.T.，你知道最离奇的是什么吗？”

马隆凝视着法官悲戚的脸庞，默不作声。

“那个圣诞节，我们没有循例用火鸡做正餐，而是吃了鹌鹑。我那宝贝儿子约翰尼，前一个周日正好打的猎物。啊，生活的设计图景——显于宏大之处，现于细微之时。”

为了宽解法官，马隆说：“多半只是个巧合。约翰尼当时可能只是想擦擦枪。”

“可那不是他的枪。那是我的手枪。”

“圣诞节前的那个礼拜天，我也在塞瑞诺庄园打猎。许是因为一闪而过的抑郁作怪。”

“我有时觉得——”法官哽咽着止住了话，因为他若再多说一个字，可能就会泪如雨下。马隆拍拍他的胳膊，法官稳住情绪，接着说：“我有时觉得他这么做是为了报复我。”

“哦，不会的！当然不是了，先生。就是因为抑郁，那种万念俱灰的情绪，不可预见，无法掌控。”

“也许吧，”大法官说，“但就在那天，我们发生了争执。”

“那又怎样？每个家庭都会争吵。”

“我那儿子打算推翻一个公理。”

“公理？什么公理？”

“那公理涉及一件无足轻重的事。牵扯一个黑人的案件，我是负责裁决的人。”

“你这样谴责自己毫无必要。”马隆劝慰着。

“我们坐在桌前，喝着咖啡，抽着雪茄，还品着法国白兰地——女士们在客厅里——约翰尼越说越激动，末了他冲我喊了几句，冲上了楼。几分钟后，我们就听到了枪响。”

“他一向意气用事。”

“现在的年轻人啊，好像都不会去征询长辈的意见。我那儿子兴头上来了，一场舞会后便结了婚。他把我和他母亲叫醒，说什么‘我和米拉贝拉结婚了’。跟你说啊，他俩居然私奔到治安法官那儿了。这可伤透了他妈妈的心——尽管后来发现，福佑紧随其后。”

马隆说：“你的孙子和他父亲真好似一个模子刻出来的。”

“一模一样。你见过如此光彩照人的两个少年吗？”

“这对你定是莫大的安慰。”

法官呷了口雪茄，回答说：“欣慰——忧虑——只有他留下来和我相依为命。”

“他将来要学法律，进入政界吗？”

“千万别！”法官厉声反对，“我可不想让那孩子进法律界或政界。”

“杰斯特在任何一行都会有所作为的。”马隆应道。

老法官却说：“死神，才是最险恶的背信弃义之徒。J.T.，你认为那些医生已认准你得了不治之症。我可不这么想。恕我冒昧，在整个医学界，他们也不知死亡为何物——谁又能知晓呢？甚至塔特姆医生也对它一无所知。我这个老头子，已经等死等了十五年了。但死神真是揣奸把猾之辈。你苦苦等待，终于敢面对它了，它却彻底消声匿影了。它擅长从小路上把你逼入绝境。它会残杀那些静候它的人，也不会错过将其置之脑后之人。哦，J.T.啊，究竟是什么啊？我那光辉耀眼的儿子究竟遭遇了什么？”

“福克斯，”马隆问，“你相信生命的永恒吗？”

“若是将永恒的思想包括在内，我相信。我深信我的儿子将永远活在我心中，我的孙子也活在我和儿子心中。但永恒是什么呢？”

“华生博士的布道文里讲，救赎之箭将以死亡作为靶心。”马隆说。

“多美的语言——真希望这句话是我说的。但这话毫无意义。”他最后又加了一句，“不，宗教领域的生命永恒，我不相信。我信奉我所知之物，相信我后代的价值。我也无比信赖我的先辈。你觉得这是永生吗？”

马隆忽然想起件事，便问：“你见过一个蓝眼睛的黑鬼吗？”

“你是说一个长了双蓝眼睛的黑鬼？”

马隆回答说：“我不是说黑人年老后视力退化的那种蓝色，我是指一个黑人少年，长着蓝灰色的眼睛。这镇上有一个，今天他可把我吓坏了。”

法官的眼睛如同蓝色的气泡，他先喝尽了酒，然后说：“我知道你指的是谁。”

“他是谁？”

“他就是这镇子里的一个黑鬼，不相干的人。他送送信，也供应些吃的玩的——是个万事通，还是个训练有素的歌手。”

马隆说：“我今天在药房的后街撞见了他，他把我吓了一跳。”

“那个黑鬼叫谢尔曼·登，和我毫不相干。但我正思量着雇他来当男仆，家里缺人手。”法官说话的语气异样，马隆觉得其中必有蹊跷。

“我从未见过如此怪异的眼睛。”马隆说。

“是个野种，”法官解释说，“床笫间出的岔子。他出生便被遗弃在圣升天教堂。”

马隆觉得法官有事瞒着，但法官这种伟大人物的生活自然不是他能看透的，他可绝不会乱打听。

“杰斯特——刚说到他，他就来了——”

约翰·杰斯特·克兰恩站在房间内，将街上洒入的阳光披在身后。他是个纤瘦的男孩，举手投足轻快灵活。这个十七岁的少年，长着红褐色的头发，皮肤白皙，他那朝天鼻上撒满雀斑，有如肉桂粉撒在奶油之上。明亮的阳光让他的红发熠熠生辉，但他的脸却在一片阴影之中，阳光刺目，他便抬起手遮住酒棕色的眼睛。他下身穿牛仔裤，上身配了件条纹针织衫，袖子卷了上去，露出那纤弱的胳膊肘。

“坐下，虎子。”杰斯特喝道。这狗是只条纹拳师犬，镇子上仅此一只。这只狗外表看上去凶神恶煞，马隆在街上若是遇见它自个儿晃悠，心中都有点惊怵。

“祖父，我刚刚单人驾驶飞机了。”因为心中喜悦，杰斯特的嗓音轻盈了许多。他忽然留意到马隆也在，便客气道：“嗨，马隆先生，您今天过得可好？”

回忆了一番陈年往事，法官心中又满溢着自豪，再加上几杯酒已下肚，视力衰退的眼睛盈满泪水。“你独自开了飞机，对吗，小宝贝？你感觉怎么样？”

杰斯特沉吟半晌：“没有预想的那么好。我本来期待会觉得孤独，感到自豪。但我好像一直在留心着操纵仪器。我想我只是有种——责任感。”

“想想看，J.T.，”法官说，“只是几个月前，这个小淘气忽然跟我说，他要去学开飞机。他一直省着钱，已经安排好了课程。他也不解释，只是宣布：‘爷爷我去上飞行课啦。’”法官轻轻拍拍杰斯特的大腿，“你不就是这样吗，乖宝贝？”

男孩把他细长的腿伸直了，站得笔直。“这没什么。每个人都应学会飞行。”

“看看当今的年轻人，究竟是什么力量促使他们去做那些我们闻所未闻的事儿？我们两代人可都不是这样的啊，J.T.。你该明白我为何忧心了吧？”

法官的声音中透出哀戚，杰斯特却灵巧地偷取了他的酒，藏在角落里的架子上。马隆看到这一幕，心中为法官鸣不平。

“到吃饭的时间了，祖父。汽车在街边等着呢。”

法官扶着拐杖迟缓起身，狗冲向门口。“你说走，咱就走，乖宝贝。”他在门口转过身，对马隆说：“别为医生的话心惊胆颤，J.T.。死亡是个爱玩把戏的行家。我们俩没准儿死在一块儿，兴许哪个十二岁的小女孩下葬之后，才会紧接着是我们呢。”他望着马隆，挤眉弄眼地开着玩笑，迈过门槛，走到街上。

马隆送到正门，把门锁好，偏巧听到祖孙二人在说话。“祖父，有些话我不想说，但我真的希望你不要再当着陌生人叫我‘乖宝贝’或者‘小宝贝’了。”

当时当刻，马隆对杰斯特忽然就起了厌恶之心。“陌生人”这么个称呼可让他心里留了伤痕，方才法官在时，他心间亮了阵光，生了暖意，此刻却瞬间黯淡冷却。在过去的日子里，热情好客是指善于让每个人，即便是一同烧烤认识的无名之辈，都能有归属感。可如今呢，这种热情好客的天赋已经消失殆尽，人与人之间唯有孤立冷漠。杰斯特才是那个“陌生人”——他根本不像米兰镇上的其他男孩。他既傲慢无礼又过于彬彬有礼。那少年身上总有暧昧的气息，他的温柔明媚好像暗藏杀机——恰似一把用丝绸包裹的刀刃。

法官好像没听见杰斯特的话。“可怜的 J.T.,”一边开车门，他一边念叨着，“这太让人震惊了。”

马隆麻利地锁好前门，回到了调药间。

他孑然一人。手里拿着个药杵，坐在摇椅上。灰色的药杵用了太久，摸上去滑溜溜的。这药杵还是店铺开张时买的，如今也已过了二十年，当时一起还买了许多别的药房装备。这东西原是格林拉夫先生的——他多久没有记起这位先生了？——格林拉夫先生过世后，地产商卖掉了他所有的财产。格林拉夫先生用这个药杵又用了多久呢？在他之前又有谁用过呢？……药杵已经沧桑历尽，却依然不可摧毁。马隆心中暗想，这药杵会不会是从印第安时代留下的遗宝。如此古老之物，还会传世多久呢？这块石头嘲笑着马隆。

他不禁打了个寒战。好像有阵风拂过，周身感到一丝寒意，却发现抽雪茄时升起的烟并未被搅扰。想到老法官，心中便有种挽歌般美妙的哀伤感，一阵柔情奔涌而出，恐惧竟也消退了。他想起了约翰尼·克兰恩，还有在塞瑞诺庄园曾度过的旧日时光。他绝不是陌生人——在狩猎季节，他多次被邀请去塞瑞诺做客——甚至有一次还在那里过了夜。他和约翰尼睡在一张巨大的四柱床上，凌晨五点，他们便下楼去了厨房，他还记得鱼子与热饼干的香味，也记得那些浑身湿漉漉的狗在打猎前吃早餐时散发的气味。是啊，他曾多次和约翰尼·克兰恩一起打猎，多次被邀请去塞瑞诺，约翰尼去世的那个圣诞节之前的礼拜天他也在。小小姐偶尔也会去塞瑞诺，尽管去这地方多是为了打猎，男孩们，男人们相聚一堂。法官呢，他若是空手而归，其实十有八九都无所收获，便会推说是天空太大，鸟却太少。即使在那时，塞瑞诺也总是笼罩在一片神秘之中——但那神秘难道不是一种纷华靡丽的迷雾吗？让一个出身贫寒的少年每时每刻都为之倾倒。随着旧日重现，马隆的思绪又转到今时今日的法官——睿智博学，声名鼎盛，却背负着不可慰藉的悲痛——他的心便吟唱起爱的曲子，这爱庄严肃穆，如同教堂风琴演奏的音乐。

他凝视着药杵，身上发着烧，心里有些怕，眼睛便亮闪闪的，有一阵子他呆若木鸡，竟没听见地下室传来的敲击声。这个春天到来之前，他一直紧握生命与死亡的基本节奏——依照《圣经》，七十岁得享天年。可如今他却为不可名状的死亡冥思苦想。他想到了小孩子，精小纤弱如珠宝一般，躺在铺着白色绸缎的棺材中。还有那位漂亮的音乐老师，吃炸鱼时被鱼刺卡住了，不到一小时便香消玉殒。还有约翰尼·克兰恩，还有那些在一战二战中死去的米兰镇上的男孩们。还会有多少啊？都是怎么死的？为什么会死？他忽然听到了地下室的敲击声。应该是老鼠——上周有只老鼠打翻了一瓶阿魏胶，好几天地下室臭气熏天，搬运工都拒绝下去干活了。死亡毫无节奏可循——只有老鼠敲击的节奏，只有腐烂的恶臭。那位美貌的音乐老师，金发碧眼的约翰尼·克兰恩的肉体——还有珠宝一般的孩子们——最终都是一摊尸水，满棺材的臭气。他带着一种病态的讶异望着药杵，唯有这手中的石头永存不朽。

门槛边传来脚步声，马隆心里猛地一慌，药杵掉在了地上。长着蓝眼睛的黑鬼站在他面前，手里拿着个东西，那东西在阳光下闪耀。他再一次凝视那双闪亮的眼睛，觉得那双眼睛知道他即将死去。

“我在门口捡到了这个。”黑人对他说。

马隆的视线因为震惊有些模糊，有那么一阵子他以为黑人拿的是海登医生的裁纸刀——随后便认出是一串拴在银环上的钥匙。

“不是我的。”马隆回答。

“我刚看到克兰恩法官和他的孙子来这儿了，也许是他们的。”那黑鬼将钥匙搁在桌上。又捡起了药杵递给马隆。

“十分感谢，”他回答，“我会打听是谁丢的钥匙。”

男孩走了，马隆望着他穿过马路。满心的憎怖让他觉得浑身冰冷。

他呆坐了半晌，手中还拿着药杵，待镇定下来时，心中惊异自己怎的会滋生这种情绪，从前可是不曾有过的，曾经他的心温柔驯服，如今却由着这份暴戾肆意横行。爱与恨撕扯着他——可爱什么恨什么却又不分明。生平第一次，他意识到死亡离他这么近。但压得他喘不过气的惧怕倒不是因为知道自己命不久矣。他怕的是此刻正在发生的事，一时间周遭都风谲云诡——但他却又并不知究竟是怎样的风云变幻。心里怕着，还诧异着随后的日子里会有怎样的变幻——到底又还有多久呢？——这些世事如何点亮他那屈指可数的余生。他便是那个人，守望着没有指针的钟。

又传来了老鼠敲击的节奏。“父亲，父亲，救救我。”马隆高声呐喊。但他的父亲已入土多年。电话铃声响起时，马隆头一次告诉妻子他生病了，让她开车来药房接他回家。之后，他便坐在那里静静等待，抚摸着石杵聊以慰藉。

第二章

法官依循着传统的用餐时间，每逢礼拜天，正餐在下午两点开始。用餐钟声响起之前，薇萝莉，家里的厨子，便将餐室的百叶窗一一拉开，为了遮阳蔽日，整个上午都闭合得严严实实。仲夏时节，火轮高吐，热浪敲打着窗户，窗外，炙烤下的草坪边上，花朵在熏蒸的暑气中闪着光。草坪尽头种着些榆树，午后烈日杲杲，它们站在一片阴影之下，没有一丝风吹过。正餐钟声一响，杰斯特的狗最先回应——这狗在餐桌下踱步，由着长长的织锦桌布在它后背上滑过。杰斯特随后走进来，在祖父的椅子后站立着等候。待老法官出现时，他仔细地服侍祖父坐下，然后坐在自己的位子上。正餐依着往日的惯例，第一道是蔬菜汤。有两种点心配汤——薄饼和玉米面包。老法官吃得津津有味，大口嚼着面包，喝着脱脂乳。杰斯特只尝了几勺热汤，之后便喝起了冰茶，时不时举起冰冷的玻璃杯，贴在面颊或前额上降温。家里的规矩要求喝汤时不宜交谈。每个礼拜天，只会听到法官说惯了的一番感叹："薇萝莉，薇萝莉，我跟你说啊；上帝也会收了你去当厨子的。"最后还会抖出他礼拜天必说的段子："你得能一直做得一手好菜啊。"

薇萝莉默然不语——只是抿起紫色的嘴唇，嘴唇上皱纹丛生。

"马隆一向可算是我的选民中最忠心的一个，一贯愿意鼎力相助，"待鸡肉上了桌，法官感慨着，杰斯特起身切了肉，"鸡肝归你，孩子，你一周至少得吃一次肝。"

"好的，爷爷。"

餐用到此刻，屋里一直萦绕着和谐之音，样样都颇合家里的惯例。但不多时，空气中却浮现出不甚和谐的音符，氛围怪异得很，往日的美满已成飘摇之势，志趣不合导致话不投机，两人竟隔阂起来。彼时，老法官与他的孙子都不知会发生什么，但在那个炎热的午后，吃罢这顿漫长的正餐，虽一切如常，他们却都感到有些事已不可挽回，他们的关系再也不同往昔了。

"在今天的《亚特兰大宪法报》上，他们称我为保守分子。"法官说道。

杰斯特轻声安慰："为你惋惜。"

"惋惜？"老法官说，"这没什么可惋惜的。我很高兴啊！"

杰斯特棕色的眼睛长久地凝望着祖父，目光中尽是不解。

"如今你必须把'保守主义'按字面意思来理解。一个保守主义者是在南方数代沿袭的传统受到威胁时，能够'保守'住传统的人。当南方各州的权利被联邦政府践踏时，南方的爱国人士有义务去保住底线。否则，南方的高贵标准将被背叛。"

"什么高贵标准？"杰斯特问道。

"嘿，孩子，动动脑子。就是维持我们高贵生活的标准，延续南方传统的制度。”

杰斯特一言不发，却是满脸狐疑，老法官向来对孙子的一举一动都很在意，全都看在眼里。

“联邦政府正设法质疑民主党初选会的合法性，这将危及整个南方文明的平衡。”

杰斯特问：“怎么危及了？”

“哎呀，孩子，就是危及种族隔离这件事。”

“你为何对种族隔离一直念念不忘？”

“什么？杰斯特，你跟我开玩笑呢吧。”

杰斯特顿时正颜厉色：“不，我是认真的。”

法官神情迷茫：“你们这一代会赶上的——我可不希望看见那一幕——等教育体系把不同种族混合在一起——种族隔离线将不复存在。你觉得那幅场景如何呢？”

杰斯特沉默着。

“你若看见一个庞大笨重的黑鬼男孩和一个纤细的白人小女孩共用一张课桌，你会作何感受？”

法官觉得这种事绝不可能发生；他想摆出最严峻的局势来镇镇杰斯特。他凝视孙子的眼神中满是挑衅，期待杰斯特能显露些南方绅士的精神予以回应。

“那若是一个庞大笨重的白人女孩和一个纤细的黑人小男孩共用一张课桌呢？”

“你说什么？”

杰斯特没有再重复方才的话，老法官也不想再听一遍令他惊愕的那句话。就好像他的孙子的所作所为已属于精神失常的初期表现，而承认心爱之人已近疯癫实在是可怕至极的事情。方才的言辞太过耸人听闻，老法官宁愿相信是自己听错了，尽管杰斯特的声音依然在耳鼓中回荡。他试着将那句话扭曲为理智可接受的话语。

“你说得对，乖宝贝，无论何时，只要我读到这些共和的观点，就会觉得这些想法简直不可理喻。这些事都荒谬到令人不堪忍受。”

杰斯特缓声说：“我不是那个意思。”出于习惯，杰斯特瞟了四周一眼，看看薇萝莉是不是不在，“我不明白同样是公民，黑人为什么就不能和白人混在一起。”

“哦，孩子啊！”这一声叫喊，自是五味杂陈，怜悯中倍感无助，无助中夹杂着恐惧。几年前，杰斯特还是个小家伙时，有时会突然在餐桌上呕吐起来。之后，法官心中的柔情会战胜恶心的感觉，觉得自己也因怜惜而想呕吐了。此刻，老法官用同样的方法处理这突发状况。他把那只健全的手放在耳边，就好像耳朵开始疼痛，饭也吃不下去了。

杰斯特留意到老法官的怅然若失，顿时心生同情。“爷爷，我们各存信念吧。”

“并非所有的信念都坚不可摧。毕竟，信念又是什么？它们不过是你的所思之物。而你，我的孩子，你太年轻了，尚不知道何为思维方式。你不过就是用一堆蠢话来折磨你的爷爷罢了。”

杰斯特的恻隐之心荡然无存。他凝视着壁炉上的一幅画。画面上是一派南方景色，一个桃园，一个黑人的窝棚，一片布满云朵的天空。

“爷爷，你在那幅画中看到了什么？”

法官一下子觉得如释重负，心中的紧张冰消瓦解，他不由得咯咯笑出了声。“天知道，这幅画可是提醒我了，自己曾有多蠢。为了那些姹紫嫣红的桃树，我可是损失了一小笔钱。你的姑婆萨拉在她去世那年画的。就在这之后，桃子价钱跌到底了。”

“我的意思是，你究竟在这幅画中看到了什么？”

“看到什么？一片果园，一些云朵，一间黑人小屋。”

“你有没有看见在小屋与树林间有只粉色的骡子？”

“一只**粉色的骡子**？”法官的蓝眼睛都惊恐地要跳出来了，“当然没有。”

“是一朵云，”杰斯特回答，“它看上去就像一匹带着灰色缰辔的粉色骡子。我一旦在画里看见了它，再欣赏这幅画时，便不能用其他方式了。”

“我还是没看见。”

“怎么会，你不会看不见的，那奔腾向天空去的——一整个天空的粉骡子。”

薇萝莉端着玉米布丁进来了：“天啊，仁慈的主，你们都怎么了。你们压根儿就没动菜啊。”

“长久以来，我都如萨拉姑婆所愿的那样来欣赏这幅画。这个夏天，我却茫然不见我应该看见的东西了。我试着追想我过去如何观赏——但是无济于事。我依然看见粉骡子。”

“你是不是头晕了，乖宝贝？”

“哦，不是。我只是想试着跟你解释，这幅画是——某种象征——我猜你可能会这样说。我长这么大一直以你与家人期待的方式来看待事物。而这个夏天，我不再用旧日的眼光来看待事物了——我有了不同的感觉，不同的想法。”

“那很自然啊，孩子。”法官的声音安心了些，但眼神中仍是忧思重重。

“是象征。”杰斯特继续说着。他又说了一遍这个词，因为这可是他第一次在交谈时用它，尽管在学校的写作课上，“象征”可算是他最偏爱的词中的一个。“是这个夏日的象征。我曾经和其他人想法完全相同。可如今，我有了自己的观点。”

“比如呢，什么观点?”

杰斯特沉吟半晌。待他回答时，因为青春期正经历着变声，再加上情绪紧张，声音粗了些。“首先，我质疑白人优越这一观念的公正性。”

话中的挑衅之意显而易见，就好像把上膛的手枪甩在桌上。但法官没有接受这挑战；他的喉咙发干，隐隐作痛，只能无力地咽着口水。

“我知道这对你是个打击，爷爷。但是我必须告诉你，否则你还理所搪然视我为旧日的我。”

“是理所当然，”法官纠正他，“不是搪然。你这整天都是和谁混在一起啊，都是些狂暴的激进分子。”

“没有谁。这个夏天我一直——”杰斯特本想说我一直形单影只，但他不愿高声说出这个事实。

“好吧，无论怎么说，谈论种族混杂，谈论什么画作中的粉色骡子，都毋庸置疑的——反常。”

这个词刺痛了杰斯特，像腹股沟遭到重击，他的脸飞红了。这种疼痛迫使他还击：“我长这么大，曾经一直都那样爱你——我甚至崇拜你，爷爷。我曾觉得你是这世上最睿智、最善良的人。对你的每一句话，我都如同聆听圣言。我把与你有关的所有报道都收集起来。从能习文认字开始，我便开始收集关于你的剪报了。我曾一度觉得你应该成为——总统。”

法官毫不理会曾经这个词，血管中有种自豪的暖意在流淌。如镜子投影般映照了他对孙子的感觉——他那天数已尽的金发儿子生下的这个金发小家伙，这个张开手臂的小宝贝。爱与回忆让他敞开心扉，再无防范。

“那阵子，那个来自古巴的黑人在下议院做了演讲，我当时简直以你为傲啊。其他议员都起身站立，只有你向后靠坐在椅子上，跷起腿，点上一支雪茄。我曾经觉得你这么做真可谓不同凡响。我真的引以为豪。但如今我却不这么认为了。那么做是粗俗无礼，少条失教。等我再想起时，真为你羞愧。当我再追忆自己曾那样崇拜你——”

杰斯特说不下去了，因为老法官的悲戚显而易见。他那只残疾的胳膊紧张了起来，手随着胳膊肘关节的弯曲而痉挛般地扭动，不受控制。杰斯特的话语令他震惊，自己的身体又失调，双重作用之下，情感与身体上都遭受了伤害，不觉间已泪满衣襟。他擤了擤鼻子，静默一阵说：“忘恩负义之子甚于毒牙之利。”

可杰斯特不愿接受爷爷脆弱不堪的事实，心生怨责。“爷爷，你一向直言不讳。我一直都言听计从。如今我有了自己的主张，你却引用起《圣经》来抵制。这不公平，你这样说，任何人都自然站在错误一方了。”

“不是《圣经》——是莎士比亚。”

“何况，我又不是你的儿子。我是你的孙子，是我父亲的儿子。”

风扇在这个令人窒息的下午不停旋转，阳光照在餐桌上，桌上静静摆放着一浅盘切好的鸡肉，奶油在碟子里融化着。杰斯特将冰茶贴近脸颊，说话前先抚摸一会儿瓶子。

“有时我会感到疑惑，疑惑自己是否渐渐觉得父亲有充分的理由——做那件事。”

故去的人依旧住在这所维多利亚风格的房子里，房内陈设虽笨重，却还显富丽堂皇。在法官妻子的梳妆室内，一切都还如她生前一样，书桌上摆着银质用具，衣橱里挂着她的衣服，常年不动，只是偶尔打扫除灰。父亲的各种照片伴随着杰斯特成长，图书室的墙上挂着装裱好的律师资格证书。但尽管整个房子都充塞着可追思故人的物件，却从未有人提及死亡的真实场景，甚至都没有任何推断之言。

“你这话是什么意思?”老法官问，怀了满腹的忧愁。

“没什么，”杰斯特回答，“只是在这种情境下，揣测父亲的死因也颇为自然。”

法官摇了摇餐铃，叮叮的声音似乎加剧了屋内的紧张不安。“薇萝莉，把上次马隆先生为我贺寿送的接骨木果酒拿来。”

“现在吗，先生今天要喝那酒?”她问道，因为果酒一般只在感恩节和圣诞节的正餐中饮用。她从餐橱中取出两个酒杯，用围裙擦净浮灰。留意到那盘原封不动的菜，心里疑惑是不是做菜时有头发或苍蝇掉进了蜜渍甘薯，或是掉在了调味填料里。“菜有问题吗?”

“哦，人间美味。我只是有点消化不良。”

的确，当杰斯特提到种族混合，他的胃里就开始翻腾，胃口全无。他打开了不常饮用的果酒，倒在杯子里，神志清醒地喝着酒，就好像在守灵一般。因为彼此不再理解，无法感同身受，也是一种死亡。法官只觉得痛心入骨，黯然伤怀。而伤口若是由所爱之人留下的，也唯有所爱之人能给予安慰。

他缓缓地将右手掌放在桌上，手心向上，伸向他的孙子，半晌之后，杰斯特将自己的手掌放在了祖父的手掌中。但法官依旧心怀不满；既是言语伤害了他，只有言语方能治愈。他绝望地抓住杰斯特的手。

“你不爱爷爷了吗?”

杰斯特将手拿开，喝了几口果酒。“我当然爱你，爷爷，可是——”

虽然法官等着他说完这句话，杰斯特却咽下了后半句，在这个氛围紧张的房间里，他无法直抒胸臆。法官的手停在原处，兀自张开，手指微微颤抖。

“孩子，你有没有想过，我已经不再是个富人了？我在经济上多次亏损，我们的祖先也曾损失不少。杰斯特，你未来的教育与将来的事业，都让我放心不下。”

“别担心，我自有办法。”

“你也知道，古谚里有个说法：生命中最好的事物都是免费的。这句话也像所有其他的泛泛之谈一样，对错参半。可有件事却千真万确：在这个国家，你无需花一分钱便可得到一流的教育。西点军校是免费的，我可以在那儿给你找个位子。”

“可我不想做军官啊。”

“那你想做什么？”

杰斯特觉得茫然无措，心意难定。“具体想做什么，我说不上来。我喜欢音乐，也喜欢飞行。”

“那就去西点军校，之后加入空军。你能从联邦政府那里得到什么，就该拿什么。上帝知道联邦政府已经对南方造成多大的损失。”

“在明年高中毕业之前，我还不需要决定未来做什么吧。”

“我想说的是，孩子，我的经济状况已不比昔日了。但我的计划若一朝实现，你便会成为一个有钱人的。”法官总是时不时提及未来的财富，言辞隐晦。杰斯特从来没有对这些暗示上心，但这一次他忍不住问：

“什么计划，爷爷？”

“孩子，我还不知道你是不是已经通晓人事，能够理解政策了。”法官清清嗓子，“你这么年轻，而这个梦很宏大。”

“是什么计划？”

“是一项试图挽回损失，重建南方的计划。”

“怎么实行？”

“这可是政治家的梦想——和那些廉价的政治设想不一样。这项计划可以矫正历史上曾犯下的一件重大的不义之事。”

冰激凌端上来了，杰斯特吃了起来，法官却没有碰，就由着冰激凌融化在碟子里。“我还是不太明白，先生。”

“动脑子想想，孩子。文明国家之间发生的战争，会对战败国的货币造成影响吗？想想一战二战。在签署停战协议之后，德国马克表现如何？德国人有烧他们的钱吗？日元呢？日本人战败之后，难道点起篝火把他们的钞票烧了吗？孩子，他们有那么做吗？”

“没有啊。”杰斯特回答，他无法理解老人嗓音中那股激愤难平之意。

“在炮声湮灭、战场宁息之后，那些文明国家都有着怎样的结局呢？战胜国为了共同的经济利益，会让战败国休养生息，以期恢复国力。而且，总会让战败国赎回其货币——的确会贬值，但依然可以使用。货币赎回后：看看现在德国的境况——再看看日本。联邦政府可以让敌国赎回其货币，帮助战败国经济复苏。自古以来，战败国的货币终将会得以沿用，继续发行。意大利的里拉——联邦政府没收里拉了吗？里拉、日元、马克——所有这些货币，无不沿用至今。”

法官斜倚着桌子，领带碰到了融化的冰激凌，他却毫无察觉。

“但是南北战争之后，又是怎样的遭遇呢？美国联邦政府不仅解放了黑奴，奴隶可是我们赖以维持棉花经济的必要条件，这样一来，我们南方的资源可谓是随风飘散。没有哪个故事比得上《飘》[①] 更真

① 玛格丽特·米切尔（Margaret Mitchell，1900—1949）的著名小说。

实了。还记得当初看那部电影时，我们哭成什么样儿吗?”

杰斯特说：“我可没哭。”

“你当然哭了，”法官说，“真希望是我写的那本书啊。”

杰斯特沉默以对。

“回到我们原来的话题上。不仅是国民经济蓄意被损害，联邦政府还彻底没收了南部邦联的货币。整个南部邦联，连一分钱都没有得到偿还。我还听说南部邦联的钞票被他们用来引火。”

“以前阁楼上有一整箱子南部邦联的钞票。不知现在去哪儿了。”

“在我图书室的保险箱里。”

“为什么放在那儿？不是已经一文不值了吗?”

法官并未回答；而是从他的马甲口袋里掏出一张一千美金的邦联钞票。杰斯特带着孩童时在阁楼上游戏的好奇心仔细端详这张钞票。钞票看上去货真价实，崭新的绿色，令人信赖。但这种新奇感只在心中点亮了几秒，便瞬间泯灭。杰斯特把钱递还给祖父。

“如果是真钱，这也是个不小的数目。”

“总有一天它会成为你所说的‘真钱’的。一定会实现的，倘若我精力充足，能再为此一战，又看得够远的话，便会使其成真的。”

杰斯特的眼睛冷静清澈，质疑地望着祖父。他说：“这钱也有一百年历史了。”

“再想想联邦政府在那数百年里浪费的数千亿美金。想想为了支援战争，财政上和公共事业上的支出。想想那些被赎回的货币。马克、里拉、日元——所有的外币都被赎回了。而南方呢，无论怎么说，都是亲骨肉，理应被当作亲兄弟对待啊。货币应该被赎回而绝不是贬值。你明白了吗？乖宝贝?”

“但现实已非如此，现在说这些无济于事。”

这番对话令杰斯特深感不安，他希望能离开餐桌，不再待在这里。但他的祖父用手势阻止了他。

“等一下。亡羊补牢，为时未晚。我将尽力帮助联邦政府矫正这个历史性的重大错误，”法官宣布着，眉眼间傲睨一切，“等我赢了下届的选举，我将会给众议院递交法案，期待他们会批准让南部邦联的货币再次发行，按照当今生活费的增长而作适当的调整。新法案将代表众议院为南方复兴做出的努力，将会给南方的经济带来革命性的进展。而你呢，杰斯特，你到时候就是个富有的年轻人了。在那个保险箱里存着一千万美金。你觉得这主意如何？”

“那么多邦联货币是怎么积攒下来的？”

“我们家族的祖先富有远见——杰斯特，记住这一点。我的祖母，就是你的高曾祖母，是个伟大的女子，也是个能高瞻远瞩的女性。战争结束时，她以物易钱，时不时用几只鸡蛋换钱——我记得她跟我说过，有一次，她甚至用一只下蛋母鸡换了三百万美金。那些日子里，大家都饿得失去了信念。世人尽是如此，可你的高曾祖母却不同。她说的话我永远铭记：‘这钱会卷土重来，它命定如此。’”

“但它可并未重生啊。”杰斯特说。

“到目前为止——你且拭目以待。新法案将会复苏南方经济，更会利益整个国家。甚至联邦政府也会从中受益。”

“如何受益？”杰斯特紧追着问。

法官沉着地回答：“个体受益，整体得福。这很好理解；如果我有几百万，我将会投资，雇佣很多人，激励本地商业发展。而我仅仅是需要偿还的一个个体。”

“另外，”杰斯特说，“事情已过去一百年了，怎么追踪从前的货币？”

法官的声音中满是意气扬扬：“那根本无需我们费心。一旦财政部宣布南部邦联的货币有效，马上就会找到钱。邦联货币将会在南方各地的阁楼上，谷仓里被翻出来。在全国各地都会冒出南部邦联的货币，甚至在加拿大都会有所发现的。”

“有钱出现在加拿大，那又有何益处呢？”

法官一时神态庄严：“就是打个譬喻——这是一种修辞手段。”他望着孙子的眼神中尽是期盼，问：“你觉得我的立法提案怎么样？”

杰斯特避开他的目光，沉默不语。而法官又急切地渴望得到他的肯定，便不懈地追问：“觉得怎么样啊，宝贝？这可是一个伟大议员的展望。”又坚定地接着说：“《日报》多次称我为‘伟大的议员’，《信使报》经常把我称为米兰镇第一公民。有一次，报上把我誉为‘南方议员这片灿烂苍穹中最隽永的星辰之一’。你难道还不承认我是个伟大的议员吗？”

这最后一句追问，可不仅是为了得到一句让他安心的话，更是处于绝望中的法官，渴望强固感情的命令之辞。杰斯特没有吭声。生平第一次，他怀疑祖父的逻辑思维能力是不是因为中风受损了。一边是他对祖父的怜惜之情，另一边是健全之人面对残弱之躯本能的远离冲动，他的心在这两点之间保持着平衡。

因为年事已高，又一时激动，法官太阳穴上的血管暴起，他的脸一下子涨红了。法官此生只被人拒绝过两次：一次是他在国会竞选中败北，另一次是他写了一个长篇故事投给《星期六晚邮报》，结果收到了一封套用信函。法官根本不敢相信报社竟会以此方式拒绝他。他又重读了一遍故事，觉得写得比邮报上哪个故事都强。于是他怀疑编辑没有仔细阅读他的文章，便将几页手稿黏在一起邮过去，等手稿再次被退回，他便决定从此再也不看邮报了，也再没写过一篇故事。而如今，他不愿相信，他与孙子之间会真的隔阂至此。

“你还记得吗，那时你还是个小男孩，就喜欢叫我爷地？”

对于这段记忆，杰斯特无动于衷，祖父眼中的泪光把他惹烦了。“我什么都记得。”他起身立于法官的椅子后面，但他的祖父没有起身，他便无法离开。祖父抓住杰斯特的手，放在自己的脸颊上。杰斯特因尴尬而身体僵硬，他的手也没有回应祖父的抚摸。

“我从未想过我的孙子会说这样的话。你说你不知道为什么种族之间不能混合。想想这样发展必然导致的后果。异族通婚。你觉得这个后果如何呢？倘若你有个妹妹，你愿意她嫁给黑种小伙子吗？”

“这我并不在意。我在意的是种族平等。”

“但是如果你所谓的‘种族平等’将导致异族通婚——根据逻辑推理必会实现——你会娶一个黑鬼吗？坦白说。”

杰斯特不由自主地想到了薇萝莉，还有那些在家里干活的佣人——那些厨子，洗衣妇，还有煎饼广告上那个杰迈玛大妈。他的脸腾一下红了，脸上亮堂了些，雀斑便愈加明显。这幅画面可是把他骇到了，他一时说不出话。

“你看，”法官说，“你也就是要要嘴皮子功夫——那一套都是北方佬编排的。”

杰斯特说：“我仍然觉得你身为法官，是在用两种不同的标准来宣判同一案件——根据却是案犯是白人还是黑人。”

“当然了。他们本来就截然不同。白是白，黑是黑——而只要我力所能及，他们永远不会混合。”

法官笑了起来，杰斯特正想把手抽走时，法官又握住了他的手。

“我花了一辈子时间和正义打交道。你父亲过世后，我才意识到苛求正义不过是痴人说梦。正义不是个直尺，并非走到哪里都刻度一致。你父亲死后，我明白了有一件事高于正义。”

杰斯特一下子来了精神，但凡牵系到他的父亲，他父亲的死，任何事都会吸引他。“祖父，那什么才是最重要的？”

“激情，”法官回答，“激情重于正义。”

杰斯特觉得很窘，身子僵住：“激情？我父亲有激情？”

法官没有接话，继续说，“你们这代年轻人全无激情。你们这代人啊，背离了祖先的理想，否定了血脉的流传。我那时在纽约，看见一个黑人和一个白人女孩一起用餐，我从骨子里都深恶痛诋。我那种激愤并不关乎正义——当我看见那两个人坐在一起有说有笑，还在同桌吃饭，我的血就往上涌——当天我便离开纽约，再也没有回到那个巴别塔①，我至死都不会再去那里。”

“我才不会在意那些呢，”杰斯特说，“其实过不了多久，我就要去纽约。”

“这就是我所说的呀，你毫无激情。”

这些话重重地伤到了杰斯特，他浑身颤抖，脸瞬间涨红地说：“我不觉得——”

“或许有一天，你也会心怀激情。等激情找上了你，你那半吊子的所谓正义观将会荡然无存。之后你才会成长为一个真正的男子汉，我的孙子啊——那时，你才会成为我称心如意的孙子。”

法官扶着拐杖从桌边走开，杰斯特帮他挪开椅子，法官直起身正对着壁炉上的画作。“等一下，乖宝贝。”法官搜肠刮肚地寻找话语，想缝合在这两个钟头里他们间产生的罅隙。终于他说：“你知道，杰斯

---

① 巴别塔，又译通天塔，来自《圣经·旧约·创世记》第十一章，创世之初，人类语言相通，便欲建高塔通天，上帝有意扰乱其语言，以摧毁通天塔的计划，从此人类产生了不同语言及不同民族。

特，我也看见你说的那只粉骡子啦——就在果园与棚屋间的天空中。”

这番坦白却无济于事，他们双方也都心知肚明。法官慢慢挪步，杰斯特在他身边静候着搀扶。杰斯特的怜悯混杂了悔意，可他又恨自己的怜悯与悔意。等祖父在图书室的沙发上坐稳，他便说：“我还是觉得很开心，能让你知道我的立场。能说给你听，我已经很开心了。”可他祖父眼中噙的泪水却让他失去了气力，他勉强接着说下去：“无论怎样，我爱你——我真的爱你——爷地。”但是等他们拥抱在一起时，祖父身上的汗味与这种感伤又令他作呕，待他最终从祖父的怀抱里解脱出来时，心中只有落败感绵延不去。

他冲出房间，一步三蹬地冲上楼梯。二楼的走廊尽头有扇彩色玻璃窗，阳光透过窗户，点亮了杰斯特红棕色的头发，却给他气喘吁吁的脸投下暗黄色的阴影。他关上自己房间的门，倒在床上。

他的确没有激情。祖父的一席话令他羞辱难当，那种耻辱感在他体内跳动，他觉得老人已知悉他依然是个处男。他用那双男孩子粗硬的手将裤子拉链拉开，抚摸自己的生殖器，寻求慰藉。他认识的男孩们都会吹嘘各自的风流事，甚至还有人光顾过那个叫丽芭的女人所开的店。那个地方令杰斯特心驰神荡；外面看上去，那是间平淡无奇的木屋，游廊上搭着棚架，爬着一串番薯藤。可这地方的凡俗模样既让他着迷又让他惊惧。他会绕着那个街区转悠，心中充满挑战的兴奋与落空的失败感。一次，午后的稍晚时候，他看见一个女子从房里出来，他注视着她。她相貌平平，穿着蓝色裙子，唇上涂着口红。他本该满怀激情。但当她随意一瞥，瞧见了他，他心中暗藏的落败感让他顿觉羞怯，便止住脚步，呆立原地，直到那女子不再看他。他马上跑了四个街区回到家，倒在了现在躺的这张床上。

不，他心中虽无激情，却曾有爱。有时这爱持续一天，有时一星期，一个月，有一次延续了一整年。一年那次是他爱上了泰德·霍普金斯，全校最棒的全能运动员。杰斯特会在走廊里寻找泰德的眼睛，尽管他的心都要跳出来了，他们那一年也只说过两次话。

一次是两人刚好一起走进前厅，天下着雨，泰德说了句："真是个坏天儿啊。"

杰斯特只是轻声应着："坏。"

第二次两人聊得多些，也没第一次那么随意，却让杰斯特颜面尽失。他爱着泰德，便盼望送件礼物好让泰德念着他。足球季伊始，他在珠宝店看见一个玲珑的金足球，便把它买了下来，却磨蹭了四天才送给泰德。送礼物需要二人独处的场合，经过连续几天的跟踪后，他们终于在更衣室泰德的柜子前相遇了。杰斯特掏出足球，颤抖着手递给泰德，泰德问："这是什么？"不知为何，杰斯特意识到他已铸成大错，慌忙解释："是我捡到的。"

"那为什么要给我呢？"

羞愧令杰斯特头晕目眩："我也用不着，就想交给你。"

泰德那双蓝眼睛凝视着他，眼神中半是嘲讽半是怀疑，杰斯特神色羞赧，白皙的脸上忽然升腾起令人心痛的红晕，雀斑也愈加深暗。

"谢了。"泰德接过金足球，塞进裤子口袋。

泰德的父亲是个军官，军队驻扎在离米兰十五英里的镇子上，正因如此，这段爱恋便蒙上了他父亲会被调离的阴影。而他这份暗地滋长的遐思遥爱，因害怕随时分别而患得患失，又因弥漫在相距千里与冒险的氛围中，竟愈加浓厚。

足球事件后，杰斯特一直躲着泰德，后来，一想到足球，甚至提到"坏天气"这几个字，也会让他羞怯不已。

他还曾爱过教英语的帕芙德小姐，她梳着刘海，从不擦口红。杰斯特对口红厌恶至极，他想不通怎么会有人愿意亲吻一个抹着口红的女人，嘴上黏糊糊脏兮兮的。可几乎所有的女性都擦口红，无论年轻年长，杰斯特眼中的可爱之人便所剩无几了。

炎炎夏日，却觉空无一物，一切都不可捉摸，这个下午在他面前如此漫延开。星期天的下午总是最漫长的时光，杰斯特去了机场，直到晚餐时间才回来。晚餐后，他觉得心中空空洞洞，又抑郁不申。便回了房间，如同午餐后一样，把自己扔在床上。

他正躺在那里冒着汗，依然觉得内心无可告慰，忽然一阵激流涌动使他振奋。远处传来一支曲子，一个低沉的嗓音在钢琴伴奏下浅吟低唱，尽管此曲何意，来自何方，他全然不知。杰斯特用胳膊肘撑着，一边聆听，一边凝望着那暗夜。这是一首蓝调曲，曲风丰盈伤感。音乐来自法官宅院背后黑人居住的一条街巷。男孩听着这爵士乐在他心中绽放，觉得身心完满。

杰斯特起身下楼。祖父还在图书室，他无声无息地遛进黑夜。音乐来自小巷的第三间房子，他敲了敲那扇门，音乐住了，门开了。

他还不知该说什么，只是一言不发地立在门口，心知有件无可抗拒之事即将到来。他第一次与蓝眼睛的黑人相视而立，面对这个黑人时，他不住地战栗。音乐依然在他体内跳动，与那双蓝眼睛凝神相望时，他竟退却了。这双眼睛让他忆起一些事，这些事使他因突降的羞耻而战悸。他沉默不语，质疑着这种汹汹而来的感觉。是惧？是爱？莫不是，是那种——终于到来了，是那种——激情？爵士乐中的悲伤瞬间碎裂。

依然毫无头绪，杰斯特走进房间，关上房门。

第三章

同一个仲夏夜，空气中萦绕着金银花的芳香，J.T.马隆突然来访。法官一向早睡早起；夜里九点，他在畅快地沐浴，洗得水花四溅，到了清晨四点，他还会再洗一次。并非他偏爱此事。他当然希望在梦神的怀抱里安眠至六点，甚至如常人一般七点再起。但早起这一习惯已深入骨髓，不可轻易移转。法官相信如他这般富态的人，太爱出汗，一天理应洗两次澡，对身边的人也好。因此，在那些昏明的时刻，老法官都会尽情地戏水，哼哼着唱歌——他钟爱的浴缸歌曲是《走在寂寞的松林径》和《我是来自佐治亚理工学院的漫步废人》。今夜，他并无往日的好兴致，和孙子的谈话令他忧心，素日里习惯了在耳后擦花露水，今夜也省去不擦了。洗浴前他去了杰斯特的房间，发现男孩不在，在院子里喊了一阵，也无人回应。法官穿着件白麻纱睡衣，门铃响时，他抓了件睡袍便急着去开门。心想定是他的孙子，他光着脚下了楼，穿过大厅，一时间睡袍都忘了穿，在手臂上晃荡着。这一对朋友看见彼此都惊了一下。马隆尽力不去看那么胖的法官居然有双太过小巧的脚，法官忙着披上睡袍。

“这个点儿，什么风把你吹过来了？”听法官的话音，好像此刻午夜都已过了。

马隆回应着：“我正好出来散步，顺道来你这儿坐一坐。”看脸色却已变容失色，眉眼间尽是绝望，法官没被他的话蒙骗过去。

“你也瞧见了，我刚洗了澡。上楼来我房间吧，我们一起睡前小酌一下。过了八点，待在我那小屋倒是惬意得很。我呢，在床上靠靠，你呢，可以躺在法式长椅上歇歇……或者调换着来。你烦心什么？J.T.，你看上去怎么像被女鬼缠身了？”

“我还真有这种感觉。”马隆回答。再也无法单肩扛着生病的事，那晚他便告诉玛莎他得了白血病。此刻，他丧魂落魄地从自己家里逃了出来，期望在别处寻求慰藉。之前他便担心过，这场不幸或许会打乱他本来的自在生活，会打破夫妻间的那种距离感，他可不想让两人再度亲密起来，但在那个夏风轻柔的夜晚，他遇见的事可怕至极，甚于他终日惶惶的任何事。玛莎哭了，一心要将他的脸浸在古龙水中，还提起了孩子的未来。他妻子根本对医疗结果毫无质疑，一言一行就好像她已深信丈夫确已病入膏肓，即将入土了。她的哀恸，她对病情的确凿无疑，都激怒了马隆，也令他惊惧不已。可那一夜，场面却愈演愈烈。玛莎聊起了两人的蜜月时光，那些在北卡罗来纳州，布洛英罗克山度过的日子，聊起孩子们如何出生，他们一起共度的旅行，还聊起生命中那些莫测的变幻。她说起孩子的教育，甚至还提及了可口可乐公司的股票。她是个端庄传统的女子，维多利亚女性特质的代表——在马隆眼中，她似乎惯常是无性的存在。这种对性的漠视常常令他觉得自己令人作呕，粗野低俗。那晚最是让他惊惧，却是玛莎居然提到了性，这可是真真的出人意料。

玛莎搂着焦躁的马隆，忽然哭着说：“我能为你做什么?”她用了昔日两人曾用过的一种表达。他们曾用它来暗指做爱。一开始是艾伦说的，她那时还是个小宝宝，正逢夏日，看见大些的孩子们在马隆家的草坪上翻筋斗。小不点艾伦就会对着下班回来的爸爸大声叫着，“爹地，你想要我为你翻个筋斗吗?”这句话将夏夜、湿漉漉的草坪、童年融为一体，便成为了青春年少时，两人用以代替性行为的表达。如今，已结婚二十载的玛莎居然重拾了那个说法，她将假牙摘下，仔细地放入一杯水中。马隆惊悸有余，意识到不仅自己即将死去，而且在毫无察觉之时，他身体的一部分已先行死去。他并未应声，失魂落魄地冲进了黑夜。

老法官在前面引路，他的光脚走在深蓝色的地毯上，愈发显得红粉粉的，马隆在后面一路跟随。彼此陪伴带来了无尽的慰藉，两人心中欢悦起来。“我告诉我妻子了，”马隆说，“关于那个——白血病。”

他们穿堂入室，直接去了法官的卧室，里面放着一张巨大的四柱床，床上罩着华盖，堆着几个羽毛枕头。织物都华美精致，却落满灰尘。窗户旁放着一张躺椅，他给马隆指了指，便转头去摆弄威士忌，忙着倒酒了。“J.T.，你注意到了吗，当一个人有缺陷时，他就会率先把这一点安在别人身上？假设一个人贪婪——贪婪就变成了他指责别人的一等一大事，或者吝啬——吝啬之人一眼便能从别人身上瞧见吝啬。”越说越起劲，法官几乎叫喊开了，“唯有贼能抓住贼——贼喊抓贼。”

“我发现了，”马隆应和着，依然有些迷惑不解，不明白这一话题的关键所在，“可我不明白——”

“我正要说呢，”法官说着，看似成竹在胸，“几个月前你跟我谈起海登医生，还有那些血液中奇特的小东西。”

“对啊。”马隆回答，依然不明所以。

“所以呢，今早我和杰斯特从药房回来的路上，碰巧看见了海登医生，可把我惊到了。”

“怎么了？”

法官说：“那人定是得了病。我从没见谁如此憔悴。”

马隆尽力玩味着这句话，想领悟言外之意：“你的意思是——？”

法官的声音沉稳坚定：“我是想说，如果海登医生得了奇怪的血液病，极有可能会把这病安在你身上，而不会说自己有病。”马隆琢磨着这个绝妙的推理，疑惑救命稻草在何方，“不管怎么说，J.T.，我可也是久病成医了；我曾在约翰·霍普金斯医院住了将近三个月。”

马隆脑中浮现出海登医生的双手和手臂。“的确，海登医生的手臂瘦瘦的，汗毛很重。”

法官对这想法简直嗤之以鼻：“别傻了，J.T.，毛发旺盛与生病又有什么关系。”马隆觉得羞愧难当，更驯顺地听法官继续推理。“医生没跟你说他生病了，要么是出于敌意，要么纯属恶意。”法官继续说。“不过这也合乎常理，人嘛，总希望让传染性的坏东西远离自己。我今天看他一眼，就全明白了。那种绝症患者的神情，我一看便知——眼神飘移，他不敢直视我，就好像害羞一样。在约翰·霍普金斯医院时那种神情我可见多了，我那时在那儿可是个生龙活虎的病人，四处走动，几乎是无人不识。”法官信誓旦旦地说，“你的双眼却绝对诚实，虽然身子有点消瘦，你需要多吃肝。肝注射，”他几乎又喊开了，“难道就没有一种叫肝注射的东西来治血液病吗？”

马隆凝视着法官，眼神在迷惘与希望间闪烁。“我不知道你还在约翰·霍普金斯医院待过，”他柔声细气地说，“你从来只字未提，许是出于政治生涯的考虑吧。”

“十年前，我有三百一十磅重。”

“你一向身形保持得很好。我从没觉得你胖。”

“胖子我当然不是。我只是结实富态——美中不足啊。我有时会虚脱，这可让小小姐操碎了心，”说这话时，他瞟了一眼对面墙上妻子的画像，“她甚至还想让我去看医生——为这个整日唠叨。我成年之后就没看过医生，医生在我直觉里要么代表切割，要么就意味着节制饮食，一样可怕。我和塔特姆医生是很好的朋友，经常一起钓鱼打猎，不过他和其他医生可不一样——若非如此，我和医生可井水不犯河水。除了虚脱偶尔发作，我身体可是棒极了。塔特姆医生病逝时，我牙疼得厉害——肯定是情绪影响的，我就去找医生的兄弟，他是县里最好的看骡子的医生。我那天还喝了些酒。”

“治骡子的！”他对法官的思考能力一向信任，可惊愕与反感却在此刻涌上心头。老法官好像并未留意到。

“自然就找上他了，因为恰好在医生葬礼那一周，又是守灵，送葬，又是各种琐事，我的牙疼得像个电铃嗡嗡响——就这样，波克，医生的兄弟，就替我拔了牙——随随便便给我用了他给骡子用的麻醉剂和抗生素，它们的牙结实得很，脾气又倔又敏感，谁想动动它们的嘴，可都不轻松啊。”

马隆讶异地点点头，他的失望感依然徘徊不去，见缝插针便换了话题：“小小姐的那幅画，还真是画得栩栩如生。”

“我偶尔也会这么想。”法官心中得意，有这样一种人，他们总觉得自己拥有的东西比别人的高超——即便东西无甚差别，法官就是这么一种人。他若有所思：

“赶上我心里忧闷，再瞧那画，就觉得萨拉左脚没画好——若是适逢我心灰意冷，看那画时，甚至觉得那左脚画成了诡异的尾巴。”

“我可没看出有何不好，先生，”马隆安慰他，“关键是脸，面部才是最重要的。”

“尽管如此，”法官情绪激昂，“我多希望她的画像是由乔舒亚·雷诺兹爵士[①]，或是那些绘画大师来完成。”

“喔，那可就完全不同了。”马隆应着，瞧着这幅由法官姐姐画的拙劣画像。

“我已经不再满足于自家制作的廉价产品——尤其是艺术品。但那时我又怎会想到小小姐会弃我而去，撒手人寰呢。”

眼泪点亮了他那黯淡苍老的眼睛，他不再说话，这位饶舌的老法官永远都无法谈论妻子的离世。马隆也默然回忆起往事。法官的妻子死于癌症，马隆在她漫长的生病期间，依照医生的处方为她配药，他经常来看她——有时会从自家花园采些花，或者带瓶古龙水，似乎如此便可以柔化他送来吗啡的事实。法官经常拖着步子在房子里阴郁地彳亍，马隆觉得，法官只要能多陪妻子一刻，他什么都愿做，即使是以损害政治生涯为代价。小小姐得的是乳腺癌，而且已经扩散了。法官的悲哀无边无涯；他经常出没于市立医院的各个走廊，甚至骚扰那些对这种病一无所知的医生，他时而抽抽泣泣，时而四处质疑。他在第一浸信会教堂组织了祈祷，每周日都会捐上一百美元。后来他妻子回了家，明显康复许多，他心下无限喜悦，精神抖擞起来；他买了一辆劳斯莱斯，雇了位“安全的黑人当司机”，为了她能每天兜兜风。待她知道自己旧病复发，便想瞒着他，有一阵子他依然逍遥自在，任意挥霍。后来，明显能看出她身体不行了，他不想知道真相，竭力欺

① 乔舒亚·雷诺兹爵士（Sir Joshua Reynolds，1723—1793），英国18世纪后期最负盛名的历史肖像画家，艺术评论家。

骗自己也欺骗她。他避开医生，不再问问题，他接受了一个训练有素的护士成为家里一员的现实。他教会妻子如何玩牌，她状态好时，他们经常一起玩牌。有时，她明显忍着剧痛，法官会轻手轻脚地去冰箱里拿吃的，不管什么都塞进肚子，却根本食不知其味，他只能劝慰自己她得过重病，经历了大手术，恢复需要一段时间。只有这样，他才能蒙蔽自己，从每日隐秘的悲伤中镇定心神。

她去世时适逢十二月，寒气逼人，天空碧蓝无云，圣诞节颂歌在冷峻的空气中回荡。法官因为伤心过度，身心俱损，欲哭无泪，他不停地打嗝，就在要开始宣读葬礼悼词时，谢天谢地啊，他总算不打了。那个冬日的傍晚时分，待葬礼都已结束，宾客也已散去，他独自一人乘着劳斯莱斯去了墓地（一周后他卖了那车）。在那里，苍白冷漠的第一批星星已浮现在天宇之上，他用拐杖戳着坟墓上新铺的水泥，思量着这墓碑的工艺，步伐缓慢地走回那辆车，由“安全的黑人当司机”，一到车里，他便精疲力竭，睡了过去。

法官最后看了一眼那幅画像，将盈满泪水的双眼挪开。这世上再也没有更纯真的女子了。

哀悼了一段日子之后，马隆和镇上的人都期待着法官再婚；甚至法官自己，在那幢巨大的房子里形影相吊，伤心地踱来踱去，心中也有种莫名的期待。到了礼拜天，他便精心打扮去教堂，庄重地坐在第二排，不错眼珠地盯着唱诗班。他的妻子曾在唱诗班演唱，他喜欢看女人歌唱时喉咙与胸部的颤动。在第一浸信会教堂的唱诗班里倒是有几位可爱的女士，尤其是法官常常注目的女高音。但城里还有许多其他的教堂唱诗班。带着一种异教徒的暗喜，法官去了基督教长老会，那里有个金发碧眼的歌手——他妻子便是金发碧眼——那歌手唱歌时的喉咙与胸部迷住了他，尽管其他方面她都远不对他的胃口。于是，法官总是一身炫目的打扮，坐在教堂的前几排。他不停地更换着各式各样的教堂，对唱诗班暗自品头论足一番，尽管他根本对音乐一窍不通，五音不全，还愿意扯着嗓子喊。没人对他频频换教堂有什么意见，但他自己定是起了罪恶感，总听到他那大嗓门到处宣称："我是想了解一下各种宗教和教义。我们夫妻一向都心胸开阔不拘泥。"

法官从没刻意地想续弦；他每每谈及妻子，言谈间仿佛她尚在人间。但心中仍有种空虚的渴望，就勉力地品佳肴、喝美酒，欣赏合唱队的女士们。如此，他便开启了一场隐藏在潜意识中对已故妻子的追寻。小小姐品性纯洁，纯洁便不觉间成了他唯一在意的特质。还要是个合唱队歌手，唯有合唱队歌手对他的胃口。这两点倒还不是难事。可小小姐牌打得一流，如此一来，未婚的合唱队歌手，冰清玉洁，还要是个精明的扑克玩家，这恐怕就有点稀缺了。小小姐去世后两年，一天晚上，法官邀请了凯特·斯平纳小姐周六来吃晚餐。他还一并邀请了她那年长的姑姑相陪伴。准备晚餐时，他先想到了亡妻，若妻子尚在，会如何安排。晚餐的第一道菜是牡蛎。随后上鸡肉，还有用咖喱炖的西红柿，搭配葡萄干与杏仁，这可是小小姐最钟情的配菜之一。每道菜之间都会奉上红酒，冰激凌甜点之后上白兰地。法官为这一餐可是操了几天的心，确保用的都是上好的盘子和银器。可这顿晚餐却是大错特错。首先，凯特小姐从来没吃过牡蛎，法官试图劝她尝试一下时，她也怕得要命。等红酒下肚，平时没有品酒经历的凯特小姐便开始咯咯嬉笑，法官觉得这种笑暗示意味太浓，莫名其妙地就让他很反感。而另一边呢，老姑娘称自己从未碰过一滴酒，对她侄女竟然能沉湎于酒惊讶不已。在这顿不甚愉快的晚餐终了之时，法官虽然失望至极，但依然存一线希望，拿出一副新的扑克牌，提议和女士们玩上一圈。他脑中浮现出妻子那修长的手指，上面戴着他买的珠宝。

但结果呢，凯特小姐长这么大从未摸过牌，而那老姑娘，还没忘了说一句她的心里话：打牌乃通往恶魔官邸的大门。宴会就这么草草结束了，法官临睡前，一个人喝光了那瓶白兰地。他将失败的原因归结为斯平纳一家所信的宗教——路德教，这样的人与去第一浸信会教堂的人当然不可同日而语了。他如此安慰了自己一番，不久，他天生的乐观便又恢复如初了。

可他无论如何心胸宽广，在教义与教派方面，也不会走得过远。小小姐出身于圣公会教徒家庭，他们婚后便皈依了第一浸信会。圣公会唱诗班的哈蒂·皮芙唱歌时，喉咙会起伏颤动。每逢圣诞节，教堂会众唱到哈利路亚一段时会站立起身——年复一年，法官都在这一段闹笑话，他像个傻子似的坐在那里，直到猛然间意识到身边的每个人都站起来了，他便会以最响亮的歌声来弥补……但这个圣诞节，哈利路亚一段都已过去了，法官竟未察觉，他一个劲儿伸长了脖子看哈蒂·皮芙小姐。礼拜结束后，他一路脚蹭着地，走过去邀请她和她年迈的母亲下一周周六共进晚餐。他又开始为准备晚宴苦恼了。哈蒂小姐身形结实，出身于良好的家庭。她可不是桃李年华的姑娘了，这个法官心中有数，可他自己也壮年已过，接近古稀之年。当然这里不存在结婚的问题，因为哈蒂小姐是个寡妇。（在这场潜意识的寻爱之旅中，法官自动地就排除了寡妇，当然还有离婚的女子，因为他坚定地认为女性结两次婚是最不成体统的行为。）

这第二顿晚宴可与路德教那一顿大相径庭。原来哈蒂小姐对牡蛎很痴迷，甚至尝试着一鼓作气整个一只吞下去。老妈妈讲述了她如何做了全牡蛎宴的故事——生牡蛎，贝蚝，花样繁多，老妇人一一道来——这全牡蛎宴是为了帕西的生意伙伴而备的，帕西就是“我那亲爱的伴侣”，还讲述了最后如何发现那位生意伙伴根本不吃牡蛎。随着老妇人酒入豪肠，故事便越来越冗长乏味，女儿试着换个话题，却无济于事。晚餐后，法官拿出纸牌，老妇人称自己视力不佳，看不清牌，能望炉酌酒便已心满意足。法官便教哈蒂小姐打二十一点，发现她略微点拨便已通晓。但他心心念念着小小姐那双修长的手，还想念着手上那枚宝石戒指。而且，哈蒂小姐身形丰腴，不是他爱的风格。他不由得拿她那珠圆玉润的身材与妻子那削肩细腰比量。他的妻子有着小巧的胸部，而且，有一只被切除了，他从未淡忘。

情人节时，实在忍受不了那种空虚之感，他便买了一盒五磅的心形糖果，从J.T. 马隆的店里买的，也算帮衬了马隆。在去哈蒂小姐的府上时，他一路审慎思量，又缓步踱回了家。他自己把一盒子糖果都吃了，整整花了两个月。在经历了三番五次如此这般的小插曲之后，到头却是一场空，法官便全身心地将自己奉献给了孙子，为他付出了所有的爱。

法官一味宠爱孙子，这爱已超越了理性。镇上流传着一个笑话，说在一次教堂组织的野餐中，法官小心翼翼地将一粒粒胡椒从他孙子的食物中挑拣出来，只因那孩子不爱吃胡椒。那孩子四岁时，便能背诵主祷文和二十三篇诗篇，都是他祖父耐心教导之功，全镇子的人集合在一起听这个神童表演，老人简直喜上眉梢。当他把整个心思扑在孙子身上时，那令他伤怀的空虚感渐渐烟消云散，一同消散的还有他对合唱队女士的迷恋。尽管年事已高，当然法官是永远不会承认自己年老的，他依然每天一大早便去法院，到办公室坐坐——早上步行过去，中午坐车回来，在家度过漫长的午餐时光，再坐车回去进行下午的工作。他在法院广场上叫嚣着辩论，在马隆的药房里侃侃而谈。周六晚上，他会去纽约咖啡厅的里屋过过牌瘾。

法官这一生都信奉这样一句人生格言：“Mens sana in corpore

sano." [1] 如今中风了，这句座右铭似乎有些不合时宜，他却一如往日坚持着这一信条。恢复期里，他脾气乖蹇了些，可之后便又一切如常；尽管只是上午会去办公室转转，根本无所作为，不过是查查日渐减少的邮件，他会读读《米兰信使报》，翻翻《花枝账目》，礼拜天会看看《亚特兰大宪法报》，可这份报纸经常惹得他怒不可遏。那次发病，法官是在浴室里倒下的，只怪男孩子睡得死，他在浴室地板上整整躺了几个钟头，之后杰斯特才听见呼喊声。这"轻微发作"来得如此出其不意，法官起初还一心指望转瞬间就能身强体健了。他可不会承认自己是中了风——轻描淡写地称其为"轻度小儿麻痹症"，"轻微发作"，要么其他的小病。等他能起身走动，他便宣称自己用拐杖是因为他一向有此雅好，而这种疾病的"小攻击"，兴许能让他受益匪浅，因为在养病期间他经历了沉思默想，又进行了"新的研究"，如今，他的头脑可是更加灵敏了。

老人躁动不安地等待着门闩的响声。"杰斯特这么晚还出去，"他抱怨着，"他一向行事周到，夜里出去都会事先说一声。洗澡之前，我听见不远处传来了音乐声，我琢磨着他兴许是去院子里听了。但等音乐声停了，我叫他时，却无人回应，现在都已过了他平日的睡觉时间，他还没回家。"

马隆将他长长的上嘴唇抿住嘴，他对杰斯特并无好感，但他依然和善地安慰着："喔，男孩终归是男孩，本性难移。"

"我这一向都为他伤神，想想看，他在这样一个弥漫着悲伤氛围的宅院里长大。这房子可真是让人心碎啊。有时我觉得他对伤感音乐

---

① 意思是：高尚的灵魂寓于强健的身体。

那么情有独钟，怕是与这有关吧，虽然说他母亲就钟爱音乐，”法官这么说，无意间漏掉了中间一代，“我当然指的是他的祖母，”他纠正道，“杰斯特的母亲就和我们住过很短的时间，而那段日子充塞着暴力与悲伤，一片狼藉——一切都混乱不堪，她来去匆匆，又默默无闻，于是到现在音容都几乎是模糊的。她的头发是浅色的，一双棕色的眼睛，声音甜美——不过，她父亲却是个走私酒的，远近闻名。不管我们当时作何想法，她绝对是个伏于祸事中的福佑。”

“可坏就坏在，她正好被裹挟在一堆事情里：约翰尼去世，杰斯特出生，小小姐旧病复发。要最有个性的人方能在这种背景中脱颖而出，米拉贝拉可没什么性子。”事实上，唯一记忆犹新的是有个礼拜天，正吃着午餐，这个温和的陌生人说：“我爱火烧冰激凌。”于是，法官便自告奋勇开始纠正她的错误。“米拉贝拉，”他声色俱厉，“你爱我，你爱你记忆中的丈夫，你爱小小姐。但你不爱火烧冰激凌，懂了吗？”他说得头头是道，用最慈爱的目光凝视着他手中切下的肉，“你是喜欢火烧冰激凌。明白区别了吗，孩子？”她明白了，但胃口全无。“是的，先生。”她说着便放下了叉子。法官心中有几分内疚，却生起气来，斥令道：“接着吃，孩子。你现在这样的身子，必须得吃。”但她一想到自己的身子，便泣不成声，回了房间。小小姐重重瞅了一眼她的丈夫，眼神中满是谴责，没多久也回房了，留他一人独自就着怒火吃饭。为了惩罚她们二人，他故意大半个下午都躲着她们，一个人关在图书室独享寂寞；当门把手被拧动时，他终于如愿以偿，却拒绝让步，不应声回话。他甚至还赌气独自去了墓地，按惯例每逢礼拜天，都是他陪着妻子和儿媳一起去约翰尼的坟地。一路步行去墓地使他恢复了往日的好心情。他在四月的黄昏中散着步，去皮扎拉蒂水果店逛了逛，因为这店礼拜天也不休息，他买了几包糖果，一些橘子，甚至还买了一只椰子，那天晚餐后全家同享了那只椰子。

“米拉贝拉啊，”他对马隆说，“真希望她那时是被送到约翰·霍普金斯医院分娩。但克兰恩家的人一向都是在家出生的，谁又会知道出这事儿呢。而且，往往都是事后聪明哦。”如此，他便结束了这番话，把那在分娩中死去的儿媳妇打发了。

“米拉贝拉的事着实让人惋惜啊，”马隆随口应付着，“她那一代女性很少会死于分娩，一旦发生，尤其惹人心痛。她以前每个下午都会来药房吃个甜筒。”

“她最爱吃甜品了。”法官说，言语间有种特殊的满足感，因为他已从这件事上捡了便宜，他常常挂在嘴边的话是“米拉贝拉喜欢吃草莓松脆饼”，要么就是喜欢吃其他的美味佳肴，他把自己的欲望转嫁到儿媳妇身上。他的妻子尚在人间时，心思巧妙，不懈操劳，将法官的体重维持在三百磅以内，尽管她从未提过什么卡路里或节食这些词。暗地里却研读了食物的热量表，据此安排三餐，法官却一无所知。

“到最后，我问遍了镇上的儿科医生，”法官这么说，竟更像为自己开脱，好像有人指摘他没照顾好他的家人，“可她得的是一种罕见的妊娠并发症，根本预见不成。一开始就该带她去约翰·霍普金斯医院，我至死都不会原谅自己。那家医院精通治疗各种并发症和罕见的疾病。如果当初我没在那里住院，今天可能都入土了。”

马隆聊着别人的病，心中却倍感安慰，谨慎地问：“你的病症复杂吗，是罕见的病吗？”

“并没有多么复杂，也并不罕见，却很奇怪，”法官说着，一副满不在乎的样子，“我那亲爱的妻子离世时，我心痛过度，便开始以齿掘坟。”

马隆打了个寒战，有那么一瞬，眼前浮现出一幅画面：他的这位朋友椎心泣血，嘴里还嚼着坟墓里的沙土。马隆生了重病，已无力抵御这些突然而至的画面，无论多么令人作呕，这些影像都会随意浮现。疾病对他的主观意识有无比深重的影响，一切最平静客观的概念都会引发马隆内心的强烈反应。比如，只是略微提及最稀松平常的事物，如可口可乐，也会暗指他所遭受的奇耻大辱：在别人眼中，他再也做不到养家糊口，只因他妻子手上有一些可口可乐的股票，她是自己花钱买的，存在了米兰银行及信托公司的保险箱里。他的这些反应，似洞穴一般深不可测，每一次发作都不由自主，他几乎毫无意识，因为潜意识总是反复无常，还拥有背人耳目的优雅风范。

“后来我在你的药房里称重，重达三百一十磅。但那也没怎么让我忧心，唯一让我烦恼的是虚脱时常发作。只有当异乎寻常的事情发生时，我才会认真想想自己这病。终于有一天，发生了一件不同寻常之事。”

“什么事？”马隆问。

“杰斯特那时候才七岁。”法官停下话头，抱怨了一番那段苦日子，“唉，一个男人抚养没妈的孩子可真是含辛茹苦啊，既要把他拉扯大，还要教他做人的道理。唉，那些年吃了不少克莱普式婴儿食品，有一次，他半夜忽然耳朵痛，我把止痛药泡在糖和橄榄油里，滴进他的耳朵里才好。当然还有个护士，克里奥帕特拉，多数时候是她在忙，但我的孙子怎么说都还得靠我啊。”他叹了口气，接着讲他的故事：“不管怎么说，杰斯特还是个小孩时，我决定教他打高尔夫球，我们就在一个晴朗的礼拜六下午，打算去米兰乡村俱乐部上课了。我正摆着动作，给杰斯特演示着各种握杆的姿势。我们走到了那个——那个靠近树林的小池塘——你知道的，J.T.。”

马隆从未打过高尔夫，也不是乡村俱乐部的会员，点点头，觉得无比自豪。

“就是这样，我正在那儿摆动身子，突然就不省人事了。直接一头栽进了池塘。想想吧，我溺水时，身边就一个七岁男孩，还有个黑人小球童，只能指望他们救我。他们俩怎么把我拽上来的，我无从知晓，我浑身都湿透了，神志不清，也不可能帮上忙。不过，肯定是费了一番功夫的，我可有三百多磅啊，多亏了那个黑人球童够机灵，我终于还是脱险了。那次虚脱让我开始认真考虑去看医生了。可米兰镇上的这些个医生，我哪个都不待见，更无信任可言，如同神赐福音一般，我猛然间就想到——约翰·霍普金斯医院。我知道他们治得了我这种疑难杂症。我送给那个救我的球童一个金表，表上还雕刻着一句拉丁文。”

“拉丁文？”

“Mens sana in corpore sano.”法官淡定地说，他只认识这么一句拉丁语。

“再合适不过了。”马隆应和着，拉丁文他半字不识。

“我又怎会知道，那个黑人男孩与我之间有种特殊的牵连，也可说是不幸而引发的牵系。”法官徐徐道来，又阖上眼帘，想必是不想再说下去，却还是勾起了马隆的好奇心。“虽然如此，”他继续说，“我想雇他当我的贴身侍者。”他居然用了这么个过时的词，着实让马隆吃了一惊。

“自那日掉进了池塘，我就对这病警觉起来，又知道约翰·霍普金斯医院专治疑难杂症，随即便去了那里。我带着小杰斯特一起去的，好让他见见世面，也可算是个奖励，毕竟他也帮着球童救我了。”法官藏着实情未说，若无这七岁小孙子的陪伴，住院这样可怕的经历，他着实无力承受，“几日后，我便见了休姆医生。”

各种影像在马隆潜意识里闪现：弥漫着乙醚的诊室，小孩子的叫声，海登医生的刀，还有那个检查台，他的脸立时苍白起来。

“休姆医生问我有没有饮食过量，我向他保证我绝对吃得不多不少。之后，他的问题就狡猾起来了。比如，他问我每餐吃几块松饼，我告诉他：‘正常，不多不少。’他便更狡猾地问下去，天下医生都是这一个样，他问我‘正常’是多少呢。我告诉他：‘也就是一打到两打吧。’话刚出口，便心知我这是遭遇滑铁卢了，这一局我败了。”

马隆瞬间看见浸软的松饼让拿破仑蒙羞。

“医生说我有两种选择——要么一切照旧，我便没有多久好活了，要么就节食。我承认当时我可是着实吃了一惊啊。我跟他说，事关重大，我不能立即做出决定。请他给我十二小时考虑时间。‘我们会发现节食并不难，法官。’你不觉得医生用‘我们’这个词简直是可恶至极吗，其实他单单指的就只是你自己？他可以回家，狼吞虎咽一顿吃下五十块松饼，十块焗雪糕布丁——而我呢，我还要节着食挨着饿，我琢磨着这事，心里可是火冒三丈。”

“我也痛恨医生用‘我们’这个词。”马隆忙表示赞同，曾经在海登医生的诊室，经历的那番感情的起伏真令自己叫苦不迭，此刻这种感觉又回来了。还有那句宣判之词犹在耳边：“我们有一个白血病的病例。”

“况且，”法官接着说，“我恨透了这种事，该死，医生认准了他跟我说的就是所谓的真相。我一个劲儿寻思着节食这件事，怒火中烧，我估计当时分分钟就中风了。”话音刚出，法官马上纠正：“我是说心脏病发作，‘轻微发作’。”

“对，医生这样做的确不对。”马隆忙不迭地应和。他曾要求得到真相，可一旦问出来，他想要的却只是一句安心的话，好解了他的忧。他怎会想到不起眼的春倦症竟变作了要人命的病？他求得是从此能心宽体胖，是真切地同情，得到的却是死亡执行令。“这些医生们啊，老天知道，当你正躺在台子上，或是坐在椅子上，衣衫半裸时，他们却洗着手，眼睛望着窗外，要么摆弄些可怕的东西。”他的声声哀诉，透出身体已孱弱不堪，心中又悲愤交加，如此便结束了这番话：“当年没从医学院毕业，现在看来，却是我的一大幸事。我的灵魂也好，良心也罢，都不会允许我做这种事儿的。”

“那天我真按之前说的，整整琢磨了十二个钟头。一个我呢，一门心思让我节食，另一个我说，去他的吧，人只活一辈子。我想到了莎士比亚那句话，‘生存还是死亡’，我也是百般思索，苦不堪言。将近黄昏时分，一个护士拿着托盘进了病房。托盘上放着一块比我的手掌厚实两倍的牛排，还有一份甘蓝、莴苣、番茄做的沙拉。我细细打量着这个护士。她的胸部小巧玲珑，颈部优美……对于一个护士来说，这就不错了。我跟她倾诉了我的苦恼，诚心诚意地向她请教节食的食谱是什么。等她告诉我之后，我可是大吃一惊啊，她说：‘在你面前放着的，法官，便是节食的食谱。’待我弄清他们不是在戏弄我，便托人告诉休姆医生我要节食，而且已经开始了。还有酒呢，我忘提了，有棕榈酒。我想办法搞到的。”

“怎么办到的？”马隆问。他对法官的小弱点了如指掌。

“上帝总会以奇特的方式安排一切。那时候，我把杰斯特带出学校，让他在医院陪我，大家都觉得这是怪事一桩。有时我其实也这么想，但在内心深处，我害怕自己会终结在北方的那个医院里。我之前也没打什么主意，但一个七岁的男孩正好可以去最近的酒铺买瓶酒给他病弱的祖父。”

“生活的诀窍就在于，你要化凄惨的经历为快乐的往事。等胃口变小之后，我在约翰·霍普金斯就过得相当不错了，三个月减了四十磅。”

法官留神一看，方见马隆目光中绵延的忧郁，心中忽地一阵内疚，这么长时间，他却只顾聊自己的事。“你可能觉得我的生活里尽是玫瑰与美酒，充满了风花雪月，可是J.T.呀，事实并非如此，我告诉你一件事，这件事我从未对任何人说起过，这可是个骇人听闻的秘密。”

“怎么回事，究竟是——”

“节食之后，我可是身心愉悦，终于丢掉了那一身臃肿肥胖，但节食已经成为我的一种习惯，一年后，我去约翰·霍普金斯医院做年度体检，查出血液中含糖，应该就是糖尿病。”马隆成年累月地卖胰岛素给他，自然不会对这秘密有些微的惊讶，可他也仍旧没说什么，“这病虽不是绝症，却是因为饮食引起的。我找到休姆医生，把他骂了个狗血喷头，威胁要起诉他，但他却和我一番理论，我这么个地道的地方法官，当然意识到这事情在法庭上可站不住脚。而且，这样一闹就会招惹更多麻烦。J.T.，你知道的，虽说这不是绝症，但还必须每天注射。这病虽不传染，但我总觉得健康若出了问题，总会对我不利，所以这事情还不能公开。不论别人承认与否，我现在还处于政治生涯的巅峰时期。”

马隆忙允诺：“我不会跟任何人说的，虽然也没什么丢人的。”

“先是肥胖，之后是那次轻微发作，如今呢，火上浇油地又得了糖尿病——如此多病之躯，对于一个人的政治生涯，可是前路坎坷啊。尽管有个跛子在白宫也干了十三年。”

“法官，我可是完全信赖你的政治头脑。”他虽如此敷衍，但在那一夜之后，他却莫名地对老法官不再信任——个中缘由，他却并不知晓——至少，在医学上他可是不再信任法官了。

“年复一年，我一直忍受着公立医院的护士来为我注射，可巧遇上了机缘，被我寻着了别的法子。我遇见个男孩，他可以照顾我，帮我注射。他就是你在春天时向我打听的那个男孩。”

马隆忽然忆起了那个人，问道：“不会是那个蓝眼睛的黑人吧？”

“正是他。”法官回答。

“你对他了解多少？”马隆问。

法官回想起自己生命中悲楚的往事，那个男孩又如何成了这些往事的焦点。他却只对马隆说：“记得在我掉进池塘里，救了我命的黑人球童吗？就是他。”

之后，这一对朋友便一阵开怀大笑。想起那次不幸，两人都将意识定格在一个三百磅的老人被球童拖拽的画面上，疯狂的笑声在暗夜中回响。他们对灾祸付之一笑，各自笑着各自的祸事，笑声许久都不曾停歇。法官先止住笑声：“说正经的，我想找个信得过的人，谁能比得上那个救了我一命的小球童呢？胰岛素这东西神秘微妙，注射的人必须智力过人，谨慎负责，还要对给针头消毒这种事很在行。”

马隆暗自揣摩，那男孩或许很聪明，但对于一个黑人来说，他难道不是太过聪明了吗？他为法官提心吊胆，又看见了那双冰冷却燃着火焰的眼睛，又牵系地想起了药杵、老鼠和死亡。“我若是你，就不会雇那个男孩，不过，法官，你该已权衡利弊了。”

之前令法官忐忑的事又浮上心头：“杰斯特不好跳舞，也从不喝酒，就我所知，他甚至都不带女孩子出去。可他现在去哪儿了呀？天越来越晚了，J.T.，你觉得我是不是该报警？”

想到报警和由此引起的骚乱，马隆忽觉身心俱疲：“又没那么晚，何必担心呢，但我可是该回家了。”

“J.T.，叫个计程车，车费算在我账上，明天我们再接着聊约翰·霍普金斯，而且说正经的，你该去那儿看看。”

马隆应着话：“谢谢你，先生，可我不用坐计程车——呼吸些新鲜空气对我总归是好的。别为杰斯特担心了，他一会儿就回家了。”

尽管马隆称走走对他有好处，尽管今夜风和柔暖，回到家时他却依旧周身冰冷，虚乏无力。

他轻手轻脚地上了和妻子共眠的床榻。但当她温热的臀部碰到他的臀部时，想起二者昔日相缠的活力，他心中厌烦，马上避闪开——死亡近在咫尺，生者又何以存活？

第四章

同在这个仲夏夜，杰斯特和谢尔曼初次相见。相见时九点未到，二人见了也不过两个钟头。但人逢青春年少之时，两个钟头却可定下一世的命路——歧路明路，尽已注定。杰斯特·克兰恩当晚便经历了此番历程。听了曲子，又见其人，都让他难抑激动的心情，待这满心的狂喜平复之后，杰斯特打量起这个房间。角落里种着些绿色植物。他镇定心神，细看起眼前这个被他打扰的陌生人。那双蓝色的眼睛望着他，一脸狐疑，但杰斯特依然缄默不语。他脸飞红了，雀斑愈显得深黑。"抱歉打扰一下，"他颤抖着嗓音说，"你是谁，刚才唱的是什么歌曲？"

对面是和杰斯特一般年纪的年轻人，他刻意用一种令人毛发悚然的声音说："你若真想知道残酷的事实，我不知我为何人，更不知我来自何方。"

"你是说你是个孤儿，"杰斯特忙应和着，"唉，我也是，"他兴奋地加上一句，"你不觉得这冥冥中注定了什么吗？"

“没觉得。你知道你是何人，是你的爷爷让你过来的吗？”

杰斯特摇摇头。

杰斯特一进屋，谢尔曼以为是来吩咐他任务的，过了一阵子，他又觉得是来戏弄他的。“那你闯到我这里为了什么？”谢尔曼问道。

“我不是闯进来的。我敲门了，还说了‘抱歉打扰’，而且我们还聊了几句。”

谢尔曼生性多疑，便暗自思忖这是要怎么戏弄他，心中自然十分戒备：“我们并没聊。”

“你刚说不知道你父母是谁。我的父母都过世了。你的呢？”

蓝眼睛的黑人男孩说：“残酷的事实是，我对他们一无所知。我被遗弃在教堂的长凳上，根据尼日利亚民族的传统，按照黑人的起名方式，我的姓便是登。我名叫谢尔曼。”

换作是旁人，比不得杰斯特如此善解人意，早便意识到这年轻人是故意对他蛮横无理。杰斯特也心知他该回家了，但就好像被那双在黧黑脸庞上的蓝眼催眠了一般。谢尔曼之后便不再说话，开始弹琴唱歌。他唱的是杰斯特之前在房间里听到的那首歌，杰斯特只觉得从未有过的心旷神怡。谢尔曼有力的手指在象牙琴键上显得愈加黝黑，唱歌时，强壮的脖颈向后仰着。歌曲的第一节临到尾声时，他向沙发摆了摆头，似乎在示意杰斯特坐下。杰斯特便坐下聆听。

曲尽时，谢尔曼弹了一段滑奏玩闹着结束了演奏，走进隔壁的小厨房，回来时手里拿了两杯倒好的酒。他递给杰斯特一杯，杰斯特接过来，问喝的是什么。

“卡尔费特威士忌，九十八度的陈年佳酿。”谢尔曼并没说，他买这种威士忌，是因为那一年的广告上，“卓越人士”喝得就是这酒。他还曾着力模仿广告中那位男士的穿衣风格：精心装扮后的衣着不整。但是穿在他身上却只是衣衫不整，他可是镇子上打扮最时髦的人之一。他有两件海瑟威衬衫，还在一只眼睛上配了黑色眼罩，但他这么穿却看上去惨兮兮的，并不显得卓越，而且还不停地撞到东西。“最优秀的，最卓越的，”谢尔曼念叨着，“我不会给客人喝劣等酒的。”但他在厨房里可是很仔细地把酒偷换在杯中，以防客人偏好杯中物，把酒全喝光了；而且他不给熟知的酒鬼喝卡尔费特威士忌。他今夜的客人可不是好酒之徒；事实上，杰斯特之前从未喝过威士忌。谢尔曼开始觉得，不是法官让杰斯特过来的。

杰斯特掏出一包香烟，好意让给谢尔曼。“我可是烟不离手，”他说，“每天红酒都不离口。”

“我只喝卡尔费特威士忌。”谢尔曼言辞坚定。

“我刚进屋时，你干吗对我那么粗野，充满敌意？”杰斯特问道。

“如今你必须小心那些分裂者。”

“当心谁？”杰斯特问，满脸迷惑。

“精神分裂者。”

“那不是一种医学上的疾病吗？”

“对，精神上的，”谢尔曼言辞凿凿，“分裂者指的是疯子。其实我就认识一个。”

“谁？”

“你不认识。他是个金色尼日利亚人。”

“金色的什么？”

“我参加的俱乐部。刚开始是一种抗议俱乐部，反对种族歧视，有着最高的追求。”

“什么最高的追求？”杰斯特问。

“首先要注册，好在社团里投票，你要是认为在这个国家没有足够的胆量就能做成这事，那你可真是太过懵懂。每个成员都会得到一个小小的纸板棺材小盒，上面印着名字，还有一个牌子，上面印着‘投票提示’。这可是千真万确的。”谢尔曼最后强调说。

很久之后，杰斯特才领悟到最后那短短一句的重要含义，但那是在他对谢尔曼其人和他生命中的事实与空想深入了解之后。“我真希望你注册成为一员时，我能和你在一起。”杰斯特满脸殷切。“成为一员”这个词尤其让他心动，无畏的热泪涌出眼眶。

谢尔曼的声音冰冷生硬：“不会的，你不可能。你一定是第一个吓破了胆子，退缩不前的。再说，你太小了，还不能选举——你啊，第一个就怂了。”

“你这么说实在太可恶了，”杰斯特说，“你又怎么知道呢？”

“牧羊女小波比[①]告诉我的。”

尽管杰斯特伤了心，这回答却让他赞赏不已，寻思着他以后也要这么用。“是不是俱乐部的成员里很多都是胆小鬼？”

“喔，”谢尔曼语气犹疑，“在现在这种情况下，会把纸板小棺材塞到门下——我们继续研究选举的事项，熟记所有总统的名字与日期，背诵宪法，做做这类事，但我们意在投票，不是想做圣女贞德，所以在这种情况下——”他的声音越来越低。他没有告诉杰斯特，投票日临近时，诉讼与反诉讼如何交锋，也没告诉杰斯特其实他尚未成年，无论如何都是不能投票的。有一个秋日，谢尔曼也真切地体会了一番投票的滋味，个中细节都记忆犹新，不过这发生在——幻想中。在那场幻梦中，伴随着《约翰·布朗的身体》的曲调，他被处以私

① “牧羊女小波比”出自一首英语童谣。因为童谣口口相传，有不同版本，现代版本中最著名几句是“牧羊女小波比丢了羊，不知何处能寻羊；顺其自然吧，它们自然归了家，摇摇尾巴回了家”。

刑，这首歌本就是无论何时都会令其痛哭流涕的，那一天，他哭得着实厉害了百倍，因为他是这个民族的殉难者。金色尼日利亚人没有投过票，投票这事也再无人提及。

“我们遵循着议会程序，圣诞节期间俱乐部尤其活跃，还负责为穷孩子募捐。这就是为什么我们对喜乐·亨德森知道得一清二楚，他是个分裂者。”

“那个人是做什么的？”杰斯特问道。

“喜乐是圣诞节募捐的主要负责人，一向积极，他在平安夜劫了个老妇人。他其实是个分裂者，他都不知道自己在做什么。”

“我常常疑惑疯子知不知道自己神经不正常。”杰斯特轻声说。

“喜乐不知道，任何金色的尼日利亚人都不知道，否则我们根本不会投票允许他入会。他疯劲儿上来了，便抢劫了老太太。”

“我对疯子怀有最真诚的同情。”杰斯特说。

“最深切的同情，”谢尔曼纠正他，“花下总是这样写——我是说那些花圈，他在亚特兰大被处电刑时，我们给他家人送了花圈。”

“他被处以电刑？”杰斯特惊骇不已。

“自然啦，平安夜抢劫白人老太。后来一调查，发现喜乐半辈子都待在收容院。根本没有动机。事实上，他在劫了那个老太太之后，都没拿钱包。他就是突然之间爆发了，精神分裂犯了——律师为他辩护时，说他曾进过疯人院，贫困潦倒，压力很大——我是指政府给他指派的律师——但无论怎样，喜乐还是被炸了。”

“炸了！”杰斯特惊恐地喊了出来。

“于一九五一年六月六日，在亚特兰大被处以电刑。”

“我觉得说到朋友或同事，用‘炸’这个字，简直让人毛骨悚然。”

“嗳，事情就是如此啊，”谢尔曼淡淡地说，“我们聊些更带劲的事儿吧。怎么样，想不想随我看看芝宝·马林斯的公寓？”

这房间逼仄沉闷，他的骄矜之气溢于言表，一一指出其中的花哨物件：“这块地毯是威尔顿机织绒头地毯，百分百纯正，这个沙发床，二手买的，价值一百〇八美元，四个人都能睡得下。”杰斯特扫了一眼那张四英尺长的沙发，好奇四个人如何睡在上面。谢尔曼拿起一个铁质的短吻鳄，在张开的嘴里安着个电灯泡：“这个是乔迁新居的礼物，芝宝的姑姑送的，虽然不够时尚，也并无出彩之处，但这份心思才是最难得的。”

“太对了。”杰斯特忙表示赞同，这位新朋友身上哪怕闪现出一丝人性的火花都让他兴致盎然。

“茶几呢，你能看出，是货真价实的古董。那盆植物是送给芝宝的生日礼物。”那盏边沿破损的红色台灯，那两个破烂不堪的椅子，以及剩下的那些破败家具，谢尔曼都略过不提。“我会好好照看这间房儿”（他用简称来指房子）。“你还没见着这房儿的全部陈设——简直是富丽堂皇。”谢尔曼的声音透出骄傲，“我晚上要是一个人在屋里，很少会开门。”

“为什么？”

“我怕会有人来抢劫，那些强盗一定会抢走芝宝的家具的。”说下一句话时，心中升起一阵傲气，声音都变了，“知道吗？我是芝宝的房客。”半年前，他和芝宝一起搭伙，才第一次听到“房客”这个词，这个词让他着迷，便经常用。“我们继续看看房儿的其他部分吧。”谢尔曼摆出一副主人的架势。“来看看小厨房，”他满面欣喜，“看看最现代的设施。”他虔诚地将冰箱门为杰斯特打开。“底层是放新鲜食物的——新鲜芹菜，胡萝卜，莴苣那种。”谢尔曼打开了底层的门，却只有一个枯萎的莴苣头留在那里。“我们在这层保存鱼子酱。”话说得轻飘飘的，谢尔曼示意着这个魔盒的其余部分。杰斯特只看见了一碟子冰冷的黑眼豌豆一身油腻，已成了冻，但谢尔曼却说：“上个圣诞节，我们把香槟放在这一层冰着。”杰斯特很少打开自己那个存货丰富的冰箱，只觉得眼前的一切都令人惊奇。

“你在爷爷的房子里，想必可以吃鱼子酱，喝上成吨的香槟吧。”

“没有，我从未尝过鱼子酱，也没喝过香槟。”

“从没喝过陈年佳酿的卡尔费特威士忌，没喝过香槟，甚至没吃过鱼子酱——我呢，可是狂吃暴饮来着。”谢尔曼说，他只吃过一次鱼子酱，还暗地里疑惑此物究竟有什么高雅的。“来瞧瞧这个，”谢尔曼一脸兴奋，“一个货真价实的电子搅拌器——开关在这儿。”谢尔曼接通了搅拌器，开始疯狂的搅拌。“鄙人给芝宝·马林斯的圣诞节礼物。我赊账买的。我的信用记录可是镇上最好的，能赊任何东西。”

杰斯特站在这个肮脏拥挤的小厨房里，觉得有些倦了，谢尔曼很快有所觉察，但他的傲气依然未减；他们便回到了卧室。谢尔曼指了指墙边的行李箱。“这是个行李箱，”他毫无必要地添了一句，“是我们放贵重东西的地方。”之后又加了一句：“我本来不该告诉你的。”

这最后一句自然伤了杰斯特的心，但他没有作声。

房间里放着一对单人床，每一张都铺着玫瑰色的床单。谢尔曼满心喜爱地轻轻抚摸床单，念叨着“百分百的人造丝”。每张床的床头都挂着画像，一张是一个年老的黑人女子，另一张是个暗黑皮肤的年轻女孩。“这是芝宝的妈妈和妹妹。”谢尔曼的手依然在抚摸着床单，手上的黑皮肤与玫瑰色相映衬，这幅画面莫名地令杰斯特情难自抑。可他又不敢碰触那丝绸，觉得如果他的手碰到了床单上那另一只手，他会如电鳗一般触电，因此，他便小心地将两只手放在了床头板上。

“芝宝的妹妹长得很好看。”杰斯特随意说了一句，因为觉得谢尔曼一定期待他能就朋友的亲友聊上几句。

“杰斯特·克兰恩，”谢尔曼说，尽管他的声音凛若冰霜，但单单听到他呼唤自己的名字，杰斯特都会浑身紧张起来，觉得怦然心动，“你要是敢，要是敢，”谢尔曼依然用那种声音，声声都仿若抽打着杰斯特，“你要是敢，敢对辛蒂瑞拉·马林斯有一丝淫荡好色的想法，我就把你的脚跟吊起，绑住你的双手，把你的脸点着了，站在一旁观赏你如何被烤熟。”

这阵怒火骤然降到杰斯特头上，他握紧了床头板：“我只是说——”

“闭嘴，闭嘴。”谢尔曼吼着。他又加了一句，低沉的声音冷酷无情：“我不喜欢你盯着那幅画时的那副嘴脸。”

“什么嘴脸？”杰斯特问道，依然迷惑不解：“你让我看那幅画，我便遵命看了。我还能怎么办呢？号啕大哭吗？”

“你要是再狡辩，我就把你倒挂起来，用世界上最慢的火来烤，把烟火都盖起来，这样火就一直都不会灭。”

“我不明白你干吗要说这么恶毒的话，而且我们才刚认识啊。”

“一旦涉及辛蒂瑞拉·马林斯的贞洁，我愿意怎么说都行。”

“你是不是爱上辛蒂瑞拉·马林斯了，激情澎湃地爱着她？”

“你再窥探我的私事，我就送你去亚特兰大炸一炸。”

“这么说也太蠢了，”杰斯特忙说，“你怎么可能做到呢？这涉及合法性。”

最后这个词让两个男孩都心有所动，但谢尔曼只是嘟囔着：“我还是自己来搅拌果汁吧，让它慢慢混合。”

“我觉得说什么电刑啊烤人啊简直太幼稚了。”杰斯特犹豫片刻，想抛出刺人一击，“其实，我怀疑这都是因为你词汇量太过有限。”

谢尔曼的确被刺痛了。“词汇量有限。”他的喊声中带着愤怒的颤音。他静默良久之后，挑衅地问：“你知道‘冥界’这个词什么意思吗？”

杰斯特思索了半晌，不得不承认：“我不知道。”

“——那么‘家畜流行病患性’和‘病理神学’呢？”谢尔曼继续说，疯狂地编造着虚假的词语。

“病理神学是不是跟病人有关——”

“错，”谢尔曼说，“那是个我刚造的词。”

“编造的词？”杰斯特大吃一惊。“在测试别人的词汇量时，编造词语可是完全不公正的。”

“不管怎么说，”谢尔曼总结道，“你的词汇量少得可怜，知道的词也过于陈腐。”

杰斯特试图证明自己词汇量广博；他徒然地编造着华丽的长词，却根本编不出任何一个有意义的词。

“上帝啊，”谢尔曼说，“换个话题吧。你想让我给你甜化一下你的卡尔费特酒吗？”

“甜化？”

“是的，傻帽儿。”

杰斯特抿了一口威士忌，被噎到了：“有点苦，还辣——”

“我刚才说甜化它，你那个榆木脑子是不是在想我要往这卡尔费特威士忌里加糖啊？我越来越奇怪你是不是来自火星。”

这又是一句妙语，杰斯特自觉这话他日后倒也能用。

“多么阑珊的夜晚啊。”杰斯特如此说可正是为了显摆自己懂得词多。“你还真是幸运啊。”他又加了一句。

“你是指芝宝的房儿？”

“不是，我方才在想——在冥思苦想——你多幸运啊，自己这一生想要做什么，你一清二楚。我若是有你这副好嗓子，就再也不用为这种事烦心了。且不说你自己怎么想，你的声音绝对是天籁之音，我呢，可是一点天赋都没有——唱歌跳舞都不行，我唯一能画得好的就只有圣诞树。”

“你也总有你的所长之处。”谢尔曼的声音中越发透出趾高气扬的神气，杰斯特这一番夸赞着实让他听着顺耳。

“——数学不好，核物理完全不行。”

“我觉得你可以造东西。”

“兴许吧。”杰斯特面露沮丧。他忽地又雀跃起来：“可至少呢，我夏天的时候去学了开飞机。但那也不过是个爱好罢了。我认为每个人都该学会飞行。”

“我可不这么想。”谢尔曼忙说，他恐高。

“想想若是你的孩子要死了，得了报上登的那种先天性心脏病，你定要在他临死前飞去看他，或者呢，若是你残疾的妈妈生了病，想在临死前见你最后一面；更别提飞行是件有意思的事，依我说，根本就是道义责任所在，每个人都应该学会飞行。”

“我绝对不同意。”谢尔曼一谈论起他做不成的事，便没什么耐性了。

“别的先不说，”杰斯特问道，“你今晚唱的是什么曲子？”

“我今晚唱的就是一般的爵士乐，可下午早些时候，我练了地道的 German lieder。”

“那是什么？”

“我就知道你会问我。”谢尔曼自我膨胀得厉害，终于谈到他擅长的话题了，自然喜不自胜，“傻瓜，lieder是德语里歌曲的意思，German呢，就是指德语，和英语里的German一个意思。”他弹起琴来，一边浅吟低唱着，这支新奇的曲子在杰斯特体内颤动，他不禁战栗起来。

“在德国人[①]，”谢尔曼吹嘘着，“他们说我的德语说得一点口音都没有。”他鬼话连篇。

“把那首歌翻译成英文是什么意思？”

“是一首爱情歌曲，是一个年轻人唱给他爱的少女的——歌词大概就是：‘我的爱人那一双碧眼，美得不可方物。’”

“你的眼睛就是碧蓝色的。这首情歌真像是专为你而作；不过，我一弄懂这些歌词，便觉得这歌凄迷而悚然。”

“德国艺术歌曲就是令人悚然的音乐。正因如此，我才会如此擅长。”

“你还喜欢什么其他风格的音乐吗？我也非常喜欢音乐，满怀激情地热爱着。去年冬天，我学了《冬风练习曲》[②]。”

“你绝对不会。”谢尔曼说，不肯把他音乐的桂冠分与他人。

“你觉得我会在你面前，随便扯着什么自己会弹《冬风练习曲》？”杰斯特说，他从未说过谎。

“我怎么会知道呢？”谢尔曼回答，他是这世上最不会撒谎的人。

“我有些手生了。”

谢尔曼凝视着杰斯特走向钢琴，期望他对弹琴一窍不通。

《冬风练习曲》响彻在整个房间，气势澎湃汹涌。前几个小节弹过之后，杰斯特猛烈跳动的手指有些磕绊，便停了下来。“《冬风练习

---

① 谢尔曼把“德国”说成了“德国人，德国人的”。

② 肖邦钢琴练习曲中的一首，以难度大篇幅长闻名。

曲》这旋律一旦断了，再想接上就难了。”

谢尔曼在一旁听着，妒火中烧，音乐一旦停了，他觉得满心安慰。杰斯特又重新在钢琴上敲起了开头，曲调来势汹汹。

“快停下。”谢尔曼大吼，杰斯特依旧弹着，谢尔曼声嘶力竭地抗议，一声声爆裂在旋律中。

“喔，弹得真不赖，”音乐在癫狂中戛然而止，最后几个音符力度颇不稳，“不过，你弹得完全没个调子。”谢尔曼说。

“我没骗你吧？我会弹琴。”

“弹琴可有千种花式。我呢，没觉得你弹得有多好。”

“这也不过为了消遣，我可是乐在其中。”

“你开心就好。”

“比起你刚刚弹的德国抒情歌曲，我倒是更喜欢你演奏爵士乐。”杰斯特说。

“我年轻那会儿，”谢尔曼吹嘘道，“在乐队里干过一阵子。我们也曾经红极一时。领头的是比克斯·贝德白克①，呜呜地吹着金色短号。”

“什么？比克斯·贝德白克？怎么可能！”

谢尔曼蹩脚地补救着他的谎话。“记错了，他叫里克斯·希德号恩。不管怎么说，我倒是很想在大都会歌剧院②表演，但那里没有角色适合我。其实，大都会的角色就没几个适合我这个种族的；说实在的，我唯一能马上想到的角色只有奥赛罗，那个摩尔黑人。音乐确还不错，可若是从别的方面说，我无法体会他的感情。怎么会有人因

① 比克斯·贝德白克（Bix Beiderbecke，1903—1931）：擅长短号，爵士乐音乐家。

② 大都会歌剧院：世界级歌剧院，位于纽约市林肯中心。

为一个白人女子醋海翻波，我理解不了。想想吧，苔丝狄蒙娜[1]——我——苔丝狄蒙娜——我——？不，简直难以置信。”他唱了起来，“噢，此刻，与宁静的心灵说再见。”

“不知道自己的母亲是谁，你一定深感困惑吧。”

“根本就没。”谢尔曼回答，其实他整个童年都在寻找他的母亲。那些曾轻抚过他的女士，那些对他柔声说话的女士，他都一一追寻。这位是他母亲吗？在无声的期待中他默默思索，却常常以悲伤告终。“一旦习惯了，也就不会为其所苦了。”正因从未习惯过，他才会口出此言，“我对史蒂文斯夫人十分依恋，可她直言不讳，告诉我她不是我的母亲。”

“谁是史蒂文斯夫人？”

“我在她家住了五年。是史蒂文斯先生整天糟蹋我。”

“你什么意思？”

“性侵，傻瓜。我十一岁时就被他性侵了。”

杰斯特一时语塞，许久之后，他才说，“我不知道男孩子居然也能被性侵。”

“喔，当然可以，而且我就是受害者。”

杰斯特一向有爱吐的毛病，这一下子便突然呕吐起来。

谢尔曼立时大喊：“哎呀，芝宝的威尔顿地毯！”脱下衬衫便开始擦地毯。“快去厨房拿条毛巾，”他对杰斯特嚷着，看见他还在吐个不停，“要不就出去吐。”

杰斯特一路跌撞着出了门，还没止住呕吐。又在门廊下坐了一会，等到不吐了，才回去帮谢尔曼清理了脏东西，虽然闻到那股味

---

① 莎士比亚悲剧《奥赛罗》中的女主人公。

道，他又一阵犯恶心。“我刚刚在想，”他说，“既然你不知道你母亲是谁，又天生一副好嗓子，你的母亲会不会是玛丽安·安德森[1]呢？”

对谢尔曼而言，这世界给予他的夸赞之词简直寥寥，他便如海绵一般恨不得吸尽每一个字。然而这几句话却是第一次令他刻骨铭记的言辞。在这漫长的寻母之旅中，玛丽安·安德森从未出现在他的脑海中。

“托斯卡尼尼[2]曾说，她的嗓音多少世代才会出一个。”

这个念头太过美好，好到谢尔曼难以置信，他想独自思量一番，其实，他恨不得把这个念头拥入怀中。谢尔曼突然换了话题。“我那时被史蒂文斯先生糟蹋着，”——杰斯特脸霎时白了，忙吞咽下涌上的恶心感——“史蒂文斯夫人问我为何总是打史蒂文斯先生。我却不能说。你怎么能把那种事情说给一位女士听呢，就这样，从那时起我说话就磕巴了。”

杰斯特应着：“你居然能忍受谈论这件事，我可不行。”

“喔，事情已经发生了，那时候，我只有十一岁。”

“这事儿太怪了。”杰斯特回应着，手里仍在擦拭铁短嘴鳄。

“我明天要借个吸尘器，吸吸地毯。”谢尔曼说，他还在担心着地毯。他随手扔了个毛巾给杰斯特：“如果你感觉还想吐，行行好，用这个……我说话结巴，还总打史蒂文斯先生，威尔逊牧师有天就和我聊了聊。一开始，他不相信我，史蒂文斯先生可是教堂的助祭，再加上我曾经编造了很多事。”

“编造了什么事？”

“我给别人讲了许多与我母亲有关的谎言。”他又想起玛丽安·安

① 玛丽安·安德森（Marian Anderson，1897—1993）：著名的美国黑人女低音歌唱家。

② 阿尔图罗·托斯卡尼尼：意大利指挥家，20 世纪最伟大的指挥家之一。

德森，便急着赶杰斯特回家，他好独自静思默想。“你什么时候回家？”他问。

杰斯特还在为谢尔曼难过着，便没理会这话。“你有没有听过玛丽安·安德森唱的《他们在十字架上钉死我主时，你在何方》？”他问道。

“那是首灵歌，这又是一件惹我勃然大怒的事。”

“我发现你特别容易勃然大怒。”

“这关你什么事呢？”

“我只想说，玛丽安·安德森唱的那首《他们在十字架上钉死我主时，你在何方》简直让我心醉神迷，每次听都会泪涟涟的。”

“好啊，尽管哭吧。你愿意哭就哭。”

“——其实，几乎所有的灵歌都让我流泪。”

“我呀，我可不想费时费神的。玛丽安·安德森曾经唱过一首德国情歌，听着让人心惊胆战。”

“一听到她唱灵歌，我便禁不住想哭。”

“使劲哭。”

“我不明白你什么意思。”

灵歌总让谢尔曼心里厌烦。首先，那些歌曲让人禁不住想哭，便会出尽了洋相，这对他可是头等的可憎之事；其次，他一直抨击灵歌是黑鬼的音乐，可倘若玛丽安·安德森真成了他的亲生母亲，他又怎么好持这番言论呢？

“你是怎么想到玛丽安·安德森的？”既然面前这位自寻烦恼的杰斯特不肯领悟他的暗示，久久不愿离开，他也没法一个人安静地做白日梦，便索性聊聊她。

“因为你的嗓音。你们二人的嗓音都如此曼妙，百年不遇的两个嗓音怎么能是简单的巧合呢？”

“好吧，那她又为何抛弃我？我以前曾读到过，她深爱她的老妈妈。”他冷笑着，无法放弃他那绝美的梦。

“许是她陷入爱河，充满激情地爱上了某个白人王子。”杰斯特应和着，不觉已被带入了这个故事。

“杰斯特·克兰恩，”谢尔曼的声音柔和却异常坚定，“永远不要再像刚才那样用‘白人’这个词。”

“为什么？”

“你可以用高加索人，否则的话，你就是称我们的种族为有色人种，甚至称我们为黑人，而妥帖的称呼应该是尼日利亚人或阿比西尼亚人。”

杰斯特只是点点头，对他说的每个字都毫不质疑。

“——要不你就很有可能伤害别人的感情，而你是这么个心肠软的娘娘腔，我知道你可不想伤害别人。”

“我不可愿你叫我什么软心肠的娘娘腔。”杰斯特埋怨着。

“这样啊，可你就是啊。”

“你怎么知道的？”

“牧羊女小波比告诉我的。”这个回答即便是以前听过，杰斯特依然如初次听到一样钦佩不已。

“即便她为那个高加索人神魂颠倒，我也想不通，世上有这么多的地方，她为什么要单单把我留在密歇根州米兰镇圣升天教堂的长椅上。”

对于萦绕在谢尔曼整个童年的这种焦虑不安，以及一直以来毫无起色的搜寻，杰斯特一无所知，他担心自己不过随意猜测，居然会被笃信为必然之事。于是，杰斯特也较真起来：“也不一定就是玛丽安·安德森；倘若真是，她定是决意专情于事业。不过这事儿办得忒差劲，可在我心里玛丽安·安德森绝不是差劲之人。其实，我爱慕着她，激情洋溢地爱慕她。”

“你干吗总是用‘激情’这个词?”

杰斯特整个晚上都神魂颠倒，这又是他第一次心中充溢着激情，便不知如何作答。因为青春年少之时，激情一触即发却又强烈无比。夜里听到的一首歌曲，一个声音，只望了一眼的陌生人，顷刻间都会触发满心的爱意。这种激情让你沉湎于绮梦，让你无法再专注地算数学，你最渴望露出聪明相时，却觉得自己像个傻瓜。年少青春之时，一见钟情便是激情的化身，它将你变做了呆子，你察觉不到自己是坐是躺，记不得为了活命方才咽下了什么。杰斯特才初次领教了激情，心中自是惧怕。他从未心醉神迷，也从未想过要心醉神迷。一个在高中拿全优的男孩子，只有几何和化学得了良好，他的梦只会躺在床上时做，早上闹钟一旦响起，再怎样渴望神游，也会立时清醒。就是这样的一个人，他自然对一见钟情心怀惊惧。杰斯特觉得他若是碰了谢尔曼，就会在道德上犯下罪恶，但究竟是何种罪，他并不知道。他只是小心谨慎，不想碰触到他，唯有用那双满含激情的眼睛痴痴凝望着对方。

猛然间，谢尔曼开始敲打中央C，一次又一次，不停敲打。

“这是在干什么?”杰斯特问，“只弹中央C?”

“高音里有多少次振动?”

“你指的是什么振动?”

“弹中央C或是其他音时，那种微小的声音振动。”

“我不懂那个。”

“好吧，我来告诉你。”

谢尔曼又开始敲打中央C，先是用右手食指，之后换作左手。“你在低音听到了多少振动？”

“没听到。”杰斯特回答。

“高音六十四个振动，还有六十四个在低音。”谢尔曼说着，对自己的无知全然不知。

“这有什么意义？”

“我想告诉你，全音阶的每一个微小振动，我都能听到，从这里开始，”谢尔曼弹奏起最低音，“到这里结束。”最高音响起。

“你为什么说起这个？你是个钢琴调音师吗？”

“其实呢，我曾经是，你的确慧眼识珠。但我谈的其实不是钢琴。”

“这样啊，那你到底在谈什么？”

“在谈论我这个种族，我怎样把发生在我这一民族上的每一下震颤都登记在案。我称其为我的黑皮书。”

“黑皮书？——我明白了，你把钢琴作为一种象征来谈。”杰斯特说，终于用上了这个聪明词，心下喜悦。

“象征。”谢尔曼重复道，这个词他只读过却从未用过，“没错，嘿，就是这么说——我十四岁时，我们一群人抗议杰迈玛大妈广告牌，大怒之下，一时决意撕掉所有的广告牌。结果呢——条子把我们抓了个正着，一伙四人被关进了监狱，被判破坏公共设施罪，关了两年。我没被抓住，当时我就是个望风的，但是我将发生的一切都记在黑皮书里了。一个家伙体力不支而死，另一个回来时已经是个活死人了。你听说过亚特兰大采石场和尼日利亚人的事吗？那些人用锤子敲断自己的腿，就为了干活时不被累死。他们中有一个就是那次在杰迈玛大妈广告牌抗议中被抓的。”

“我在报上读到过，看得人很难受，但这是真的吗？他真是你那些金色尼日利亚人朋友中的一个吗？”

“我没说他是金色尼日利亚人，我只说他是我认识一人，而这就是我刚说的震颤的意思。每一桩对我这一民族犯下的不公正都会让我震颤。震颤——震颤——震颤不止，懂吗？”

“倘若我和你同族，我也会的。”

“不，你不会的……软心肠，胆小鬼，娘娘腔。”

“我很讨厌你这么叫我。”

“那就尽管讨厌——讨厌——讨厌。你什么时候回家？”

“你不想要我在这儿？”

“不。最后说一次，不——不——不。”他又低声加上一句，言语恶毒，“你真是脑满肠肥！你这么个白皮肤红头发男孩，真是脑满肠肥啊！”谢尔曼咒骂着，一个脑子灵光，懂很多词的男孩曾经把这个词扔向了他。

杰斯特机械地摸向自己胸部的肋骨：“我一点都不胖。”

“我不是说你胖——我是说脑满肠肥。你的词汇量太老旧又少得可怜，这个词的意思是说你愚蠢——愚蠢——愚蠢不堪。”

杰斯特将手举到空中，仿若要挡住言语的进攻，一步步退出了门。“啊，石头和棍子。”他尖叫着跑远了。

一直跑到了丽芭之家，待他停在门口，心下有怒火猛烈地撞击胸膛，他便一阵砸门。

房子里面和他幻想中的可不一样。这就是间平凡不过的房子，一个妓女问他：“孩子，你几岁了？”杰斯特从未撒过谎，这一次却立意铤而走险，坚定地说：“二十一。”

“你想喝点什么？”

“十分感谢，但不需要，什么都不需要，我今晚戒酒。”一切都进展得如此自然，当妓女领他上楼时，他都没有发抖，当他和一个橙色头发，牙齿间镶金的女人躺在床上时，他也没有发抖。他闭上眼睛，脑中浮现出一张黑皮肤，闪动着蓝眼睛的脸庞，他便能为男人之事了。

与此同时，谢尔曼·登正用冰冷清醒的黑色墨水写着信：“亲爱的安德森夫人”，这封信如此便开了头。

第五章

法官前一夜睡得虽迟，就寝时也早已过了往日歇息的钟点，一夜也没好生得睡，次日一早依旧如往常一样四点钟便起了床。在浴室奋力戏水，这水声倒是把孙子吵醒了，他夜里也没睡安生。法官把身子擦干，碍着身上有病，只有右手得力，穿衣便也慢条斯理的……鞋带不得系，便任由它散着……沐浴，更衣，诸事完毕后，他勉力踮着脚去了厨房。今天准是个好天；曙光中，苍灰色的天空正幻化成日出之阳的色彩，玫瑰与金黄渐渐相融。厨房里光线虽依旧黯淡，他却并未开灯，一向喜欢望一阵此刻的天空。嘴里哼着首旋律不明的小曲，便煮上咖啡开始做早餐。先从冰箱里选了两个最亮的红皮蛋，他自认为红皮蛋比白皮蛋更有营养。练习了好几个月，无数次心急手滑的失败之后，他学会了打鸡蛋，此刻，他小心地将其滑入蒸锅。煮蛋这当儿，他在面包上略略涂了层黄油，放进烤箱，他可不喜欢从烤面包机里烤出的吐司。最后，他在早餐桌上盖了一块黄色的桌布，摆上蓝色的盐瓶和胡椒瓶。尽管是独自吃饭，法官也不想让这饭吃得太过凄凉。吃罢早餐，他会用那只灵便的手把东西逐一放回去。此时，咖啡还在欢快地滤煮着。他把蛋黄酱从冰箱里拿出来，在每个煮好的鸡蛋上小心地抹上一块，便为点睛之笔。蛋黄酱是矿物油做的，感谢上帝，卡路里不高。法官找到一本绝妙的书，《不绝望的节食》，不时就翻翻。唯一的麻烦事是矿物油通便，必须当心一次不能吃太多，以防突发卫生间事故，他觉得卫生间事故对于地方法官可不太雅观——尤其如果发生在法院的办公室，他一天可还是要去两次法院的。因为在意颜面，每天法官总会在吃这份美味的低卡路里蛋黄酱时倍加谨慎。

这块黄色的小桌布，还有一般大小的别样桌布，都是他无限珍惜，用惯了的什物，每次必是自己用心手洗，这些桌布都是他曾经垫在托盘里，每天早上送到妻子床边的旧物。这一套蛋青色的盐瓶和胡椒粉瓶也曾是她用过的，还有法官此刻早餐用的银质咖啡壶。此前，他渐渐习惯了早起，便会自己备好早餐，再满怀爱意地为妻子做一份，放在托盘里，还常停下手，走到花园里采几束花装点餐盘。之后，便会小心地举着托盘上楼，倘若妻子还睡着，他便用吻叫醒她，在没听到她温柔的声音，未看见她鼓励的微笑之前，他不愿去办公室，也不愿开始这一天。（只是后来她生了病，他便不会叫醒她；可他依然没法在看见妻子温柔的眼神之前便离家，如此一来，到了最后，他直到下午才去办公室。）

可虽然身边尽是妻子的旧物，悲伤却已随岁月流逝渐渐淡化，法官很少下意识地想起小小姐，尤其在早餐时间。他只是用她曾用过的东西，有时会凝视着蓝色的盐和胡椒粉瓶套装，出了神，眼中满含哀情。

心中忧虑常常会令法官胃口大增，今天早上他就觉得尤其饿。孙子前一晚将近一点才回了家，回来后便直接上床睡觉，法官也跟着他进了房间，男孩的声音冰冷，几乎是在愤怒地大喊大叫："别来烦我，看在上帝的分上，别来烦我。怎么就不能让我一个人静静呢？"这阵发作来得如此突兀，又这么声嘶力竭的，法官当时还赤着粉红色的脚，穿着条纹睡衣，几乎是低眉顺眼地默默离开了。即便后来他听到杰斯特在暗夜里抽泣，依然心存怯意，没有去看看杰斯特。

如此一来，有着这么多正当的好理由，法官今早可是饿极了。他先把蛋清吃了——早餐中最不可口的部分——之后，他细心地将撒了胡椒与蛋黄酱的蛋黄搅在一起，细致地抹在吐司上。他有滋有味地吃着，那只残疾的手爱怜地蜷曲在这份食物旁，好像为了防御随时可能到来的夺掠者。吃过鸡蛋和吐司，他便开始弄咖啡。他已经小心地将咖啡倒入了妻子的银质咖啡壶。他在咖啡里加糖稀释，在上面吹吹气让其冷却，便慢慢地品酌着咖啡，每一口都细细品味。喝过第一杯之后，他准备抽早上的第一根雪茄。此刻已近七点，天空一片湛蓝，这一天都会美妙晴朗。法官满心的爱意都倾注于咖啡与第一支雪茄上。在那次轻微发作之后，塔特姆医生便让他戒烟戒酒，起初法官忧心如焚。他遛到卫生间抽烟，躲在储藏室喝酒，还和医生争辩，之后便是医生讽刺性地去世了——一个有着根深蒂固的观念，绝对滴酒不沾的人，也从不抽烟，只是偶尔遇上特殊情况嚼嚼烟叶。法官虽心中悲痛，守夜之时简直痛之入骨，一时间竟无法安慰，但待噩耗带来的震惊过去后，法官暗地里隐隐感到解脱，他几乎都未曾察觉到这种如释重负的心情，也永远不会承认有过这种感觉。但是在医生去世后的一个月内，他就在公开场合抽着雪茄喝着酒，恢复如初了，但他谨慎地控制着一天只抽七支雪茄，只喝一品特波旁威士忌。

吃罢早饭，老法官依然觉得饥肠辘辘。他拿下厨房架子上的《不绝望的节食》，如饥似渴地读了起来。读到大的凤尾鱼只有二十卡路里，一根芦笋只有五卡，一个中等大的苹果有一百卡，他倍感安慰。尽管看了这些能给他些微的慰藉，但内心依然无法安宁，因为他想要的是更多的吐司，沾满香醇欲滴的黄油，再抹上厚厚一层薇萝莉做的黑莓果酱。他能在想象中看见那精心烘烤的吐司，满口香甜，嚼着一粒粒的黑莓果酱。尽管他不愿贪嘴伤身，焦虑还是让他食欲旺盛，同时减弱了他的意志；他偷偷摸摸地向面包箱走去，一路蹒跚，忽然间，胃里的低吼让他停下脚步，他的手伸向面包箱，却向卫生间走去，这卫生间是在那次“轻微发作”之后，特意为他安置的。他还绕道去拿了《不绝望的节食》，以防还要等一等。

他匆忙地褪下裤子，用那只灵便的手保持着平衡，小心地坐在马桶上；待他定了心，他那巨大的屁股放松了下来，才稳稳坐下了。也没等多久；他也就有空读读柠檬裸派的食谱（若用糖精做辅料，只含九十六卡路里），心中自是喜悦，便向往着哪天让薇萝莉午餐也做一份。待他感觉肠子悄悄地运转开时，又让他欣喜了一阵，念叨着“Mens sana in corpore sano”，竟有些喜上眉梢。待卫生间里飘起了臭气，他也不觉其苦；相反，举凡是他的物件，好的坏的他一律喜欢，他的粪便自然也不例外，这种气味倒是让他安心。他便如此坐在那里，自在地冥思着，为自己感到满意。当他听到厨房里传来响声，便匆忙擦了擦，没穿整齐就忙奔出来了。

他的心猛然间就如小男孩的心一般雀跃，迫不及待想见到杰斯特。但等他一边挣扎着系腰带，一边奔到厨房，却连个人影都没看见。他只听到薇萝莉干活的响声，她正在清扫房子，每逢周一早上都会打扫一番。他觉得有点上当了（他本可以在卫生间再待一阵子的），他遥望天空，此刻天光已大亮，碧空万里无云，窗扉洞开，他闻到阵阵夏花的淡淡香气，清新可人。老法官自觉遗憾，早餐与如厕的例行事务竟全都做完了，此刻竟无事可做，只能坐等《米兰信使报》的到来。

等待之于晚年恰如其之于童年，为单调乏味的苦事，法官寻到了他的厨房眼镜（他在图书室，在卧室都备有眼镜，还有一副放在法院），开始阅读《妇女家庭》期刊。其实根本不是阅读，而是看图。比如，这张彩页上是一块巧克力蛋糕，简直美味可口，下一页彩图画得是用浓缩牛奶制成的椰子派，让人垂涎三尺。法官细细咀嚼着一张又一张画，总是恋恋不舍。之后，仿佛羞愧于自己竟如此贪婪，他提醒自己《妇女家庭》除了刊登图片外，堪称一流杂志。（与那个糟糕透顶的《星期六晚邮报》简直不可同日而语，后者的那些个一无是处的编辑竟然从未读过他寄给他们的故事。）这本杂志里有写怀孕生子的严肃文章，他读起来乐趣横生，还有与养育孩子有关的随笔，写得颇有一番道理，法官根据自己的切身体会，知道这些文章的确值得一读。还有一些文章，写到结婚离婚，本来也是对他有用的，对一个法官总能用得上，但如今他的心思却被伟大政治家的计划占据了。最后还有一个好处，《妇女家庭》留着许多补白，于是故事间便填塞着——艾默生，林语堂，以及世界伟大智者的名言。几个月前他在这些边角中读到了这样一句："死者怎会真的逝去，当他们依然在我心间徜徉？"这句话来自印第安传说，法官对之难以忘怀。在想象中，他看见一个赤着脚，浑身棕色的印第安人无声地走在森林中，听见独木舟划行的声音，愈显寂静。他从未因妻子的故去而落泪，也再不会因为节食而垂泪。若是他的神经系统和泪腺让他想哭，他便会想想他的哥哥波欧，波欧就如一个避雷针，可以将他的眼泪安全地引走。波欧比他年长两岁，十八岁时便已离开人世。福克斯·克兰恩小的时候很仰慕哥哥，可以说仰慕他踏足的每一寸土地。波欧会演戏，能朗诵，是米兰演员俱乐部的主席。世上没有波欧做不到的事。有天晚上，他回来时说嗓子疼。第二天早上便神志错乱了。他得的是一种传染性呼吸道疾病，不停地喃喃自语："我将死去，埃及，即将死去，深红色的生命之潮急速退落。"① 随后又唱起了歌："我感觉，我感觉，我感觉如晨星；我感觉，我感觉，我感觉如晨星。嘘，苍蝇，别来烦扰我；嘘，苍蝇，别来烦扰我。"② 最后他狂笑不止，尽管那根本不能算是笑。小小的福克斯浑身抖个不停，妈妈便把他放到后屋。那间屋子光秃秃的，是病房的游戏室，出了麻疹，得了腮腺炎，生了各种儿童病的孩子们就待在那里，他们痊愈之后便撒欢儿地在那儿玩。法官回忆起一个被遗忘的旧木马，一个十六岁的男孩双臂抱着木马哭泣——即使到了八十五岁，他只要想哭就能哭泣，只要想想那个青涩时代所遭遇的悲伤。那个印第安人宁静地走在森林中，还有独木舟划行的静寂声响。"死者怎会真的逝去，当他们依然在我心间徜徉？"

杰斯特啪啦啪啦地下了楼梯。他打开冰箱，倒了杯橙汁。薇萝莉也在这个时候进了厨房，开始为杰斯特准备早餐。

"我今早想吃三个鸡蛋，"杰斯特吩咐着，"嘿，祖父。"

"孩子，今天感觉好吗？"

"当然不错。"

对于昨夜的哭声，法官没有提，杰斯特也没说。法官极力克制自己，甚至不问杰斯特昨夜的去向。但等到杰斯特的早餐端了上来，他

① 引自威廉姆·海恩斯·莱蒂的诗《安东尼与克里奥佩特拉》中的首句。威廉姆·海恩斯·莱蒂（William Haines Lytle，1826—1863），美国政治家，诗人，军官，死于南北战争中。

② 引自一首儿童歌谣《嘘，苍蝇，别来烦扰我》，世代流传，盛行不衰。

的意志便溃散了，拿起一片烤得金黄的吐司，沾了许多黄油，又抹了些黑莓果酱。这颗禁果下肚之后，他的意志进一步瓦解，按捺不下，便问道：“你昨晚去哪儿了？”一出口就已清楚他是不该问的。

“无论你意识到没有，我如今也已成年了。”杰斯特的声音有些尖利，“有个东西叫做性。”谈到这一话题，法官尤其拘谨，薇萝莉恰巧过来倒咖啡，倒让他松了一口气。他默默地喝着咖啡，不知如何接话。

“祖父，你读过《金赛性学报告》[①] 吗？”

老法官当初读那本书，可是带着窥视色情的快感，他首先用《罗马帝国衰亡史》[②] 的封皮替换了原来的封套。“那本书可真是无聊透顶，肮脏龌龊。”

“那是科学报告。”

“科学，算了吧。我观察人类的罪恶与本性已将近九十年了，还从没见过这么耸人听闻的事。”

“你没准是没戴眼镜吧。”

“约翰·杰斯特·克兰恩，你怎么敢对我出言不逊？”

“将近九十年啊，”法官重复道，如今他又开始卖弄自己的一把年纪了，“我当着地方法官，心怀与生俱来的好奇心，观察人类的罪恶，审视人类的本性。”

“那是一项无价的科学调查。”杰斯特引用了书评。

“是肮脏的色情。”

---

① 《金赛性学报告》，作者为阿尔弗雷德·C. 金赛（Alfred Kinsey，1894—1956）及其他研究者，为美国国会图书馆推荐的“塑造美国的 88 本书之一”，分为两册，男性篇出版于 1948 年，女性篇出版于 1953 年。

② 《罗马帝国衰亡史》，作者为爱德华·吉本（Edward Gibbon，1737—1794），共六卷，出版于 1776—1788 年。

“是对男性性行为的科学调查。”

“是无能龌龊的老男人写的书。”老法官当年躲在《罗马帝国衰亡史》的封皮后大开眼界，肆意饕餮着那本书，而那本《罗马帝国衰亡史》，在他办公的图书室里摆放着，他却从未翻过一页，徒为展示而设。

“那本书证明男孩到了我这个岁数就理应享受性爱，甚至年岁更小的男孩也可以，但到了我这般年纪，性便是必然之事——当然要激情四溢地相爱。”杰斯特在租书店读的这本书，让他颇为震惊。他又读了一遍，心里惴惴不安。他怕，怕得不行，怕自己不正常，这种恐惧在心中钻磨不休。无论他绕着丽芭之家转悠多少次，他也从未感受到正常的性冲动，他的心因忧虑不安而战栗，这世上他最渴望的不过是和别人一样。他读到过“妓女的眼睛，犹如宝石灿若星子”，这个句子音韵优美，触动了他的心灵；但那个春日午后，从丽芭之家出来的那名女子可绝没有“灿若星子”的双目，她的双眼无神，眼皮浮肿，他期待着自己能蠢蠢欲动，能变得正常，却只留意到那黏腻腻的口红和茫然之笑。而且，昨夜共眠的那个橙色头发的女子可没有一丝“灿若星子”的影子。暗地里，杰斯特觉得性并不真实可信，但今早，既然他已经成了货真价实的男人，便觉得无比自信，无拘无束。

“这倒也不错，”法官说，“但是我年轻那会儿，我们去教堂，参加浸信青年会，过了一段梦寐以求的好时光。我们谈恋爱，尽情舞蹈。不管你信不信，孩子，我那时的舞技在整个花枝市也是数一数二的，身法真如杨柳般柔软灵活，简直是优雅的化身。那时候华尔兹风行一时。我们随着《维也纳森林的故事》《风流寡妇》《曲终梦回》起舞”——年老臃肿的法官立时跳脱到了他的华尔兹时代，挥舞起手臂，五音不全地哼唱起他想象中的旋律。

“迷人的夜晚，噢，迷人的夜晚呦。”

“你倒是一点都不内向。”待祖父放下挥舞的手臂，喑哑的歌声住了，杰斯特冷冷地说。

法官觉察出他话中带刺，便说：“孩子，人人都有唱歌的权利，世人尽有纵情歌唱的权利啊。”

“迷人的夜晚，噢，迷人的夜晚呦。”

这便是留存在他记忆中全部的动人旋律了。“我起舞若杨柳，歌唱若天使。”

“可能吧。”

“不是可能。我年轻那会儿，可是如你们父子俩一样身姿轻快，一样的光彩照人，直到这一层层的肥油把我拖住，但是我的确是能歌善舞，没有虚度好年华。我可从没郁郁寡欢，还偷偷摸摸去读那种下流的书。”

“我也正是这个意思啊，刚刚也说了，你生来就不是内向的人。”杰斯特继续说：“而且，我可不是偷偷地读《金赛性学报告》。”

“我已经把那本书禁了，公共图书馆不可能上架。”

“为什么要禁？”

“因为我不仅是米兰的第一公民，而且还是最尽心尽力的一个。为了纯洁的眼睛不被这种书所污染，为了不让宁静的心灵被搅扰，我身负重责。”

“你越说我越觉得你来自火星。”

“火星？”老法官不明所以，杰斯特也索性不去解释。

“若你的性子能稍微内向一点，你便会理解我的。”

“你为什么总揪着这一个词不放？”

对于这个词，杰斯特只是读到过，以前从未用过，昨晚居然忘了用，真是懊悔不迭。

“迷人的夜晚，噢，迷人的夜晚哟。”

祖父这样一个绝不内向的人，从未质疑过自己是否正常。自己究竟是正常还是怪异，这想法根本没进过他那载歌载舞的脑袋。

如果有一天，杰斯特发现自己竟是个同性恋，像《金赛性学报告》描述的那样，他发誓自己定会自杀，不，祖父绝不是内向之人，此刻他多希望自己昨夜用了这个词。反义词是外向——而他是个内向的人。谢尔曼呢？不管怎样说，他可以把两个词都用了。

“我也能写出那本书。”

“你？”

“当然了。其实呢，杰斯特，如若立定心意，我本可以成为最最了不起的作家的。”

“你？”

“小伙子，别坐在那儿像个弱智似的，一个劲儿说着‘你？你？’。成为伟大的作家你只需要专注、有想象力，还有对语言的天赋。”

“你的确有想象力，祖父。”

法官心里想着一本书——《飘》，这本书他能轻松写就。他可不会让邦妮死去，他还要把瑞德·巴特勒换掉；若是他写，自当更精彩。他用左脚就能写出《琥珀》①——而且写得更出彩，更雅致。《名利场》他也能写出来；嘿，他不费吹灰之力就看透了那个贝基。他本可以写出托尔斯泰的小说，尽管他其实就根本没真正读过他的作品，但电影不是都看了吗？还有莎士比亚呢？当年读法学院时，他就读过莎士比亚，甚至还去亚特兰大看了《哈姆雷特》。英国人演的，自然

---

①《琥珀》，作者为凯瑟琳·温莎（Kathleen Winsor，1919—2003），出版于 1944 年。

一嘴的英伦腔。那时正是他们婚后第一年，小小姐戴着她的珍珠项链，手指上戴着他为她买的第一个结婚戒指。亚特兰大莎士比亚节的三场演出悉数看罢，小小姐陶醉其中，一直念念不忘，甚至之后回了米兰的家中，有一个月讲话都一嘴的英音。但他能写出“生存还是死亡”吗？他有时琢磨起这事儿，就觉得自己没问题，有时又觉得自己不行；因为无论怎样，即使是天才也不可能样样俱到，而莎士比亚可从没当过政治家。

“关于莎士比亚的作者身份，学者们一直争执不休。有些人认为一个没读过多少书的流浪艺人根本不可能写出如此诗篇。有人说那些戏剧都是本·琼森写的。但我绝对能写出‘用你的双眸来畅饮我，我会用我的来品酌你’[①]。我清楚我有这份才华。”

“哦，你能上天，也能入地。”杰斯特嘟囔着。

“你什么意思？”

“没什么。”

“——如果本·琼森能写出‘用你的双眸来畅饮我’，还写得出莎士比亚的戏剧，那么——”想象力如此飞跃一番之后，法官进一步思量着。

“你的意思是你觉得自己可以和莎士比亚相提并论？”

“好吧，不一定就是说像他一样，但怎么说本·琼森也不过是个凡人。”凡人的永生，这是法官最在意的。他根本无法想象自己有一天真的会死去。他如果坚持节食，保持节制，还能活一百岁——为那片多吃的吐司，他后悔不迭。他不想把自己的寿命限制在百岁，报纸上不是有个南美印第安人活到一百五十岁吗？——可一百五十岁够

---

① 摘自本·琼森的诗作《用你的双眸来畅饮我（给西莉亚的歌）》。

吗？不。他要的是永生。如莎士比亚一样永生，实在不行，如本·琼森一般。无论怎样，他可不想让福克斯·克兰恩落土为尘。

“一直以来，我都知道你是这世上最自以为是的人，但我就是做梦也想不到你竟然拿自己与莎士比亚和本·琼森相比。”

杰斯特的心灵昨夜受了一番凌辱，今早便对祖父异常残忍，着意不去体谅他年事已高。“还真是，我听你讲得越多，就越怀疑你是不是来自火星。”杰斯特起了身，早餐几乎未动。

法官望着他的孙子。“火星，”他重复道，“你想说你觉得我已飘到了另一个星球？”忽然间，他提高了声音，几乎是在嘶喊：“嘿，让我告诉你，约翰·杰斯特·克兰恩，我没飘到另一个星球，我就在这片土地上，我属于这里，渴望留在这里。我就扎根在大地的核心处。此刻，我也许尚未做到永垂不朽，但你拭目以待吧，我的名字将会与乔治·华盛顿，与亚伯拉罕·林肯的名字比肩——比林肯的名字更受爱戴，因为我将来可是会使这个国家的旧案昭雪天下的人。”

“哦，南部邦联的货币——我走了。”

“等等，孩子，今天那个黑人男孩要过来，我想着你陪我一起看看他得不得力。”

“这事我记得。”杰斯特应着话。他不想和谢尔曼在此地相逢。

“他这个男孩挺负责的，我对他知根知底，他会帮着我节食，为我注射，替我读读信，当我的首席文书。他会给我宽忧解闷的。”

“如果那个谢尔曼·登真这么好，就告诉我一声。”

“他会为我读书——他可是上过学的——读那些不朽的诗篇。”他的声音转瞬间变成了嘶喊，“绝不会读那种龌龊的垃圾之作，我都命令公共图书馆禁了的。我把它禁了因为我这个人有责任心，我要让这个镇子和这个州的一切事务都井井有条，这个国家也当如是，竭我之力，即便是全世界，也该如此。”

杰斯特摔门而去。

尽管杰斯特没上闹钟，尽可以随性地做做白日梦再起床，可那天一早，他便感觉到力量与生命之泉剧烈涌动。金色的夏日依然与他同在，他也依然身心自由。摔门出来后，杰斯特没有奔跑，只是慢悠悠地踱步，因为怎么说现在也还在放暑假呢，他又不赶着去救火。他有的是时间驻足细细观赏这个世界，他有的是闲暇肆意想象，他可以带着假日自由的心情，看看车道边生长的马鞭草，欣赏一下草叶的边缘。他甚至蹲下来，凝视一朵鲜妍的花朵，心中充盈着欢乐。那天早上，杰斯特穿上了他最好的衣衫，白色的帆布套装，还搭配了外套。真希望胡子能长出来啊，那样的话，他便可以开始刮胡子了。但是要是他永远不长胡子，人们会怎么看他啊？有那么一刻，假日的愉悦都因此黯淡了，直到别的事分了他的神。

他穿戴得如此英俊，是因为心知谢尔曼今日会来，他摔门而出，又是因为他不想如此与谢尔曼相逢。昨天夜里，他竟没显露一丝言谈间的诙谐，举止间的光芒；其实，他这不停地闲逛，就是想在遇见谢尔曼之前，让自己重又变得言辞诙谐，光彩照人。可怎么让杰斯特在一个早晨的时光里成为这样的人，他却毫无头绪，可他一定会谈谈内向之人与外向之人……之后怎么说，他都还全然不知呢。尽管谢尔曼完全不赞成他关于飞行的理论，也对他的飞行不以为然，他还是不自觉地走到了 J.T. 马隆的药房，站在角落里等待去机场的巴士。内心充盈着喜悦与自信，他不禁举起双臂，好似振翅飞翔。

透过窗户，J.T. 马隆瞧见了他这个动作，心中不免诧异，想这男孩是不是真的有些傻气。

杰斯特想变成个言辞诙谐，光彩照人的人物，觉得在机场一个人飞飞或许有效。这是他第六次独自飞行。他多半的注意力都专注于操纵仪器。那蓝色的疾风令他精神振奋，但是能不能从此就成了个诙谐闪光的人物……他不得而知。当然，他是否有魅力多数要取决于谢尔曼如何回应，他必须找到不错的话题，希望自己从此就变成个诙谐自信，光彩照人的人儿了。

杰斯特驾驶的是敞开式虎蛾机，风将他的红发向后吹去。他故意不戴头盔，因为风吹日晒让他浑身爽利。他打算回家时再戴上头盔，就这样子出现在谢尔曼面前。他到时候会是个一脸淡漠，戴着头盔的飞行员，忙碌得无暇顾及琐事。在疾风中飞行了半个小时，尽享了深蓝色的天空与灼灼烈日之后，他打算降落了。谨慎地上升，盘旋着找到最佳距离，他甚至都没心思想谢尔曼，此刻他要为自己的生命和这架训练机负责。他降得不是很稳，但待他戴上头盔，优雅灵巧地跳出飞机时，他期待有人能目睹这一幕。

从机场回去的巴士总是很拥挤，那辆陈旧的巴士缓慢地跋涉着，与方才在空中飞翔的自由相比，此刻却觉得羁绊在身；他飞得次数越多，越觉得每个成年人都有义务去飞行，无论谢尔曼·登做何感想。

到了镇子中心，经过 J.T. 马隆的药房时，他在那道街的转弯处下了车。他端详着这个镇子。下一个街区是韦德威尔纺纱厂。燃料桶里冒出的热气从敞开的地下室窗户中升起，在闷热的空气中留下了道道波纹。他想随意走走，便在镇里的商业区逛了一圈。路人在凉棚下乘凉，已近正午，他们的影子投在耀眼的人行道上，显得渺小，轮廓模糊。他这么一路穿过镇子，那件外衣没怎么穿惯，穿在身上便觉得有点热了，他遇见相识的人便挥挥手，当第一国家银行的汉密尔顿·布里德洛夫向他摘帽致敬时——多半是因为他穿着那件阔气的外衣，他讶异不已，却莫名骄傲，脸都羞红了。杰斯特又绕回到马隆的药房，想着喝杯带冰的樱桃可乐。在这条街的角落里，靠近他等巴士的地方，坐着个叫维艮的人，他坐在遮阳篷的阴凉下，帽子放在他身旁的人行道上。维艮是个浅肤色的黑人，在锯木场干活时，出了事丢了双腿，格柔恩·博伊每天把他搬上手推车，运到商店的凉棚下乞讨。等商店全打了烊，格柔恩·博伊又把他放回手推车，推他回家。杰斯特往那顶帽子里扔进去五分钱，还留意到里面硬币倒有不少，甚至还有个五十美分。这个五十美分可是维艮用的饵，平日里就盼着它能带来更慷慨的施舍。

“今天生意怎么样，大叔？”

“勉强还行吧。”

格柔恩·博伊习惯在正餐时间出现，此刻正站在一边盯着维艮。维艮素日都吃熏猪肉三明治，今天却换成了炸鸡。他吃鸡肉时显露出一种只有黑人吃鸡肉才会表现出来的优雅举止，细节也都面面俱到。

格柔恩·博伊问：“你咋不给我点鸡肉呢？”尽管他都已用过晚饭了。

“一边去，黑鬼。”

“要不给点松饼和蜜糖？”

“我不欠你的。”

“要不给一分钱买甜筒？”

“一边去，黑鬼，别像个虫子似的叮着我不放。”

杰斯特知道，这个场景将无休无止地演下去。身材笨重，傻里傻气的黑人男孩会向乞丐乞讨。摘下的巴拿马草帽，法院广场上为白人与黑人分别设立的喷泉，骡子的食槽与拴马柱，平纹细布和白色亚麻，还有那褴褛的工作服。米兰。米兰。米兰。

杰斯特转身进了药房，屋子里光线黯淡，一股风扇味扑面而来，他与站在冷饮柜后面身着衬衫的马隆相视而立。

“先生，能给我一杯可乐吗？”

看着这个衣着华丽，太过恭慎的男孩，马隆想起他等巴士时扇动双臂的疯癫样子。

马隆先生调可口可乐时，杰斯特踱步到体重秤前，站上去称重。

“那秤坏了。”马隆先生说。

“很抱歉。”杰斯特忙说。

马隆凝视着杰斯特，心中生疑。他为什么要道歉，居然为药房的秤不好用而赔不是，难道不是疯疯傻傻吗？必定是的。

米兰。有些人在米兰生，在米兰死，都全然心满意足，只是偶尔去附近会会亲友，去花枝市，到羊石市，要么到附近的其他小城镇。有些人如此便在米兰度过一生，死后也葬在米兰，依然会觉得一切尽如人意。杰斯特·克兰恩不是这样的人。他也许是少数派中的一员，却绝不是这些人中的一个。马隆凝视着杰斯特神气活现地走来走去，样子略显躁动。

马隆将漂着冰的可乐递给他：“请用。”

“谢谢你，先生。”马隆回身进了调药间，杰斯特品尝着他的冰可乐，依然思索着米兰镇。正逢酷暑天，镇上的人都只穿件衬衫，只有那些骨子里都保守的人，若是要去蟋蟀茶室或纽约咖啡厅吃个饭，还会穿上外套。杰斯特手里拿着可乐，闲逛到敞开着的门口。

接下来的几分钟将会永远烙印在其记忆里。一须臾，竟已是天地两样，那几分钟竟犹如一场噩梦，匆匆来去，却来势汹汹，他竟一时恍惚，不解其中用意。之后，杰斯特明白了是他造成了那桩谋杀，而一旦有所领悟，他便觉得自己对这一切都难辞其咎。就在那几分钟内，冲动与天真被任意践踏，一切尽已终结，也正是这几分钟，在数月后，将他从另一桩谋杀中拯救出来——并无虚言，这个瞬间拯救了他的灵魂。

这阵子，杰斯特手里拿着可口可乐，凝望着明晃晃的蓝天和那轮燃烧的正午之阳。韦德威尔纺纱厂的中午笛声响起。工人们涌出来吃饭。“大地之上为感情所左右的渣滓”，他的祖父如此称呼他们，尽管祖父持有大量的韦德威尔纺纱厂的股票，涨势颇为喜人。工资涨了，工人们也不再自带午餐，有钱在饭馆吃个便饭。小时候，对于一切“工厂标签”，杰斯特都心中惧怕，甚至是厌恶至极，曾经在工业城见过的肮脏与穷困令他毛发倒竖。甚至到现在，他也不喜欢那些身着蓝色牛仔服，嚼着烟叶干活的工人。

这当儿，维艮的炸鸡吃得只剩下两块——鸡脖子和鸡背肉。维艮满怀爱意，姿态优雅地先吃鸡脖子，鸡的这个部位如班卓琴一样有无尽的筋骨，却同样美味。

“就给一丁点儿。”格柔恩·博伊祈求道。他望着鸡背肉垂涎三尺，那黝黑的手上皮肤粗糙，偷偷挨近了鸡肉。维艮狼吞虎咽下手中的肉，又啐了口痰在那鸡背肉上，确保这肉归自己。那口落在酥皮鸡上的浓痰惹恼了格柔恩。杰斯特在一旁观察，看见那双乌黑的眼睛觊觎地盯着乞讨帽里的零钱。突然间，他警觉起来，叫出了声：“别啊！别啊！”但因为他声音压低了些，又正逢小镇十二点的敲钟声铛铛响起，这番警告便消散在空气中。他的感觉支离破碎：炽烈的阳光，黄铜色的锣闪着光，正午凝滞的空气中的回声，混杂在一起；只是一瞬间，事情便发生了，骤然降临，来势汹汹，杰斯特都没回过神。格柔恩·博伊俯冲到乞讨帽前，抓起硬币就跑。

“抓住他！抓住他！”维艮嘶喊着，两手撑着立在腿根上，腿根穿着用以保护的“皮鞋”，他怒火中烧，却又无能为力，只能不停地从一只腿跳到另一只腿。此时，杰斯特在格柔恩身后一路追赶。下工的工人们，正看见一个穿着白色外套的白人追着一个黑鬼，也都开始一起追。在第十二布劳德街执勤的警察瞧见了这场混乱，慌忙赶到现场。等杰斯特扯住了格柔恩·博伊的脖领子，奋力从格柔恩攥紧的拳头中抢钱时，有六七个人都涌过来打人，尽管没人知道到底发生了什么。

“抓住那个黑鬼。抓住那个黑杂种。”

警察举起警棍，分开混乱的人群，格柔恩·博伊在惊恐中奋力挣扎，最后警察敲碎了他的脑袋。没几个人听见那声重击，但格柔恩·博伊身子忽然松软着倒了下去。人群分散开，冷眼旁观。只见那黑色的头颅上有道细细的血迹，但格柔恩·博伊已经死了。那个贪心的男孩，充满欲求的鲜活生命，那个脑袋从不灵光的男孩，躺在米兰的人行道上——永远的安息了。

杰斯特扑到黑人男孩身边。“格柔恩？”他恳求着男孩醒来。

“他死了。”人群中有人回应。

“死了？”

“是的，”几分钟后警察回答，“你们都散开吧。”为了尽责，他去了药房的电话间叫来救护车，尽管他已在那张面庞上看见了死亡。待他回到现场，围观的人都已陆陆续续回到了遮阳篷下，只有杰斯特还留在尸体旁。

“他真的死了吗？”杰斯特问，他摸着那张尚有余温的脸。

“别碰他。”警察说。

警察拿出他的笔记本和纸，问杰斯特事发时的经过。杰斯特晕头转向地讲述着。他的脑袋轻得像一个气球。

在这个凝滞不动的午后，救护车一路嘶鸣。一个穿白大褂的实习生跳出来，将听诊器放在格柔恩·博伊的胸前。

“死了吗？”警察问。

“死得透透的了。”实习生回答。

“你确定吗？”杰斯特问。

实习生打量了一下杰斯特，注意到他的那顶巴拿马草帽掉在了地上，便问：“这是你的帽子吗？”杰斯特捡起帽子，上面沾满了灰。

穿白大褂的实习生把尸体搬上了救护车。这一切发生得如此迅疾，却又真实残酷，恍如一梦，杰斯特转身缓缓走向药房，一只手放在头上。警察跟在他后面。

维艮还在啃着那块吐了痰的鸡背肉，问道：“怎么了？”

“不知道。”警察应了句。

杰斯特觉得头昏眼花。他难道要晕过去了？“我觉得不太舒服。”

警察乐颠颠地忙领他坐在药房的椅子上，心中暗暗欢喜，自己终于能做点什么了，便说：“坐在这儿，把脑袋垂到双腿间。”杰斯特依话弯下腰，待血液涌上了头，他立身坐起来，可面色依然苍白。

“都是我的错。如果我没追他，那些人也不会挤过来的。”他转向警察，问：“你又为什么那么用力敲他啊？”

“在人群中用警棍时，是分不清轻重的。我其实和你一样，不喜欢用暴力。也许我本不该干这行儿。”

此时，马隆已经给老法官打了电话，告诉他过来接孙子，杰斯特呢，因为心中惊骇，失声哭了起来。

等谢尔曼·登开车过来接他时，杰斯特那份想打动谢尔曼的心思已消失殆尽，警察领着杰斯特来到车前，并试着对发生的事解释了一番。听过之后，谢尔曼只是品评道：“算了，格柔恩·博伊一直不过就是个病秧子，依我之见，我若是个病秧子，这事儿出在我头上，我没准儿会高兴呢。我会站在他人的角度想问题的。”

“真希望你别说了。”杰斯特说。

他们回到家时，老法官的家里一片混乱，传来阵阵哭声。薇萝莉为她的侄子抽泣着，法官轻轻拍着她，想让她宽宽心，动作略显笨拙。之后便送她回了家，让她和家人团聚，一起为正午突降的死亡哀悼。

在得知这个消息之前，法官这一上午可是过得无比惬意，而且卓有成效。工作时也是满心愉悦；往日那种曾令老人和孩子都难以忍受的无聊之苦，今日竟全然不在。谢尔曼·登超出了他的期待。他这个黑人男孩不仅伶俐，对胰岛素和注射的事一点即透，还守口如瓶，而且充满想象力，聊起节食，聊起卡路里的替代品，聊起各种事都滔滔不绝。当法官想卖弄一下，告诉他糖尿病不传染时，谢尔曼回答："我对糖尿病可是无所不知。我哥哥就得了糖尿病。我们每天都要在一个微型的小秤上称他的食物。每一粒都要称。”

法官忽然想起谢尔曼是个弃儿，对于这句话便有片刻的疑虑，但并未说什么。

“卡路里的事儿我也全通，先生，因为我是芝宝·马林斯的房客，他妹妹就节食。我帮她把松软的土豆泥和撇去奶皮的牛奶一起搅拌生沫，做果子冻给她吃。就是这样啊，卡路里的事儿我可是无所不知。”

“你觉得你能成为我的好文书吗？”

“好什么，法官？”

“文书就是秘书的一种。”

“哦，绝佳秘书，”谢尔曼回答，他的声音轻柔而迷人，“我非常乐意。”

“那就赶紧吧，”法官说着，掩饰起内心的喜悦，“我有大量的信件要回复，都是些严肃的信，影响深远，还有几封颇让人费神。”

“我最喜欢写信了，而且写得一手好字。”

“字如其人。”法官又说，“字体很重要。”

“信在哪儿，先生？”

“在法院那边，放在我办公室的钢制文件夹里。”

“需要我拿过来吗？”

“不用。”法官忙说，因为他每封信都已回完了；其实，他上午去办公室主要就忙这事儿——当然还会细读一遍《花枝账目》及《米兰信使报》。上周有一天，他连一封重要的信都没收到——只有一个无忧野营设备公司发来的广告，这也很有可能是给杰斯特的。不愿承认重要的信件阙如，法官就回复了这个广告，对睡袋和煎锅的质量提了些刁钻的问题。老年沉寂的无聊时光总是让他受尽煎熬。但今天可不一样了；和谢尔曼共度的早晨让他的心骑在骏马上奔腾，头脑里泛滥着各种计划。

“昨晚我写了封信，一直写到后半夜。”谢尔曼说。

“情书吗？”

“不是。”谢尔曼思量了一会那封信，他在上班途中寄了出去。一开始地址让他为难，他后来便把地址写成：“林肯纪念堂台阶，玛丽安·安德森夫人 收。”如果她恰好不在那里，他们会转交给她的。母亲……母亲……他思忖着，你名声显赫，我怎能不想念你。

“我那心爱的妻子总说我写的情书世间稀有。”

“我可不浪费时间写情书。我昨晚写的长信是一封寻人信。”

“写信可是门艺术。”

“你今天想让我写哪类信件？”谢尔曼羞怯地问起，“估计不是封情书吧。”

“当然不是，傻瓜。这封信和我孙子有关。你可以称其为请愿书。”

“请愿？”

“我想请一个老朋友，国会的老友，帮那孩子进西点军校。”

“明白了。”

“我事先要打好腹稿。这种信是最微妙的一种……请愿书。”法官合上双目，将拇指和食指放在眼皮上，深入思考起来。这姿势传达出一种痛感，但今天上午法官可丝毫不觉得疼痛；相反，在度过了数年的无聊与泛滥的空白时光之后，有一封重要信件需要写就，还有一个供他调遣的首席文书，这都给他带来了喜悦，让他又如少年般心情愉快。他坐在那里皱着眉，一动不动，这姿势持续得太久了，谢尔曼都不禁担忧起来。

“头痛吗？”

法官猛地直起身子。“当然不是，我刚刚在构思信的结构。考虑给谁写，还有这人过去与现在生活的种种境遇。我就是在反复思量收信的那个人。”

“是谁？”

“佐治亚州参议员托马斯。地址是：华盛顿特区。”

谢尔曼在墨水瓶中蘸了三次笔，认真地将纸铺平，想到要给一个参议员写信，心中简直不可遏制的兴奋。

“我亲爱的朋友及同事，提普·托马斯。”

谢尔曼又用钢笔蘸了墨水，开始用花体字写。“还有呢，先生？”

“安静，我正在想——现在继续。”

谢尔曼正写着，法官叫住了他。“这个你不要写。重写。当我说‘继续’或者这一类词时，没必要把这些词写下来。”

“可我就是在写你说的话啊。”

“可是，老天啊，用用常识。”

“我用了，但是当你听写时，我自然要把所有话写下来。”

“我们还是从头写吧。称呼语如下：我亲爱的朋友及同事，提普·托马斯。知道吗？”

“我不该把‘知道吗’写出来，对吗？”

“当然不能。”

法官正在质疑他的文书是不是真如他最初以为的那般伶俐，谢尔曼在暗自疑心这老人是不是神经有问题。如此一来，二人都互相怀疑对方的精神是否健全。这工作开始得可不太顺利。

“别把这个写在信上。我只是想和你个人聊几句。”

“嗯，个人聊吧。”

“要想做个当之无愧的文书，技巧就在于写下书信或文件中的每一个字，但不是记录个人的思想，或者换言之，我所想之事对于要写的信或多或少会有些不相干。我的麻烦在于，孩子，我的脑袋转得太快，随意的想法太多，一时都会涌进脑子，与任何思路都无关。”

“我理解，先生。”谢尔曼说，他想这工作和最初想象的不一样。

“理解我的人不多。”法官只是说。

“你是说你想要我读你的心，知道该写什么，不该写什么。”

“不是读心，”法官的火上来了，“是从我的语调中听出什么是个人的沉思，什么不是。”

“我可是个卓越的读心者。”

“你是说你有种直觉？天啊，我也是。”

谢尔曼不明白这个词什么意思，但是他想着若能留在老法官身边，他的词汇量一定会突飞猛进。

“回到写信上，”法官正色道，“在致敬之后写，‘近日我忽然想到——’”法官停了下来，用更低的声音说着，谢尔曼读着法官的心声，没有记下来，“近日是指多近，孩子？一年——两年——还是三年？我猜这事发生在十年前。”

“那样可不叫最近。”

“你说得对，”法官斩钉截铁地说，“换一种迥异的方式来开头。”

图书室的镀金钟响了十二下。“中午了。”

“是的。”谢尔曼说，手里拿着笔等待。

“正午时，我会停下手边的活儿，去喝一天的第一杯甜酒。老人的一点特权。”

“你愿意让我来为你备酒吗？”

“你能那么做就太好了，孩子。你想来点兑水的波旁威士忌吗？”

“兑水的波旁威士忌？”

“我可不是个独饮者。我不喜欢独自饮酒。”的确，过去他常常邀请园丁、薇萝莉或者任何人过来一起喝酒。因为薇萝莉不喝酒，园丁已经过世，法官多少次都只能独对杯盏，但他可不喜欢孤单。“我可不喜欢只有棕榈酒相伴左右。”

这是工作中谢尔曼未曾料到的愉悦。他说：“愿意效劳，先生。这酒你想怎么调？”

“一半兑一半，别兑太多水。”

谢尔曼奔到厨房去调酒。他已经开始挂虑起正餐了。他们若是一起喝了酒成了朋友，他可不想再被打发到厨房和厨子一起吃饭。他知道事情必定如此，但如果真是这样，他心里可是幽怨得很。他练了好几遍该如何推辞，“我从不吃正餐”或者“我早晨吃得太饱，并不饿”。他一半一半兑了酒，回到图书室。

法官浅酌了一口酒，咂咂嘴说：“这可是前基督教的。”

“什么？”谢尔曼问。

“当教皇要对教民说实话时，他便会用这个词。我的意思是我们喝酒时我跟你说的话，可都不能写在信里。我那朋友提普·托马斯给自己找了个伙伴——或者说伴侣？我是说他找了第二任妻子。通常我不支持二婚，但是再一斟酌，我跟自己说‘待人需心胸宽厚’。你明白我的意思吗，孩子？”

“没有，先生。不是很明白，先生。”

“我是在想要不要跳过第二次婚姻，只谈他第一任妻子。只称赞他第一任妻子，不提第二任。”

“何必提任何一个呢？”

法官将头向后仰了仰：“这便是写信的艺术；你先要亲切地就个人生活略微一谈，比如健康，妻子，任何话题都可以聊一聊，这个谈完后，你再切入主题，讲这封信的主旨。”

法官越发喜乐地喝着酒。在他喝酒时，一个小小的奇迹发生了。

电话铃响时，法官一时都不明所以。J.T. 马隆跟他说着话，但是他说的却令人费解。“格柔恩·博伊在街边斗殴时死了——杰斯特也在斗殴？”他重复道：“我得派个人过去把杰斯特从药房接回来。”他转向谢尔曼：“谢尔曼，你能开车到马隆先生的药房，把我孙子接回来吗？”谢尔曼这辈子从未开过车，欢欣鼓舞地答应了。他看过别人开车，便认为自己知道该怎么开。法官放下酒走到厨房。“薇萝莉，”他喊着，“我有个重要的消息跟你说。”

瞧了一眼老法官的脸，薇萝莉问：“有人死了？”没等法官回答，她又问：“是布拉姐姐吗？”

等法官告诉她是格柔恩·博伊后，她用围裙遮住脸，泣不成声。

“这么多年他从来都没长大过。”好像此刻正撕碎她的荒唐事实中，惟有这句话方是最辛酸易懂的真相。

法官试着像熊一样拍打着她，想让她好受些。他去了图书室，把他的酒一饮而尽，又喝光了谢尔曼喝剩的酒，之后便去门廊等待杰斯特。

这时，他意识到方才有个小小的奇迹降临了。十五年来，每个上午他都望眼欲穿地等待着《米兰信使报》，在厨房中等，在图书室等，一听到报纸落到门廊的响声，他的心都会随之跳跃。可是今天，时隔多年，他居然如此繁忙，居然都没想起报纸这回事。老法官无限欢欣地蹒跚下了楼梯，捡起《米兰信使报》。

第六章

不可思议之事每天都在发生，不计其数的奇迹便造就了生活，但大半都是过去了也无人察觉，马隆在那个愁苦的季节，留心到一件小小的奇迹，自然满心讶异。那个夏天的每个早晨，他都带着一种模糊的恐惧感醒来。将会有怎样可怕的事落在他头上啊？究竟是什么事？几时发生？会在哪儿发生？待意识终于清醒，忽觉现实太过无情，便再也躺不住了；不得不起了床，在走廊和厨房到处漫游，毫无目的地游荡，一边闲游，一边等待。可是等待什么呢？在和法官聊了一番之后，他把冰箱的冷冻层塞满了各种牛肝。如此日复一日，当电灯与清晨两相搏斗之时，他会煎一片恶心的牛肝。他一直憎恶吃肝，甚至是礼拜天孩子们争着吃的鸡肝，也不对他的胃口。待肝煎好后，整个房子就如同放了臭气弹，马隆会把它一口口咽下，每一口都让他反胃，但每一口他都会吃净。胃里犯恶心反让他心里好受了些。甚至是一般人都嫌弃，丢到盘边上的软组织，他也要囫囵吞下去。蓖麻油的味道也令人作呕，却很管用。海登医生的失误就在于，他根本没有提过任何治疗方法，恶心至极的也好，别的什么的也罢，就根本没说怎么治那个——白血病。告诉别人得了绝症，却什么治疗的路子都不给——马隆整个人都怒不可遏。他做药剂师将近二十年，听取过大量的病症，都会逐一下诊断：便秘，肾病，眼睛里进了灰，各种各种的病吧。如若真的觉得这病他无能为力，就会建议顾客去看医生，但这种情况可不多见——马隆觉得自己可不比米兰镇上任何一位货真价实的医学博士差，而且他可是给难以计数的人看过病。他自己就是个好病人，吃着自己开的恶心透顶的肝病泻盐，如果需要，就再抹些斯隆搽剂[1]，马隆决意要吃掉每一块臭烘烘的肝。然后他便在光线明亮的厨房等待。等待什么？又等到何时？

夏末的一个清晨，马隆醒了后又挣扎着想睡。他寻求着重返那个温柔甜蜜的忘却之乡，却无法抵达。鸟儿早起来在他耳边尖叫，将他那香甜的梦撕得支离破碎。那个黎明，他只觉得筋疲力尽。意识中有种恐怖感冲击着他疲惫的身体和磨灭的精神。他想强迫自己梦入甜乡。便试着数羊——黑羊，白羊，红羊，全都蹦蹦跳跳，尾巴翘翘。又试着什么都不想，哦，柔情蜜意的梦乡。他不想起床，不想开灯，不想在走廊与厨房间漫游，游荡着等待恐惧降临。他永远不要在晨曦时分煎恶心的肝，让整个房子闻起来像臭气弹爆炸。再也不要。再也不会。马隆拧开床头灯，拉开抽屉。里面放着他给自己开的吐诺尔[2]。瓶子里共有四十粒药，他一清二楚。他用颤抖的手指拨弄着这一堆红绿胶囊。一共四十粒，他心中明了。他再也不用在残晓时分起床，在房子里惊骇地漫游。再也不去药房，他可是一直都去药房，那

① 搽在皮肤上，可以暂时减缓肌肉、关节疼痛的药剂。

② 一种镇静剂、催眠剂。

便是他的生命，也支撑着他的妻子和家庭。如果 J.T. 马隆不是唯一养家的人，因着妻子用她自己的钱买了可口可乐的股票，再加上她从母亲那里继承了三幢房子——亲爱的老格林拉夫夫人十五年前便已故去——如果因为他妻子如此能干，他已完全不再是家庭唯一能拿回钱的人，药房却依然是家庭的支柱，无论人们会作何想法，他也还是个能干的男子汉。米兰镇上第一家开门，最后一家打烊的店铺，便是他的药房。他会忠诚地站在那里，聆听病症，下药方，制作可乐和圣代冰激凌，配药……再也不会了，再也不会！这么久以来他为什么要做这些事？就如一头闷头苦干的老骡子，绕着高粱磨盘一圈圈走。还每天晚上都回家。还和早已不爱的妻子同床共枕。为什么？因为除了药房就再无适宜之所了吗？因为除了睡在妻子身边就再无安眠之地？在药房工作，和妻子共眠，再也不要！他一粒粒摸着宝石般的吐诺尔，往日单调的生活在他面前绵延伸展。

马隆将一粒胶囊放入嘴中，喝了半杯水。要吞下四十粒胶囊，要喝多少水？

吃了一粒后，他又吞下一粒，之后吞了第三粒。便停了下来，倒满水。待他回到床上，便想抽支烟。抽烟时，他觉得有些困了。等抽第二支烟时，烟从他毫无生气的手指间滑落，J.T. 马隆终于再次进入了梦乡。

那天早上他一直睡到七点，等他进了厨房，一家人都已醒了，房里一片忙乱。他担心去药房迟了，便没有洗澡也没有刮脸，这在他一生中实属少见。

那天早上，那个小小的奇迹就在他的眼前，但他的心情太过狂乱，匆忙间还赶着路，便没有领会这一奇迹。他抄了个近道穿过后院从后门走，奇迹就在那里，但他一路小跑奔向后门，竟对奇迹视而不见。可待他到了药房，便奇怪自己干吗这么急；没人等在这儿。但他也已开始了这一天。他砰地放下遮阳篷，打开电扇。等第一个顾客到来时，他的一天已然开始，只是首位顾客不过是隔壁的钟表商，赫尔曼·克莱因。赫尔曼·克莱因总是一整天都喝着可乐，在药房进进出出。他还在药房的配药间存了瓶酒，他妻子不喜杯中物，也不让他在家中饮酒。如此一来，这厮便整日泡在店里修修手表，不时过来药房转转。赫尔曼·克莱因像米兰的其他商人一样不回家吃午饭；他喝点小酒，吃上一块马隆夫人卖的包装精致的鸡肉三明治。应付完赫尔曼·克莱因，一群顾客一下子都涌了进来。一个妈妈带着尿床的孩子，马隆卖给她一个悠乐童，一种床湿了便会响铃的装置。他曾经卖了许多悠乐童给家长们，但是私底下，他却质疑这响铃真的有效吗。他暗自疑惑这装置会不会把睡觉的孩子吓坏了，只是因为小约翰在他梦里尿尿了，便把整个房子的人都吵醒又有何益呢？他暗地里琢磨，让约翰悄悄地尿尿不是更好嘛。马隆给予母亲们睿智的忠告：“这种装置我已卖了许多，但个人认为训练上卫生间的关键在于要让孩子配合。”马隆仔细打量着那孩子，一个棱角分明的小女孩，看上去不像会配合的。他还给一个静脉曲张的女士找了合适的外科治疗袜。他听了关于头痛、背痛、肚子不适的病症。他端详每一位顾客，给他们诊断，卖药给他们。没人得白血病，无人空手而归。

到一点时，那个被梦魇纠缠的妻管严，小赫尔曼·克莱因过来吃三明治了，马隆虽已疲惫不堪，却还在浮想联翩。他疑惑这世上还有谁比他混得更惨。他看着坐在柜台边大嚼三明治的小赫尔曼·克莱因。马隆恨他。恨他这么没骨气，恨他工作这么尽心竭力，恨他不像其他不回家吃饭的生意人一样风光地去蟋蟀茶室或纽约咖啡厅吃午饭。他对赫尔曼·克莱因毫无怜悯之心。马隆对他，只有鄙视。

他穿上外衣回家吃饭。那天热极了，天空如同闪电般亮着白光。这次他走得很慢，感觉到他那白色亚麻外套沉甸甸的，或者是什么东西压在肩膀上异常沉重。他总是从容自在，还可以回家吃午餐。不像那个胆小如鼠的小赫尔曼·克莱因。他穿过后院的门，就在那时，尽管他已倦了，却认出了那个奇迹。在那个恐惧丛生的季节里，他不过就是随意在蔬菜园子播撒些种子，之后便全然抛之脑后，如今却已结出果实。有紫色的甘蓝，胡萝卜的小缨子，芜青叶子，绿萝卜的叶子，还有番茄。他站在那里，凝视着这个园子。这个时候，一群小孩子从敞开的门冲了进来。他们是兰柯家的孩子。兰柯一家生孩子还真出奇。他们三番五次生得都是多胞胎。要么是双胞胎，要么是三胞胎。他们租了马隆妻子继承下来的一间房子——质量低劣，简直破烂不堪。你便能想象，一家人带着那么多孩子住在那地方的情景。萨米·兰柯是韦德威尔纺纱厂的工头。每逢他丢了工作，马隆便不会催着他交房租。马隆住的房子也是玛莎从年迈的格林拉夫夫人那里继承来的，上帝保佑老格林拉夫夫人，这幢房子坐落在拐角处，迎面是一条极为体面的街巷。其他三间房子比邻而居，都在拐角转过去的街上，那边的居住环境就差多了。兰柯一家的房子是最后一间，其实就是马隆夫人继承的那三间房的最后一间。如此一来，马隆便常常见到兰柯家的孩子们。一个个都脏兮兮的，不停地抽着鼻涕，他们到处闲逛，想是家里待不住，也没什么可供他们打发时间。在一个极其寒冷的冬天，兰柯夫人和双胞胎被困在家中，马隆送了些煤去他们家，他喜欢孩子，也知道他们挨着冻。孩子们分别叫尼普和塔克，希瑞里和西蒙，罗斯玛丽，罗斯蒙德及罗莎。孩子们如今都长大了。最大的三胞胎也已结婚，也都有了自己的孩子。他们出生那一夜，正逢迪奥五胞胎出生之时，《米兰信使报》写了一篇短文，讲的是“我们米兰的三胞胎"，兰柯一家把这文章裱了挂在客厅的墙上。

马隆又瞧了瞧院子。"亲爱的。"马隆喊道。

"在呢，宝贝。"马隆夫人回答。

"你有注意到花园吗？"马隆走进房间问。

"嗨，瞧瞧我们的花园。"

"我当然看见了，宝贝。我们整个夏天都从花园里摘蔬果吃。你怎么了？"

马隆这些日子可是胃口全无，也从不记得吃了些什么。他便没有再应声，不过那个花园可着实是个奇迹，种的时候无所用心，也从来没人经管，居然长得如此蓬勃。甘蓝疯狂地长成了甘蓝应有的样子。把甘蓝种在院子里，它们就会疯长，别的植物都被挤到一边。牵牛花也是一样——一颗甘蓝，一枝牵牛花。

午餐时话不多。他们吃的是烘肉卷和双份煎土豆，这顿饭倒是做得不错，马隆却食不知味。"我整个夏天都在跟你说蔬菜是自家种的。"马隆夫人说。马隆听见了却并没留意，更不用说回应了；多年来他妻子的声音都如锯木厂的锯木声，一种你听见却根本不会在意的声音。

年少的孩子们，艾伦与汤米，囫囵吞下晚餐，等着奔出去玩。

"你们得细嚼慢咽，宝贝们，否则谁知道你们会得什么肠胃病。我还是个小女孩时，他们有种叫弗莱彻疗法，你每咽一口饭，都要咀嚼七次。如果你们还像拉救火车的马一样……"但孩子们已经说着"失陪啦"，跑出了房子。

从此刻开始，午餐便在静寂中进行。没人吐露心声。马隆夫人盘算的是她的"马隆太太三明治"——肥硕、清净的符合犹太人饮食规矩的鸡（鸡本身是不是信仰犹太教倒是无关紧要），精心培育的大西洋和太平洋茶叶公司的母鸡，还有小型火鸡，二十磅的大火鸡。尽管有许多人居然尝不出火鸡三明治与鸡肉三明治的差别，她的火鸡三明治会用“马隆太太的火鸡沙拉三明治”作为标签。这个时候，马隆也满腹心事；他今天上午应该卖那个悠乐童吗？他的脑中忽然闪过几个月前发生的一件事，一个女士抱怨过悠乐童。她的小尤斯蒂斯似乎睡过了所有的悠乐童铃声，而全家老小却都被吵醒了，悠乐童的铃声响彻房间，全家人围成一圈看着睡得香甜的小尤斯蒂斯，依然还在悄悄地尿着尿。终于，好像是家里的爸爸把那孩子从湿床上拎起来，当着全家人的面揍了屁屁。这样做对吗？马隆仔细思量，觉得这么做有失公正。无论孩子该不该打，他可从没打过孩子。家里是马隆夫人管教孩子，马隆一向觉得那本就是妻子的职责所在，每次遇到该教训孩子的时候，她总会掉眼泪。唯一一次马隆觉得该打孩子是四岁的艾伦在她祖母的床下偷偷点了把火。年老的格林拉夫夫人哭得多凶啊，既是因为受了惊吓，也因为她最心爱的孙女要受惩罚了。但玩火是马隆处理的唯一一桩调皮捣蛋的事，只因玩火事大，不能再交给心慈手软的妈妈，让她哭着来责罚了。毋庸讳言，禁止玩火柴，唯独玩火他亲自处理。那悠乐童呢？尽管这个产品广为推荐，但他还是后悔今早卖了它。最后一口痛苦的吞咽让马隆的喉结在他虚弱的脖子上蠕动，他从桌边站起，准备离开。

“今天余下的时光，我托哈里斯先生帮我看着药房。”

马隆夫人平静的脸上拂过一丝忧虑：“你觉得不舒服吗，宝贝？”

怒火让马隆攥起拳头，直到手关节都攥白了。得了白血病的人会觉得不舒服？这个女人到底觉得他得的是什么……出水痘或者春倦症？但尽管他手指的关节都因为怒火攥白了，他只是说：“不好不坏。”

“你工作太卖力了，宝贝。一向都耗尽了精力。你可真是个兢兢业业的驮马啊。”

“我是只骡子，”马隆纠正道，“一只绕着玉米磨盘转了一圈又一圈的骡子。”

“J.T.，你要不要我帮你放些温水，舒服地好好洗个澡？”

“当然不必。”

“别耍倔，宝贝。我就是想让你好过些。”

“我在自己家里想耍倔就耍倔。”马隆说着，一股子倔性。

“我就是想让你舒服些，看来没用。”

“啥用都没有。”他闷闷地说。

马隆洗了个热腾腾的澡，洗了头，刮了脸，去卧室躺了下来。但心里着实生气，根本睡不着。他听到马隆夫人在厨房里搅着面糊，该是想做个结婚蛋糕什么的，这愈加惹恼了他，他便走了出去，走到明晃晃的午后。

他失去了那一年的夏天；没有察觉到蔬菜生长，吃时又毫无知觉。夏日的明媚艳阳让他的精神枯萎。法官之前声称没有什么病痛是米兰的夏日无法治愈的。想到老法官，他走到后廊，拿了个纸袋。下午的时光，他身虽自由了，心却毫无自由之感。他开始疲惫地为法官摘丛丛的绿色植物，摘了芜青菜，拔了甘蓝。又摘了最大的番茄，伫立良久，手里掂着番茄的分量。

“宝贝，”马隆夫人透过厨房窗户冲他喊，“你做什么呢？”

“你说什么？什么？”

“你站在下午那么热的天里做什么呢？”

当一个男人独自站在自家的后院中，还要为此事作出解释时，一切已无可救药了。虽然他的内心冷冷地如此思量，嘴里却只是应着：“摘菜。”

“你要是打算在大太阳下待很长时间，就该戴上帽子。要不会中暑的，宝贝。”

马隆喊的时候脸色苍白：“这跟你他妈的又有什么关系？”

“看在上帝的分上，J.T.，别骂人。”

就这样，就因为妻子问了一句，干扰了他，马隆便在酷热中多待了一阵子。之后，他便提着一袋子的蔬菜，帽子也没戴，跋涉着去了法官的家。法官正坐在光线昏暗的图书室，那个蓝眼黑人和他在一起。

“嘿，J.T.，嘿，我亲爱的朋友，我正想见你呢。”

“有什么事啊？”居然受到如此热切的欢迎，马隆心中愉悦却又满腹惊讶。

“现在可是经典诗作时间。我的文书正在为我读诗。”

“你的什么？”马隆尖声问，这个词让他想起悠乐童和尿床。

“我的秘书。谢尔曼·登。他是个优秀的读者，读书时间可是一天中最愉悦的时光之一。今天我们读的是朗费罗。接着读吧，麦克德夫①。”法官喜不自胜。

“你说什么？”

“我刚刚其实是在诠释莎士比亚。”

“莎士比亚？”谢尔曼觉得自己土里土气的，被晾在一边，格格不入。他恨马隆先生在读诗的时候来。那个终日绷着脸的老家伙干吗不待在他该待的药房呢？

“回道：

在‘吉却·甘米’的岸旁

① 莎士比亚悲剧《麦克白》中的人物。

在大海洋的闪亮的水畔，
屹立着月亮神的女儿——”[1]

法官阖上双目，他的头随着韵律微微晃动。“继续，谢尔曼。”

“我不想读了。”谢尔曼赌气说。他凭什么要在那个好管闲事的马隆先生面前出洋相？他死也不干。

法官感到空气中**极其**友好的东西不见了。“嗯，就读一下吧，‘我向空中射去一箭’。”

“我状态不佳，先生。”

马隆冷眼旁观，他那袋子蔬菜还在膝盖上放着。

法官感到那曾经的温情一去不返，很希望能读完那首可爱的诗，自己便接着念诵下去：

“‘瑙柯密的小住宅，
宅后高耸着葱郁的森林，
高耸着黑魆魆的古松，
高耸着长满绒果的杉枞；
屋前激荡着一汪大水，
一汪清澈的闪着阳光的大水，
那大海洋里波光闪亮的水。’

“房间太暗，我的眼睛有些乏了。你能继续念吗，谢尔曼？”

“不能，先生。”

---

① 所引朗费罗诗作采用王科一译文，见《海华沙之歌》（新文艺出版社 1958 年版），下同。

"'小宝宝，不要吵，快睡觉！
秃毛熊听见要来咬宝宝！
谁把屋里照得明亮亮？
谁的大眼睛亮得像灯光？
小宝宝！快睡觉，不要吵！'

"哦，这种温柔缱绻，这种韵律与柔情。谢尔曼，你怎么就感受不到呢？你读经典诗作一向都读得美妙动人啊。"

谢尔曼蜷起后背，不发一言。

马隆的膝上还放着那包蔬菜，嗅到了屋内的紧张氛围。很显然这种事情每天都在上演。他奇怪到底是谁疯了。老法官？蓝眼睛的黑鬼？他自己？朗费罗？他巧妙地打着圆场："我从院子里给你摘了些芜青菜，还有些甘蓝。"

谢尔曼忙说："他不能吃那些东西。"态度颇为倨傲。

法官的声音透出沮丧。"喂，谢尔曼，"他恳求道，"我爱吃芜青菜，也喜欢吃甘蓝。"

"那不在节食计划之内，"谢尔曼不肯让步，"这些菜做起来要用腊肉，几层瘦肉几层肥肉来煎。这可不在节食范围内。"

"只要一小条带着一丝瘦肉一丝肥肉的怎么样？"

因为马隆先生在他钟爱的阅读时间到来，谢尔曼依然还憋着气，那个绷着脸的药房老家伙还瞪着眼睛望着他俩，好像他们俩都是疯子，是马隆毁了经典诗作的阅读时光。不过，谢尔曼他可没有高声朗诵海华沙。他可没让自己出丑；他把丑态留给了老法官，法官可根本不会在意别人是不是觉得他刚从米利奇维尔[1]逃出来。

---

① 米利奇维尔：佐治亚州一下属县，20世纪时，曾设立全世界最大的精神病医院。

马隆想安慰法官，忙说：“北方佬配着黄油和醋就可以吃蔬菜了。”

“哦，我当然不是北方佬了。我要试试用醋配着吃蔬菜。在新奥尔良度蜜月时，我吃蜗牛。一整只蜗牛呢。”老法官又加上一句。

从客厅传来钢琴声。杰斯特正在演奏《菩提树》①。谢尔曼听着更恼火了，因为杰斯特弹得的确很好。

“我一向都吃蜗牛，在法国时养成的习惯。”

“我都不知道你曾经到过法国。”马隆回应。

“喔，当然去过。我在那儿服过兵役，时间很短。”其实是芝宝·马林斯曾服过兵役，他给谢尔曼讲了许多故事，多数谢尔曼都半信半疑。

“J.T.，我觉得你在热天里走了这么远路，一定需要提提神。来点杜松子酒加奎宁滋补剂如何？”

“那简直太好了，先生。”

“谢尔曼，你能替我和马隆先生去拿杜松子酒和奎宁吗？”

“奎宁，法官？”他的声音透出不可置信，即使是药房的老马隆先生，也一定不喜欢休息时喝苦涩的奎宁。

法官说话带着一种专横的口吻，好像吩咐仆人一般：“在冰箱里放着。瓶子上写着‘杜松子酒’。”

谢尔曼奇怪他为什么不一开始就这么说。杜松子酒和奎宁可不一样。他之所以有这份常识，是因为自从他陪伴起法官，就开始品起了酒。

“多放点冰。”法官吩咐道。

---

① 舒伯特所作声乐套曲《冬之旅》中的歌曲。

谢尔曼肺都气炸了，不仅因为阅读时光被耽误了，还因为自己被当成仆人使唤。他忙将火发在杰斯特身上。“你弹奏的是《摇啊摇，小宝宝》吗？”

“不是，是《菩提树》；我从你那儿借的。”

“哦，那可是德国艺术歌曲的最末流。”

杰斯特刚刚演奏时感情充溢，眼中噙着泪水，现在停了下来，谢尔曼乐不得他停下来，因为他弹得太好了，尤其对于只是第一次看谱便演奏的人。

谢尔曼去了厨房，在酒里加了很少的冰块。他怎么能让人到处使唤？那个脸色憔悴的杰斯特怎么就能把德国艺术歌曲演奏得那么好，况且还只是初次看谱？

他为了老法官可是事事都做了。格柔恩·博伊死的那个下午，他亲自做了晚餐，端到餐桌上候着；但他可不会吃自己做的饭。即使是在图书室的桌子上，他也不会吃那顿饭。他为他们找了个厨子，薇萝莉不在的时候，他找了辛蒂瑞拉·马林斯来为他们做饭。

谢尔曼去调酒时，法官正和老友马隆聊起他：“那个男孩可是个货真价实的人才，不可多得啊，简直是个珍宝。替我写信，为我读书，更别说还为我注射，监督着我节食。”

马隆满面疑云：“你是怎么找到这么个完人的？”

“我遇见他可不是什么巧合。他在出生前，就已经开始影响我的人生了。”

对于这样一句神秘的话，马隆怎敢妄自揣度。那么个势利的蓝眼黑鬼难道是法官的亲生儿子？看似不大可能，却也有可能。“可他不是在一个黑人教堂的长椅上被发现的吗？”

“确实是。”

“那这又怎么会影响你的生活呢？”

“不只是影响我的生活，而且影响了我的亲生骨肉——我亲生儿子的生活。”

马隆试着构想约翰尼和一个黑人女孩有染。那个长着一头金发，正派的约翰尼·克兰恩，那个曾多次和他一起在塞瑞诺庄园打猎的约翰尼·克兰恩。这就更加不可能了，但又并非绝无可能。

法官好像看透了他。那只灵便的手紧紧抓住拐杖，直到手都变成了紫色。“如果你竟敢有一刻认为我的约翰尼曾和黑姑娘上床，或认为他做了任何道德沦丧的事……”法官怒气冲天，话都说不下去了。

“我可从来没有这种想法，”马隆宽慰他说，“只是你的话也太难懂了。”

“这可是个秘密，天下最大的秘密。但这实在不是什么好事，连我这个多嘴多舌的老头子也只能讳莫如深。”

但是马隆知道，他其实想深入聊一聊，可就在这个时候，谢尔曼·登猛地将两杯酒用力放在图书室的桌子上。待谢尔曼冲出了房间，法官接着说：“不过，现在这孩子可是我老年的金丝线。替我写信，那字体简直像是天使写就的，给我注射，还看着我节食。到了下午，便为我读书。”

马隆没说那孩子当天下午可是不服管束，老法官还是靠自己朗诵完朗费罗的那首诗。

“谢尔曼读起狄更斯简直入木三分，有时都能让我泪如雨下。”

“那他哭过吗？”

“没有，可他常常在逗趣的地方微笑。”

马隆心中疑惑，还等着法官能再说些更真切的事，揭开他方才透露的秘密，但他只是说：“喔，又会重演‘在这片荆棘般的危险中，我们采下这朵安全之花’。”

“什么，先生，怎么了？你有危险吗？”

“并不是有危险——这不过是诗人的表达罢了。但是自从我心爱的妻子故去之后，我便觉得无比的孤独。”

马隆这会儿可不止是对法官有些疑惑不解了，他突然间就忧心起来。“孤独，先生？你有你的孙子，而且你是米兰最可敬的公民。”

“你可以是全镇最可敬的公民，甚至是全州最可敬的，但你依然会觉得孤独。而那种孤独的滋味啊，上帝！”

“可你有孙子呢，他不是你的掌上明珠吗？”

“男孩子天性自私。我太了解男孩子了。杰斯特唯一在意的事就是——青春花季。我对男孩简直看透了，最后都不过是——自私，自私，无比自私。”

马隆听到杰斯特被如此批评，心里畅快不已，但他非常知趣地不动声色，只是问：“这个黑人男孩来这里多久了？”

“大约两个月了。”

“这么短的时间里，他便能在家里享有如此高的地位……可以说，他都已经惬意得安顿下来了。”

“感谢上帝，谢尔曼让人觉得惬意。尽管他和我孙子一样是个男孩子，我们的关系却截然不同。”

听到这话，马隆欣慰不已，却还是适时保持缄默。他了解法官情绪多变，会一阵子喜悦一阵子失望，他疑惑眼下这种情景会持续多久。

“他可绝对是货真价实的珍宝，”法官热情洋溢，“是个人才。”

他们说话这段时间，那个“货真价实的珍宝”正读着本电影杂志，还喝着加了大量冰块的杜松子酒加奎宁滋补剂。他一个人待在厨房，年迈的薇萝莉在楼上打扫房间。尽管口腹之欲与想象力都已餍足——正读的这篇文章写得很不错，谈的是他钟爱的一位电影明星——他还是肺都要气炸了。不仅是因为他一天中最宝贵的时光被那个没事瞎忙的马隆先生给毁掉了，而且还因为这三个月他的心就一直悬着，这种悬心之感渐渐演化成了焦虑。为什么安德森夫人不给他回信呢？若是地址写错了，也该会转交到她手里的，他这位母亲可是人所尽知啊。这时候，杰斯特的狗，虎子踱进了厨房，谢尔曼踢了它一脚。

薇萝莉从楼上下来，看见谢尔曼在一边品酒一边读着杂志。她本想说上他几句，但一看见他那张黑色脸庞上狰狞的双目，话便咽了回去。她只说："我年轻那会儿，可从来不会闲坐着看书喝酒。"

谢尔曼回道："你可能生来就是个奴隶吧，老太太。"

"我可不是奴隶，我祖父才是。"

"你很有可能是被卖到这个镇子上的。"

薇萝莉拧开水龙头，水大声地流淌着，她刷起了盘子，说道："我要是知道你妈是谁，我非告诉她把你抽到皮开肉绽。"

谢尔曼回到客厅，正闲得慌，便想去找杰斯特的茬儿。杰斯特又弹起了琴，谢尔曼希望自己知道这首曲子叫什么。想想看，万一他骂了半天作曲家，却发现骂错了人。是肖邦吗？是贝多芬？舒伯特？因为不知是谁，心里便没了底，便不好侮辱别人，这就让他越发气闷。他要是说："你弹得贝多芬可是烂透了。"杰斯特偏巧说："这不是贝多芬，是肖邦。"谢尔曼这回可是黔驴技穷，无计可施了。之后他听见前门开了又关上，便知道那个爱管闲事的马隆先生走了。他好生为难地走进房间，如摩西一样驯顺，走到法官面前。他自觉地从头读起朗费罗，起始一句为：

“我向空中射去一箭。”

对于马隆而言，这个夏天还真是前所未有的热浪袭人。他一路踽踽，觉得那炫目的天空，炽烈的太阳，全部都压在他的双肩之上。他本是个平凡务实的男人，很少会幻想，但此刻却做起了白日梦，等到了秋天，他要去北方，去佛蒙特，去缅因州，在那些地方他又可以见到雪了。他要只身一人前往，不带夫人。他会请哈里斯先生接手药房，他将在那儿住上两个礼拜，或者，谁知道呢，两个月，只他一人，清清静静。在想象中，他已见到冰雪带来的极地魅力，感到了沁人心脾的凉意。他要一个人住在旅馆，横竖之前都没试过，要不选个滑雪胜地？一想到冰雪，便有种自由感充溢肺腑，却又有种罪恶感抓肝挠心，这样一边盘算，一边在一天中最炙热的太阳底下驼着背奔波。有一次，也仅此一次，他曾体会到自由带来的罪恶感。十二年前，他送妻子和小艾伦去塔卢拉瀑布避暑，他们不在家时，马隆有机会见识了自己的罪恶。起初他没觉得这是个罪恶。不过就是在药房遇上了一位年轻女士。她眼睛里进了灰，而他呢，便小心地用他干净的亚麻手绢把灰擦掉了。他记得当他扶着她的头，帮她把灰弄掉时，她的身体微微颤抖，黑色的眼睛中满是泪水。她那天走后，当天晚上马隆想起了她，但本来这事便已结束。但赶巧他第二天去付纺织品账单时，他们又再次相遇。她是办公室的办事员。她说：“你昨天真是体贴。告诉我我能为你做点什么呢？”他回应着：“好啊，要不你明天和我共进午餐吧？”她欣然接受，在纺织品商店上班，一起吃个午餐也不过是年轻人消遣的一种方式罢了。他们去了蟋蟀茶室，全镇最上档次的餐厅，在那儿吃了午餐。他给她讲了他的家人，他从没想过这事会有任何进展。但是还真的有了进展，两周后他便犯下了罪恶，而最可怕的是，他犯得无比畅快。刮脸时他会哼着歌，每天都会穿上最好的衣服。他们去镇里看电影，他甚至带她坐巴士去了亚特兰大，带她去博物馆看了天幕。他们去了亨利·格兰迪酒店用餐，她还点了鱼子酱。在这次违反道德的恋情中，他竟觉得满心幸福，尽管他知道这场爱恋并不久远。待妻女九月归来之时，这段情便告终结。劳拉是多么的善解人意啊。也许她不是第一次遇上这种事。十五年后，他依然在梦里见到她，尽管他早已换了纺织品商店，再也没有遇见她。当他后来得知她结婚的消息时，心中难免有些怅惘，但他灵魂中的另一个自己却骤然轻松了。

想到自由就如同想到冰雪。当然了，那一年的秋天，他一定会让哈里斯先生接手药房，他会去度假。他会再一次感受雪花如何悄悄潜入，会感到那天赐的凉意。带着这些念头，马隆疲惫地走回家。

“你就是这么歇着的？亲爱的，我可不觉得你满镇子这么跑来跑去算是休息，还在这么个大热天里。”

“没想到热成这样，确实啊，这镇子到了夏天可真像火炉一样。”

“哎，艾伦可一直在折磨自己呢。”

“你什么意思？”马隆神色遽变。

“就是自找苦吃，哭个不停，在她卧室哭了一个下午了。”

马隆马上去了艾伦的卧室，夫人跟在后面。艾伦正躺在床上抽泣，这间小卧室蓝色与粉色相映，是间漂亮的小女孩房间。马隆根本不能看见艾伦哭，她可是他的心头肉。他疲惫的身子一阵战栗。“宝贝，宝贝，怎么了？”

艾伦将脸转向他：“哦，爸爸，我坠入爱河了。”

“好啊，可那又怎么会让我的心肝儿哭成这样呢？”

“因为他都不知道有我这么个人。我们在街上遇见，在别的地方碰上，他都只是随意挥挥手就过去了。”

马隆夫人安慰道："没关系，亲爱的，等你长大了，你终会遇见你的完美爱人，一切都会完美的。"

艾伦啜泣地更凶了，马隆对妻子大为不悦，她说的话可是一个做母亲的能够说出的最蠢的话了。"宝贝，宝贝，那个人是谁？"

"杰斯特。我爱上了杰斯特。"

"杰斯特·克兰恩！"马隆五雷轰顶。

"是的，杰斯特。他帅极了。"

"宝贝，宝贝，"马隆说，"杰斯特·克兰恩连你小手指的一寸都配不上。"看着艾伦还在啜泣，他开始后悔把芜青带给老法官了，虽然老法官对这事一无所知。一心想着要补救，他便说："无论怎样，我的心肝宝贝，感谢上帝，这不过是初恋啊。"但话一出口，他知道这些话与刚刚夫人说的话一样愚蠢，无济于事。"亲爱的，等下午天气凉爽了，我们一起去药房，我给你调一夸脱细纹软糖冰激凌晚上吃吧。"艾伦又哭了一阵，到了那天下午晚些时候，天气并未转凉，他们坐着家里的小汽车去了药房，吃了细纹软糖冰激凌。

第七章

在过去的几个月里，可不是只有 J.T. 马隆一人为法官揪着心；杰斯特也开始关心起祖父了。就是那个自私、自私、无比自私的杰斯特，自己的事情都乱如麻，也开始为祖父挂肚牵心。法官对他那位“文书”满怀热情，冲昏了头脑。整日不是谢尔曼这个，就是谢尔曼那个。上午祖父会听写信件，到了中午他们相伴饮酒。之后，爷孙俩在餐室共进午餐时，谢尔曼就会自制一个“简易三明治”，一个人在图书室吃。他跟法官说他想反思一下上午写的信，说他倘若在厨房吃饭，一和薇萝莉聊天，难免会分神，而且中午若是吃多了，便会分散注意力，影响之后的工作。

法官同意他这种安排，自己的信件居然能有人耗时费力地细细琢磨一番，他自是喜不自胜，这段日子里，事事都让他喜不自胜。他一向对仆人恩宠有加，出手大方，一到了圣诞节或是谁过生日，送的礼物却是别出心裁（一件化装舞会穿的衣服，跟实际尺寸相差千里，一个丑到没人会戴的帽子，或是一双崭新的鞋，却完全不合脚）。尽管仆人中大多是虔诚的女性，滴酒不沾，但有少数可截然不同。无论他们是绝对的禁酒主义者，还是嗜酒如命之徒，法官从未检查过他冰柜中的酒架。的确，那个老园丁保罗在法官家中待了二十年，伺候花草喝喝酒（是个栽种玫瑰培植花坛的鬼才），最后因肝硬化亡故。

尽管薇萝莉知道法官天生爱宠着下人，可看见谢尔曼·登在法官家中能自由到这份田地时，依然大为惊讶。

“不去厨房吃饭，说什么因为他想要琢磨琢磨信，”她抱怨道：“其实还不是因为他觉得和我一起在厨房吃饭太低贱了，他原本就该在厨房吃的。给自己做宴会才吃的三明治，然后跑到图书室去吃，拜托，他会毁了图书室的桌子的。”

“怎么毁？”法官问道。

“托盘在上面蹭来蹭去，吃什么宴会三明治！”薇萝莉不依不饶。

法官虽无比在意自己的尊严，对别人的尊严却毫不介怀。当着法官的面，谢尔曼的确压下了暴脾气，却在新来的园丁加斯、薇萝莉，尤其是杰斯特身上泄愤。尽管真正的怒火被强压了下去，但火没灭，倒是更猛了。惹火的事情之一便是他其实对狄更斯的作品深恶痛绝，书中有太多的孤儿，谢尔曼对讲孤儿的书恨之入骨，总觉得他们身上有自己的影子。因此当法官因为孤儿，因为扫烟囱的小孩，继父，以及所有的那些恐怖桥段大声抽泣时，谢尔曼都用一种平板僵硬的嗓音朗诵，还带着冷静的优越感瞧着那老傻子故作姿态。法官一向对他人的感觉迟钝，对这些都无所察觉，心情自然无比愉悦。他兴致盎然地喝着酒，听着狄更斯流着泪，写上一邮包的信件，不曾有一刻觉得无聊。谢尔曼依然是他的珍宝，是不可多得的人才，在这个家中不能有人说他一句不好。而与此同时呢，在谢尔曼那颗冷酷而怯懦的心中，事情却每况愈下，因此到了那年深秋的时候，他在法官面前虽未流露什么，暗地里却咬牙切齿憎恨不止。

尽管这工作轻松干净，时不时还可以发发威，尽管欺负那个多愁善感的胆小鬼杰斯特·克兰恩也颇有乐趣，那个秋天依然是谢尔曼整个生命中最凄惨的一个。他无时无刻不在等待着，他的生机停留在这种悬而未决的真空中。他日复一日等待着那封信，可是一日日、一周周逝去，依然消息沉沉。一日，他偶然遇见了芝宝·马林斯的一个音乐家朋友，这个人还真认识玛丽安·安德森，手上有一张玛丽安签名的照片，还有很多这类玩意，就是从这个讨厌的陌生人那里，他得知了真相：玛丽安·安德森不是他的母亲。她不仅嫁给了事业，整天忙着学习，根本没时间和王子们谈恋爱，更别说有时间生他，还有空把他留在教堂的凳子上了，她从未来过米兰镇，无论如何她与他的生命都不可能有任何交集。这样一来，那种曾照亮他的心，让他的心轻快飞翔的希望就此破碎。永远地破碎了吗？当时他是这样想的。那天晚上，他把玛丽安·安德森那些德国艺术歌曲的唱片全部扔在地上，在上面用力踩，他带着绝望与愤怒踩在这些唱片上，没有一条沟纹没破损。之后，因为希望不能随音乐一起被扼杀，他穿着那双沾满泥的鞋躺在那条上等的人造丝床单上，大声哀嚎着在床上拧来拧去。

第二天早上他便无力去工作了，因为昨晚的大动干戈让他精疲力竭，声音也哑了。但是等法官中午让人给他送来托盘时，揭开盖子，下面有新鲜的蔬菜汤，冒着热气的玉米棒，柠檬甜点，他应该复原得差不多了，能慢吞吞地品尝这些食物，一副没精打采的样子——但心中喜悦，因为自己做了病人，满心怜惜的喜悦，他那兰花指翘着，嚼着玉米棒。在家休了一礼拜，还有人为他做饭，种种好事加诸其身，他终于痊愈了。但他那张光滑的圆脸却严肃了许多，尽管他不会再想那个叫安德森夫人的骗子，一段时间之后，他渴望去抢劫，就好像自己被劫了一样。

那年初秋是杰斯特有生以来最幸福的时光。起初，他的激情乘着那首乐曲的羽翼飞升，此刻已沉淀为友谊。谢尔曼每天都来杰斯特家，他的近在咫尺改变了那种激情，因为激情起于险境，患得患失间才会得以酝酿。谢尔曼每日都在房中，没道理不认为他会永远如此待下去。的确，谢尔曼是不厌其烦地侮辱他，让他饱受其苦。但随着时间推移，他已经学会了在那些伤人的话语面前，不让自己伤得太深，伤疤也不会留太久。对于杰斯特，编一套浮华的伤人话语多难啊，但他依然学着做了。而且，他还试着尽力去理解谢尔曼，这种理解与那暴虐般的激情相抵牾，最终化为爱意与慈悲。但谢尔曼不在的那一礼拜，杰斯特却觉得轻松了些。他无需每时每刻都小心谨慎，还可以完全放松下来，也不用担心下一刻便要为自己的尊严辩护。杰斯特模糊地意识到，在他们的友谊中，他是那个被抉择的人；当谢尔曼想对这世界传达愤怒时，他是那个谢尔曼选来当出气筒的。杰斯特模糊地意识到只有在面对我们最亲近的人时，怒气才会更放肆地发泄出来——因为我们之间如此亲近，亲近到我们信赖对方会原谅自己的一切怒气与丑陋。而杰斯特自己呢，还是个小孩的时候，他只会对爷爷发火——他那点小脾气只会发到爷爷身上——不会是薇萝莉，不会是保罗，不会是任何别的人——因为他知道他的爷爷会原谅他，会一直爱着他。因此，即使谢尔曼伤人的话绝不让人好受，他也从中体会到了信任，他为这份信任心怀感激。他买了《特里斯坦与伊索尔德》[①]乐谱，谢尔曼不在时，他可以无需担心那些瞧不起人的聪明话，自在地

① 瓦格纳歌剧。

演奏。但当看见祖父在这房子里游魂一般游荡，茶饭不思，杰斯特还是有些担心了。“我就是不明白那个谢尔曼·登哪儿好了。”

“那孩子是个珍宝，是不可多得的人才，”法官神态自若，可话音忽地变了，“况且，我认识那孩子时间不短了，我觉得该对他负责。”

“负什么责?”

“那孩子成了孤儿，都是因为我。”

“这话什么意思?”杰斯特不想听到这样的话，“别兜圈子。”

“这事不堪回首，尤其我们俩聊起就更让人伤心了。”

杰斯特回应着：“我最鄙视的就是那些话只说一半的人，把别人的兴趣挑起，却不再说下去了。”

“喔，那就忘了吧，”爷爷最后又油滑地补上一句，杰斯特知道他不过是在敷衍，“无论如何，他就是那个黑人小孩子，我当年在高尔夫球场的池塘里落水时，就是他救了我的命。”

“这不过是个细节，可绝不是真相。”

“你不问我问题，我就无需撒谎。”法官恼羞成怒。

没了谢尔曼带给他的那种忙碌中的逸乐，法官便想黏着杰斯特，但杰斯特整日为自己的生活和学校的事所忙，难得为他分神。杰斯特不会给他读那些经典诗歌，不会陪他打牌，甚至那些信件都丝毫不会引起杰斯特的兴趣。如此一来，悲伤与单调再度袭上心头。过去几个月过得丰富多彩，享受了各种乐趣，如今孤独只是让他厌倦，他已经把每一期《妇女家庭》和《时尚杂志麦考尔》都翻烂了。

“告诉我吧，”杰斯特忽然说，“既然你已经暗示了你知道谢尔曼·登很多事，你知道他的母亲是谁吗?”

“不幸的是，我的确知道。”

“那你为什么不告诉谢尔曼呢?他一定很想知道。”

“在这种情况下，无知才是福祉。”

“你一会儿说知识就是力量，一会儿又说无知才是福祉。你究竟站哪边？我可是无论如何都不信这些古谚语了。”

杰斯特心不在焉地玩弄着法官平日用来练习左手的橡胶弹力球，把它撕成了碎片。“有人认为那是意志软弱的表现……自杀……有人认为，只有具备足够的勇气才能办到。我还是奇怪我父亲为什么会那样做。他可是个全能运动员，还以优异的成绩从佐治亚大学毕业，他干吗那么做？”

“那不过是一瞬间的意志消沉罢了。”法官回答，照搬了J.T.马隆的安慰之辞。

他的祖父仔细地摆好纸牌，开始打发寂寞的时光，杰斯特踱到了钢琴边，开始弹奏《特里斯坦与伊索尔德》，他的眼睛半睁，身子随旋律摇摆。他已经在乐谱上写了题赠：

致亲爱的朋友谢尔曼·登

你永远忠诚的

约翰·杰斯特·克兰恩

音乐让杰斯特寒毛直竖，旋律如此暴烈却又摄人心魄。

比起送给他爱的谢尔曼一份精致的礼物，世上还有什么能让杰斯特更欢喜的事呢？谢尔曼不在的第三天，杰斯特从自家花园中摘了些菊花，捡了些秋叶，自豪地把它们拿到了谢尔曼住的后巷。他把花插进了一大罐冰茶中，俯下身凝望着谢尔曼，好像在看着将死之人，这可把谢尔曼惹恼了。

谢尔曼恹恹地躺在床上，看着杰斯特整理那些花，一副懒洋洋的样子，还出口伤人：“你有没有发现，你的脸长得多像婴儿屁股？”

惊愕之下，杰斯特不敢相信他听到的话，更别提回答了。

“那么天真呆板，活脱脱就是个小孩屁股。”

“我不天真。”杰斯特争辩道。

“你当然天真。你那张呆脸上都写着呢。”

杰斯特如同世上所有的年轻人一样，擅长弄巧成拙。在那捧花下他藏了一罐子鱼子酱，是那天早上在大西洋和太平洋食品公司买的，谢尔曼曾说过这东西他百吃不腻；此刻，面对着换了花样的攻击，声声都依旧暴虐残忍，他便不知该如何处置那罐藏起来的鱼子酱了。既然他精心准备的花朵都一无用处——没收到一句谢谢，也没看见一丝感恩的神情——杰斯特在想该如何处置这罐鱼子酱，因为他无法忍受再度的羞辱。他把鱼子酱藏在了裤子后面的口袋里。可这样一来，他就得小心翼翼地侧坐着。谢尔曼呢，看着房间里这些赏心悦目的娇艳花朵，却根本没想过要感谢杰斯特，连提一下都觉得没有必要。别人做饭给他吃，又经过一番休养，他现在觉得身子终于康复，可以取笑杰斯特了。（他怎么会知道因为他的取笑，一罐真正的鱼子酱已经没了，他本可以将其摆在冰箱里最显眼的架子上，数月展览，之后再给他身价最高的客人品尝。）

“你看上去就像是已到梅毒晚期了。”谢尔曼的第一波火力降临。

“像什么？”

“你那副一边儿倒的坐相，绝对是梅毒的表征。”

“那不过是因为我压着个罐子。”

谢尔曼没有问他为何压着罐子，杰斯特也自然不敢造次回答。谢尔曼只是自作聪明地说：“压住了罐子——是尿罐吗？”

“你的话不要这么毒。”

“在法国人们得了梅毒都是用的尿罐。”

“你怎么知道？”

“因为在我短暂的服役期间，我待在法国。”

杰斯特怀疑这又是谢尔曼说的一个谎言，但他并未拆穿。

“我在法国那会儿，爱上了一个法国女孩。绝对没有梅毒什么的病。就是一个美丽纯种的法国白人处女。”

杰斯特换了个坐姿，因为这么久压着罐子坐着实不易。下流的故事总会让他惊愕，甚至“处女”这个词都会让他一阵战栗；但无论惊愕与否，他还是觉得对这故事很着迷，便让谢尔曼继续说，自己安静地听。

“我和这个法国纯种白人女孩订婚后，我把她肚子搞大了。后来，像所有的女人一样，她想嫁给我，婚礼将会在圣母院那座古老的教堂举行。”

“那是天主教堂。”杰斯特纠正他。

“嗯，教堂……天主教堂……随你怎么叫吧，我们本打算在那儿结婚的。邀请了数不尽的客人。法国人家中都人丁兴旺，多到能装下一卡车。我站在教堂外，看着他们渐次都到了。我没让他们看见我。我只是想看看这场表演。这个美丽的法国天主教堂，还有那些法国人全都盛装出席。都是些浪囡。”

“你说成了浪囡。”杰斯特说。

“嗯，他们有靓囡，有浪囡。一卡车的亲戚们都在等着我。”

“你为什么不进去呢？”杰斯特问。

“哦，你这个天真的笨蛋。你难道不知道我根本就没打算娶那个法国纯种白处女吗？我就是想整个下午在那儿待着，看着这些衣着华丽的法国人等着我去娶这个法国纯种白处女。你知道她是我的‘未婚妻’，到了晚上，他们终于意识到我是不会去的。我的‘未婚妻’晕倒了。她的老妈妈心脏病发。老父亲就在那个教堂自尽了。”

“谢尔曼·登，你可是这世上顶级的大骗子。”杰斯特说。

谢尔曼还沉浸在自己的故事里，没说什么。

“你为什么要说谎？”杰斯特问。

“这不能完全算是说谎，有时候我会想出一个情境，完全可能发生的事，便讲给你这种长着婴儿屁股脸的笨蛋。我生命中大部分时间都在编造故事，因为真实的事儿要么太无聊，要么让人难以接受。”

“喔，如果你自称是我的朋友，那又为什么要让我当个傻子呢？”

“你就像巴纳姆那部音乐剧中所描述的。你估计不记得，在‘巴纳姆与贝利的马戏世界’里，‘每一分钟都有笨蛋在世上出生’。”他不想忆起玛丽安·安德森，又想让杰斯特留在身边，却不知如何开这个口。谢尔曼恰好穿着最好的一套睡衣，蓝色人造丝的睡衣镶着白色滚边，为了炫耀，他欣然起身。“你想来点陈年佳酿的卡尔费特威士忌吗？”

可无论是威士忌还是那最好的睡衣杰斯特都根本没入心。那个下流故事让他震惊，但是谢尔曼那番对谎言的辩解之词却触动了他。“你难道不知道，我是你的朋友，你无需对我撒谎吗？”

但是谢尔曼心底的忧郁与怒气已扎了根：“你凭什么就觉得你是我的朋友呢？”

杰斯特只好无视这句话，说了句：“我要回家了。”

“你想不想看看芝宝的姑姑卡丽送给我的精美食物？”谢尔曼走进厨房，打开冰箱门。冰箱里传出一阵淡淡的酸味。谢尔曼钟爱着卡丽姑姑做的食物，看上去很花哨。“是西红柿冻，中间有一圈农家干酪。”

杰斯特望着食物，神色怀疑，问道：“你是不是对卡丽姑姑，辛蒂瑞拉·马林斯，芝宝·马林斯都说谎了？”

谢尔曼只是说：“没有，他们懂我。”

“我也懂你。我真希望你别对我撒谎。”

“为什么？”

“我顶厌烦讲显而易见之事，不愿你对我撒谎的原因简直太过明显，我不想说。”

杰斯特蹲坐在床边，谢尔曼穿着最好的睡衣躺在床上，靠着枕头，佯装适性忘忧。

“你听说过那句话吗？事实比虚构更离奇。”

“当然听说过。”

“史蒂文斯先生对我做那事的时候，还有几天就快到万圣节了，正好是我十一岁的生日。史蒂文斯夫人为我办了个盛大的生日宴会。邀请了很多客人，有的穿了晚装，其他的穿着万圣节服装。那可是我第一次举办生日宴会，我无比兴奋。有些客人扮成了巫师，也有扮成海盗的，还有人身着去主日学校才会穿的最华丽的衣装。宴会开始时，我穿着我第一套崭新的海蓝色长裤，配了全新的白衬衣。州政府会给我提供食宿的费用，但不包括举办生日宴会，也没有全新的生日服装。等宾客们开始送礼物给我时，我按照史蒂文斯先生嘱托我的，没有一把抓住礼物，而是说‘谢谢你’，不着不忙地打开礼物。史蒂文斯先生总夸我举止很文雅，在那天的生日宴会上，我的确举止文雅。我们玩了很多游戏。”谢尔曼的声音低了下来，最后说：“真是可笑。”

“什么可笑？”

“从宴会开始到深夜结束，我几乎什么都不记得了。因为就是在那个举行美妙宴会的晚上，史蒂文斯先生开始糟蹋我。”

杰斯特无意识地迅速举起右手，好像要阻挡打击一样。

“那事结束后，真正的万圣节也完全结束了，我只零星记得自己生……生……生日，晚……晚会。”

“我希望你别再谈这事儿了。”

谢尔曼等着不再结巴了，流畅地接着说：“我们玩了各种游戏，后来又上了茶点。冰激凌，挂着白色糖衣的蛋糕，点着十一根粉色的蜡烛。我把蜡烛吹灭，就像史蒂文斯夫人吩咐的那样。但是因为我太惦记举止文雅了，一口蛋糕竟都没吃。甜点吃过之后，我们玩起了喊人的游戏。我装鬼魂披上了床单，戴上了海盗帽子。等史蒂文斯先生在装煤的仓库后面喊我时，我飞速地跑向他，我那鬼魂般的床单飞了起来。等他抓住我，我以为他在和我闹，我都快笑死了。我还在不停地笑，却忽然意识到他不是在和我玩闹。我惊讶地不知该如何应对，却也不再笑了。”

谢尔曼躺在枕头上，好像忽然间累极了。“但是，我过得很不错。”他依然热情洋溢，杰斯特一开始都难以置信，“从那时起，我就从没这样开心过。没人生活得这么好过。马林斯夫人收养了我——不是真正的收养，还是州政府给钱，但是她把我当作她的心肝宝贝。我知道她不是我的母亲，但是她爱我。她会用发刷揍芝宝和辛蒂瑞拉，却从没碰过我。所以你看，我曾经有过像母亲一样的人。也有个家庭。卡丽姑姑，就是马林斯夫人的妹妹，还教会我唱歌。”

“芝宝的妈妈现在在哪儿？”杰斯特问。

“已过世了，”谢尔曼言语中略带苦涩，“去往荣誉之地。她死后，整个家支离破碎。等芝宝的父亲再婚，芝宝和我都一点也不喜欢他新娶的老婆，我们便搬出去住了，从那时起，我就做起了芝宝的房客。

但我曾经是有过那样一个妈妈的。”谢尔曼说：“我曾有个妈妈，就算那个骗子玛丽安·安德森不是我的母亲。”

“你为什么叫她骗子？”

“因为我愿意。我已对她毫无挂念，还把她所有的唱片都踩碎了。”谢尔曼的声音突然哽住了。

杰斯特依然跪在床边，稳住身子，突然亲了谢尔曼的脸颊。

谢尔曼在床上耸起后背，把脚放在地上保持平衡，用他的整个手臂掴向杰斯特。

尽管杰斯特从未被掴过，但他却并不惊讶。“我这么做，”杰斯特解释说，“仅仅是因为我为你感到难过。”

“你的难过还是留给动物园的动物吧。”

“我不知道我们为什么不可以严肃真诚地相处？”杰斯特问道。

谢尔曼半个身子探出床外，又打了杰斯特另一张脸，力气太大，杰斯特一下坐在了地上。谢尔曼的声音因为愤怒而哽咽：“我把你当朋友，结果你却像史蒂文斯先生一样。”

挨的这一下打，还有涌上的各种感情，让杰斯特目瞪口呆，但他很快站了起来，他的手紧紧攥着，直直地打在了谢尔曼的下巴上，谢尔曼惊骇地倒在床上。谢尔曼咕噜着：“在别人处于劣势时出手。”

“你没有处于劣势，你只是坐在床上，所以你可以狠狠打我。谢尔曼·登，我忍了你很多事，但这件事我不会忍。而且你打我时，我还是蹲着的。”

这样他们两个就争论不休，为了坐着蹲着，为了哪个是打人更光明正大的姿势。他们争论了这么久，已经完全忘了打架之前说了些什么。

但是当杰斯特回家时，他依然还在想：我不知道为何我们不能严肃而真诚地彼此相待。

他打开了那罐鱼子酱，可它闻上去却有股他厌恶的鱼腥味。他的祖父也不爱吃鱼，薇萝莉闻到时，只说了声“啊”。时不时过来打工的园丁加斯，什么都能吃得下，把那罐鱼子酱带回了家。

第八章

十一月时，马隆的病情好转了些，他第二次住进了市立医院。能去那里，他心下欢喜。尽管换了医生，诊断却依然如旧。他的医生从海登医生换成卡洛韦医生，又换成了米尔顿医生。尽管之后的两位都是基督徒（分别是第一浸信会教堂和英国国教的成员），他们给出的医学诊断却和从前并无两样。他之前问过海登医生他还能活多久，也已经得到了意料之外的答案，让他心中惊惧，这一次便小心翼翼地避免再问。事实上，当他换成了米尔顿医生时，他声称自己身体健康，只是想做个例行检查，称有个医生觉得他有点白血病的轻微迹象。米尔顿医生证实了之前的诊断无误，马隆便没有追问下去。米尔顿医生建议他在市立医院住几天院。马隆再一次看着鲜红的血一滴滴流下来，他很高兴他做了些什么，输血让他强壮了些。

每个礼拜一和礼拜四，护工都会用小车推进来些书，马隆选的第一本书是本谋杀推理小说。但推理小说让他厌倦，他也跟不上情节。第二次护工推来书，马隆先还了书，瞟了一眼其他书的标题；他被一本名叫《从疾病到死亡》的书所吸引。他的手伸向那本书，护工忽然说：“你确定你想要这本书？听上去可不是本让人振奋的书。”她的音调让他想起了他的妻子，他马上变得意志坚决，还动了气。“这正是我要的书，我不是个振奋的人，也不想变得振奋。”马隆读了半个小时，奇怪自己干吗因为一本书生气，又打了会瞌睡。等他醒来时，他随意地翻着书，为读书而读书。在一片印刷字的荒野中，一些字句击中了他的心灵，令他骤然清醒。他又读了一遍这些字句，接着读了第三遍：“最大的危险莫过于失去自我，它会潜滋暗长，好似一切都不曾发生；其他的损失，譬如失去一只臂膀，一条腿，五美元，失去一个妻子这种事，却定会惹人注目。”如果马隆并未得绝症，这些言辞不过是些词语，他起初都不会去拿这本书。但是此刻这种想法让他不寒而栗，他开始从第一页读起这本书。但重又觉得枯燥，便阖上双眼，只是想着那一段他能记住的段落。

对于自己即将死去这件事他根本理不清头绪，便被扔回了生活这一单调的迷宫中。他已经迷失了自我——他确信这一点。但是他是如何失去的？几时发生的？他的父亲是从梅肯来的药品批发商。他对他的长子 J.T. 期望很高。不惑之年的马隆依然无限追忆着少年时代。那时他还没有迷失。但他的父亲对他期望很高，后来发生的事表明他的期望过高了。他决定他的儿子应该做个医生，因为那是他自己青年时代的梦想。十八岁的马隆进了哥伦比亚大学，那年十一月他便看见了雪。他那时还买了一双溜冰鞋，当真盘算着在中央公园溜冰。他在哥伦比亚大学度过了一段美妙的时光，吃到了他从未尝过的炒面，学着溜冰，惊艳于城市的美景。他没意识到他的学业已经滑坡了，直到有一天，他真的挂了科。他尽力突击复习——考试前夜一直复习到午夜——但是他班上的犹太学霸太多，把平均线拉高了，马隆十分勉强地度过了第一年，回家休养，成了个货真价实的医学预科生。当秋天再度来临，冰雪随后到来时，这座城市已不再能令他讶异。等他第二年期末挂了科，他便觉得自己一无是处。年轻人的自尊心促使他无法再回到梅肯，便搬到了米兰，在格林拉夫先生的药房当个雇员。是这第一次遭遇的羞辱让他在生活伊始便磕磕绊绊吗？

玛莎是格林拉夫先生的女儿，他邀请她跳舞再自然不过了。他打扮了一番，穿上了他最好的蓝色套装，她穿着雪纺绸裙。他们去麋鹿俱乐部跳舞。他才刚成了会员。当他碰到她的身体时，他有什么感觉？为什么他邀请她来跳舞？那次跳舞之后，他又邀请了她几次，因为他在米兰认识的女孩寥寥可数，而她的父亲是他的老板。但他依然未曾想到爱情，更没想过和玛莎·格林拉夫结婚。之后，老格林拉夫先生（他并不老，只有四十五岁，但那时马隆很年轻，想到格林拉夫先生便觉得他很老了）心脏病突发，猝然离世。药房被出售。马隆从母亲那里借了一千五百美元，贷款十五年将其买了下来。这样他便背上了贷款，在他意识到自我之前，已经有了个妻子。玛莎并未真的请求他娶她，但是她好像已经如此认定了，如果他不开口，他便成了背信弃义之人。这样他便和她的哥哥谈了此事，她哥哥如今成了一家之主，他们握了手，一起喝了杯“盲骡子”。一切发生得如此自然，自然到有些超自然了；但他一度也曾迷恋过玛莎，傍晚时她穿着雅致的礼服，跳舞时穿着雪纺纱裙，最重要的是，她为他找回了在哥伦比亚大学失去的自信。但是在他们结婚那天，当所有人都聚在格林拉夫家的客厅里，有他的母亲，她的母亲，格林拉夫家的兄弟们，一两位姑姑，她的母亲哭了，马隆也想哭。但他没有哭，只是聆听着典礼，心中迷惘。撒完大米之后，他们便坐上火车去北卡罗来纳州的布洛英罗克山度蜜月。这之后，他也从未有一刻后悔娶了玛莎，但是总有种悔意，或者一种失望感弥漫心间。他也从未刻意问过自己："生活就是这样了吗？"可随着年岁渐长，他无声地问着自己。不，他并没有失去臂膀，没有失去腿，没有失去哪个五美元，但是他渐渐地失去了自己。

倘若马隆并未罹患绝症，他也不会思考这些。但是死亡加速了活力，当他躺在医院的病床上，看着鲜红的血一滴滴流下来。他对自己说，他根本不在乎医院会要多少钱，但即使在那个时刻，他也忧心这一天二十美元的账单。

"亲爱的，"玛莎每日都去医院看他，一日她说，"我们为什么不一起去快活快活，来一次美妙的旅行呢？"

马隆的身子在那张汗津津的床上一下僵住了。

"即使在医院休养，你看上去也总是紧张不安，忧心忡忡。我们可以去布洛英罗克山，呼吸一下那里的新鲜空气。"

"我不想去。"马隆回答。

"……要么去海边。我长这么大才见过一次海，那还是我去看我堂姐莎拉·格林拉夫的时候，她在萨凡纳。我听说海岛海滩那边的气候不错。不是太热，也不太冷。换换地方也许能让你开心些。"

"我一向觉得旅游耗神费力。"他没有告诉妻子，他计划之后去佛蒙特或去缅因州的旅行计划，在那里他能看见雪。马隆小心地将《从疾病到死亡》藏在了枕头下，因为他不想和妻子分享任何私密的东西。不过，他倒是烦躁地抱怨："我受够了这家医院。"

"有件事我觉得你一定得做，"马隆夫人说，"你应该习惯每天下午把药房交给哈里斯。只会用功不玩耍，聪明孩子也变傻。"

从医院回来后，每天下午，马隆都在恍惚中度过。他会想想群山，想想北极、冰雪、海洋——对他没有真正活过的人生浮想联翩。他奇怪既然他都没有活过，怎会死去。

上午的工作结束之后，他会洗个热水澡，甚至会拉上卧室的窗帘，盼着能睡个午觉，可惜他从未养成睡午觉的习惯，也就睡不着了。他再不会在早上四五点钟醒来，心怀恐惧，在屋中徘徊，惊惧的火光闪烁了一季之后，留下了无可名状的无聊与惧怕之情。自从哈里斯先生接手了药房，那些空白的午后便惹他嫌厌。他总是担心有什么出了岔子，但又会出什么岔子呢？少卖一包卫生巾吗？对错症下错药？他都没从医学院毕业，本就没有资格给别人提建议。远愁近虑纷纷困扰着他。他现在瘦成这样，套装穿在身上都显出宽松的褶皱。他应该去裁缝店吗？尽管衣服会比他留存世间的时间久，他还是去了裁缝店，没有去哈特·马克斯这家他旧日去惯的店铺。他定做了一套牛津灰的西服，一套蓝色的法兰绒西服。试衣服让人疲惫。还有一件烦心事，他花了很多钱给艾伦的矫形牙医，却忽略了自己的牙齿，所以突然之间他要拔掉很多牙，牙医让他选择，拔掉十二颗牙之后，装假牙还是装昂贵的齿桥。马隆决定装齿桥，即便知道他享受不了几天这齿桥。死之将至，马隆照顾自己比往日更加上心了。

米兰新开了家连锁药店，虽然在品质与诚信度方面比不上马隆药房，但还是多了个竞争对手，更何况这家新药店让利颇丰，这可让马隆操心不已。有时他甚至会想，在他还能管着药房销售的时候，是不是不该卖了它。但是这想法比自己的死亡更让他震惊，也令人迷惑。他便没有接着想下去。况且，等时机一到，他足可以托付玛莎来管理一切财产，包括存货，药房的信誉与名声。马隆花了好几天时间用铅笔在纸上写下他的资产。药房算两万五千美元（让他颇感安慰的是，这只是保守的估算），人寿保险二万元，一万元的家产，玛莎继承的三栋破房子算一万五千元……尽管加起来总数算不上什么了不起的财富，但也不错了；马隆用一支削得尖尖的铅笔算了几次，又用钢笔在纸上加了两次。他故意没把妻子的可口可乐股份包括在内。两年前按揭的药房已付清了，保险也从退休金保险转回到了最初的简易人寿保险，并未遗留大笔的账务或抵押贷款。马隆知道他的经济状况比从前任何时候都好，但这并未定了他的心。如果还有未曾偿还的抵押贷款或是未付清的账单让他烦心，而不是如此刻这般，债务已全部偿清，兴许心下还能更自在些。因为马隆觉得自己还有未竟的事业，从账目上，从他这一番计算中都看不出来。尽管他没再和法官谈起立遗嘱的事，可他觉得作为一个男子汉，一个养家的人，不能不留遗嘱便死去。他是不是应该在法律上把五千块立为孩子们的教育资金，其余的钱留给妻子呢？还是把所有的钱都留给玛莎，她怎么说都是个好母亲啊。他曾听说一些寡妇在丈夫死后，全权掌控财产，便买了凯迪拉克轿车。还听说寡妇被骗进了虚假的油井交易中。但是他知道玛莎不会开着凯迪拉克轿车四处兜风的，也绝不会买比可口可乐或美国电话电报公司股票更具风险性的股票的。遗嘱很可能这样写：我把我所有的财产都赠予我亲爱的妻子，玛莎·格林拉夫·马隆。尽管对妻子的爱意早已退却，他却尊重她的决定，况且遗嘱一般都这样写。

在那一年的夏天到来之前，马隆的亲朋好友中少有离世的。但是他的不惑之年却像是死亡的季节。他那在梅肯的弟弟因癌症亡故。他弟弟只有三十八岁，经营着马隆药品批发公司。而且，汤姆·马隆还娶了个美丽的妻子，让J.T.一直嫉妒不已。可毕竟血浓于嫉，汤姆的妻子打电话告诉马隆汤姆不行了的时候，马隆立即收拾行囊。玛莎反对他出行，因为他自己身体也不好，他们经过一番漫长的争辩，导致他错过了回梅肯的火车。这样他便再也没有见到活着的汤姆，而死后的尸体化妆太浓，瘦小干瘪。

玛莎托人照顾孩子，第二天也赶了过去。马隆作为长子，是财政事务中的主要发言人。马隆药品批发公司的财政状况惨不忍睹。汤姆一向嗜酒，露西尔生活奢华，马隆药品批发公司面临破产。马隆花了几天查阅账本，核对数字。露西尔带着两个正读高中的男孩相依为命，被问起以后如何谋生时，含糊地说去古玩店找活干。但是梅肯的古玩店并不缺人，况且，露西尔对于古玩一窍不通。她已韶华不再，其实她并非为了丈夫故去而垂泪，更多的是为了他经营不善，留下了她孤苦伶仃带着两个尚未长大的孩子，工作毫无着落。J.T. 和玛莎在那里待了四天。葬礼结束他们要离开时，马隆给了露西尔一张四百美元的支票，好让一家渡过难关。一个月后，露西尔在百货公司找到了活。

卡布·比科斯塔夫死了，马隆在他死的那天早上还见过他，和他聊了天，之后他便死在了他在米兰电力公司的办公桌上。马隆试着回忆那天早上卡布·比科斯塔夫的所言所行。但他说的话都太过稀松平常，如果不是卡布在十一点钟时，中了风猝然离世，他都不会留意到这些话。马隆把可乐和花生黄油饼干递给卡布时，他看上去身体棒极了，并无异样。马隆记得他点了可乐的同时还要了阿司匹林，但那也不值得大惊小怪。他走进药房时说，“觉得够热吧，J.T.”？也是再平凡不过的话。但是卡布·比科斯塔夫一小时后便死了，而那罐可乐，那瓶阿司匹林，那些花生黄油饼干，那些老一套的话，都铭刻进了一团迷雾中，在马隆心中萦绕不去。赫尔曼·克莱因的妻子死了，他的店关了两整天。赫尔曼·克莱因再也无需把酒藏在药房的调药室间，可以正大光明地在自己家中饮酒了。第一浸信会教堂的执事比尔德先生那个夏天也死去了。这些人和马隆都并不亲近，他们生前马隆对他们毫无兴趣。但是死后他们都一起被装进相同的谜团中，让马隆对他们倾注了从未给予的关注。马隆最后的夏天就是如此度过的。

没胆子和医生谈论，又不愿和妻子聊任何私密的事，马隆只是无声地混沌度日。每个礼拜天他都会去教堂，可华生博士是个亲切的牧师，他对生者讲道，而不是对将死之人。他把圣餐比作汽车。他说人们应该时不时加油，为了能在精神生活中前进。这种布道让马隆心中不悦，尽管他也道不清原委。第一浸信会教堂是全镇最大的教堂，地产粗略估计也价值两百万美元。执事都是些有真才实学的人：教堂的支柱，百万富翁，身价昂贵的医生，公用事业公司的老板。尽管马隆每个礼拜天都去教堂，尽管他们都是些神圣之人，凭他的直觉，他却觉得他和他们有种奇怪的疏离感。尽管在每次礼拜之后，他都会和华生博士握手，他觉得他们之间并无交流，他和任何一个做礼拜的人都毫无交流。但是他从小就去第一浸信会教堂啊，因为他太羞怯不愿谈及死亡，也想不出其他能带给他精神慰藉的场所。在十一月的一个午后，他第二次出院过了不久，他穿上了新做的牛津灰套装，去了牧师家。

华生博士迎接了他，神色惊奇。“你看上去不错啊，马隆先生。”马隆穿着新套装，身材愈发显得干瘪，“很高兴你能过来。我一向欢迎我教区的教民。我今天能为你做些什么呢？你想喝杯可乐吗？”

“不，谢谢你，华生博士。我想和你谈谈。”

“谈什么呢？”

马隆回答的声音压低了许多，几乎听不见：“谈谈死亡。”

“罗莫拉，”华生博士喊着仆人，马上就有人应声了，“给马隆先生来杯加柠檬的可乐。”

等可乐端上来时，马隆跷起了腿，在精致的法兰绒裤子里腿显得愈加瘦削，他又放下了腿。羞愧之心一闪而过，他苍白的脸庞变得绯红。“我的意思是，”他说，“你对这种事该很了解的。”

“什么事情？”华生博士问。

马隆立意决绝，鼓足勇气说：“关于灵魂的事，以及来世又会如何。”

历经了二十载的布道，华生可以在教堂里油腔滑调地对灵魂讲说一番；但是在自己家中，当只面对一人时，他的油嘴滑舌变成了尴尬局促，他只是说：“我不懂你什么意思，马隆先生。”

“在短短七个月内，我的弟弟死了，镇上的卡布·比科斯塔夫死了，比尔德先生也死了。他们死后会发生什么？”

“我们都会死去。”身形圆润、面色苍白的华生博士回答。

“可其他人永远都不会知道他们何时会死去。”

“所有的基督徒都该为死亡做好准备。”华生博士觉得这场谈话变得越发怪异了。

“可你又该如何为死亡做准备呢？”

“通过过正派的生活。”

“什么又是正派的生活呢？”马隆从未偷窃，很少说谎，他觉得他只犯下过唯一一桩罪孽，而那段时光只持续了一个夏天，也早已是前尘往事了。“告诉我，华生博士，”他问，“什么是永生？”

“对我而言，”华生博士说，“是尘世生活的延续，只是感觉会更强烈些。这样回答，你满意吗？”

马隆想到生活的枯燥乏味，疑惑着怎么能让其带来强烈的感觉。来世会延续这种了无生趣吗？是不是正因如此，他才会奋力挣扎，以期抓住此生？尽管牧师家很热，他还是打了个冷战。“你相信天堂与地狱吗？”马隆问。

“我不是严格意义上的原教旨主义者，但是我相信人在世上的所作所为会影响他的永生。”

“但是如果一个人只做最平凡的事，无功无过呢?”

“所谓功过，不是人可以断言的。上帝可见真理，上帝才是救世主。”

这些日子马隆经常祈祷，可要祈求什么自己却并不清楚。他觉得继续这场对话已然无益，因为他没有得到任何答案。马隆小心地将可口可乐的杯子放在身边的杯垫上，起了身。“喔，非常感谢，华生博士。”他神色阴郁地说。

“你能顺道过来和我谈话我很开心。我的家门永远为那些渴望探讨精神领域的教民敞开着。”

马隆恍惚觉得周身疲惫，脑中一片空白，他走进了十一月的暮色中。一只羽毛明艳的啄木鸟空啄着一根电线杆。傍晚静谧得只剩下了这只啄木鸟的笃笃声。

真是咄咄怪事，马隆一向钟爱抑扬顿挫的韵律诗，竟然忆起那几句熟稔的话语：“最大的危险莫过于失去自我，它会潜滋暗长，好似一切都不曾发生；其他的损失，譬如失去一只臂膀，一条腿，五美元，失去一个妻子这种事，却定会惹人注目。”这些意象间彼此的不协调，恰似他自己的生活，平凡而又充满重大的意义，听上去就如同镇上的铜钟嗡嗡作响，毫无音韵起伏，平淡如水。

第九章

那年冬天，法官对谢尔曼犯了个严重的错误，谢尔曼对法官犯下了更为严重的错误。这两种错误都是幻觉使然，既在老人衰老的心中蓬勃地萌发，也在悒悒不乐的男孩心中壮大。他们的关系走岔了路，因各自梦想中的枝叶生得都太过繁茂，竟窒息了这段关系。因此，这段以欢乐开始，彼此间情投意合的关系，到了十一月末，竟已黯淡无光。

老法官率先谈起了他的梦想。一天，他怀着一股子热情，神神秘秘地打开保险柜，取出一捆文件交给谢尔曼。“仔细读读，孩子，这可能是我作为政治家对南方最后的贡献了。”

谢尔曼读着，心中生疑，不是因为文风的矫揉造作，拼写错误百出，却是因为纸上的内容。“字体或拼写先不管，”法官眉飞色舞，“洞见才是最重要的。”谢尔曼读着关于南部邦联货币的文字，法官在一旁看着，神色间充满了骄傲，期待着赞许之情。

谢尔曼那微微凹进去的鼻孔张大了，他的嘴唇颤动着，但是不发一言。

老法官开始激情澎湃地论说。他讲述了外国货币贬值的历史，讲了战败国恢复使用旧有货币的权利。“在每一个文明的国度，战败国的货币都会重新使用——肯定会有所贬值，但定会被沿用。瞧瞧法郎、马克、里拉，瞧瞧吧，上帝啊，甚至还有日元。”提到最后这一个货币恢复使用时，老人义愤填膺。

谢尔曼用他石板蓝色的眼睛凝视着老法官深蓝色的眼睛。起初他被外国货币弄糊涂了，怀疑法官是不是喝醉了。但是还没到十二点，法官只有到了十二点才开始喝甜酒。可老法官激情满腹，大展宏论，沉醉于自己的梦想，谢尔曼便陪着他。因为对于法官在谈什么一无所知，谢尔曼只能关注文章的修辞，看其中对排比与节奏的使用，留意语言满含激情的蛊惑力，关注那些毫无意义，华而不实的言辞，老法官曾经深谙其道。谢尔曼细小的鼻孔张开，一言不发。法官曾被他孙子对他梦想的无动于衷而刺伤，能一眼认出痴迷的听众，便不由得洋洋得意，一个劲说了下去。而谢尔曼呢，对于杰斯特说的话他素来不屑一顾，却仔细地聆听着法官的长篇大论，心中生疑。

谢尔曼曾帮着写了请愿信，为了杰斯特进西点军校做好打点，一段时间之前，法官收到了议员提普·托马斯的回信。议员用了冗长繁琐的礼节性言辞，表明他很愿意一有机会便将他的同僚老友，法官的孙子安置进西点。之后，老法官和谢尔曼又是好一番挣扎，为如何回复议员苦苦推敲着措辞。这一次，老法官用了同样冗长繁琐的礼节性言辞，写到已故的托马斯夫人，还写到了现任的托马斯夫人。老法官居然真的曾是华盛顿州众议院的议员，谢尔曼一直觉得这是个奇迹。这种荣誉如今就显现在谢尔曼身上，他是个真正的文书，在图书室书桌上可以进餐的文书。后来，等托马斯议员回了信，他提到了法官曾向他给予援手，并承诺一定会让杰斯特进入西点军校的——如此便和老法官暗中勾结了——谢尔曼觉得这一切简直神乎其神。如此之神奇，他甚至都能咽下自己那不服管教的嫉妒之情，毕竟他寄往华盛顿州的信可是了无回音。

尽管法官很雄辩，却是说错话的一把好手，不一会儿，他自然开始乱说话了。他开始说起怎么赔偿烧毁的房子，烧掉的棉花地，更有甚者，他说到了重拾奴隶制，让谢尔曼觉得倍受侮辱，心中惊惧。

“奴隶。”谢尔曼低声重复道，震惊之下，他的声音低得几乎听不见。

“当然啦，”老法官泰然地继续说，“奴隶制可是棉花经济的基本支撑。”

“亚伯拉罕·林肯解放了奴隶，另一个叫谢尔曼的人烧毁了棉花田。”

沉迷在自己梦想世界的法官，完全忘了他的文书是个有色人种：“那自然是个令人哀伤的年代啊。”

法官不由得奇怪，之前那个迷醉的听众哪里去了呢？看看此刻的谢尔曼，远远不是迷醉了，他因为受了屈辱，正愤怒地颤抖着。他故意拿起一支钢笔，把它折成两段。可法官都没留意到这个动作。“这需要做很多统计，光计算就要用去一大堆纸，事实上工作还很繁冗。但是我竞选的信条是‘修正’，正义在我这边。可以这么说，我只需让一切运转起来。我是个天生的政治家，知道如何与人合作，了解如何处理微妙的局势。”

法官的梦想在谢尔曼面前铺陈开来，每一处细节都昭然若揭。之前他回应法官梦想的第一缕热情已消失殆尽。“要费一番功夫。”他毫无生气地说。

“让我着迷的是这整个想法如此的简单。”

“简单。”谢尔曼依然有气无力地重复着。

“是的，是一种天才的简单。也许我想不到‘生存还是死亡’，可我关于南方复辟的想法可是纯粹天才性的。”老人的声音战栗着，渴望听到赞同的声音，“你不觉得是这样吗，谢尔曼？”

谢尔曼正四处张望，渴望寻求紧急逃难口，以防法官突然之间狂热发作，丧失理智，他只是回答：“不，我没觉得这多有天赋，甚至觉得不符合常识。”

“具有天赋与符合常识可是处于思维运转的两极啊。”

谢尔曼记下了“两极”这个词，想着之后去查一查；他在法官身边，即便真的一无所获，词汇量可着实增加了。“我只想说你的计划将会使时钟倒转一百年。”

“我可是别无所求啊，”这个疯狂而一味蛮干的老法官回答，“而且我觉得我能够办到。我在高层有些朋友，他们对于所谓的自由主义已经厌恶透顶，只等一声召集令了。无论怎么说，我也是南方元老中的一员，我发声的话，还是会有回响的；也许有些软弱的姐妹们会犹豫，因为毕竟涉及许多统计数字和记录账目。但是，上帝啊，如果联邦政府能把我的每一分钱都骗出来交所得税，我的计划实施起来便是小孩子的过家家啊。”

法官压低了声音：“我还从没给国家交过州所得税，永远都不会交。这话可不能到处乱讲，谢尔曼，我可是私下跟你说。我是在极端不情愿的情况下，被迫交了联邦所得税。就如我说的，上层社会中有很多南方人和我想法一致，我一声号令，他们会响应的。”

“但是这和你的所得税有什么关系呢？”

“关系很大，”老人说，“简直是休戚相关啊。”

“我不明白。”

“当然全国有色人种协进会一定会反对我的。但如果打的是正义之战，勇者会渴望战斗。多年来我都渴望和全国有色人种协进会较量一番，逼着他们和我一决胜负，让他们从此一蹶不振。”

谢尔曼只是静静凝望着老法官那蓝色的眼睛，那双眼中满是激情。

“所有热爱南方的人都应感到了这股下流恶势力的意图，这股力量企图破坏南方的核心。”

谢尔曼的嘴唇和鼻孔都因为激动而战栗，他说：“你这么说，别人会觉得你相信奴隶制是正确的。”

“我当然信奉奴隶制了。文明就建立在奴隶制之上。”

老法官依然将谢尔曼视为珍宝，不可多得的人才，在他那充满激情的偏见之下，已然忘记谢尔曼是有色人种了。当他看见他的珍宝忽然变得躁动不安，他企图挽回自己失言造成的损失。

“不一定真的就是奴隶制，但快乐的奴工制还是必要的。”

“谁会快乐？”

“每个人都快乐。你不会以为奴隶想要自由吧？不，谢尔曼，许多奴隶一直对他们的主人忠心耿耿，直到死也不会想要自由的。”

“胡说。”

“你说什么？”老法官常常很适时的耳背，“我最近听说北方的黑人状况很糟——种族通婚，无处落脚，无处安眠，过得真是凄惨啊。”

“可黑人宁愿在哈莱姆[①]做个灯柱，也好过在佐治亚州做州长。”

法官将他那只好使的耳朵靠近了些。“还是没听清。”他轻声说。

---

① 哈莱姆区：美国纽约市曼哈顿的一个社区，主要为黑人居住区，20 世纪美国黑人文化与商业中心。

谢尔曼一向觉得所有的白人都是疯子，他们的地位越显赫，他们的言辞便越疯意十足。在这方面，谢尔曼觉得残酷的事实站在他这一方。政治家，从州长到国会议员，甚至低微的官员，治安官，典狱官，在他们的盲从与暴力方面都是一丘之貉。谢尔曼思索了他们这个民族所遭遇的一切侮辱：那些私刑，炸弹轰炸。一旦触碰到这事，谢尔曼就恢复了青春的脆弱与敏感。一想到暴行，他觉得每一桩恶行都是冲他来的。因此，他的生活停滞在恐惧与紧张之间。这种观点也为许多事实支撑着。皮奇县的黑人从来没有选举权。一位中学教师登记之后，却在投票选举中被驳回了。两个大学生也同样被驳回了。美国宪法第十五修正案保证了黑人的投票权，但是谢尔曼认识的黑人中没人投过票，也没听说过谁投过。是的，美国宪法本身就是个骗局。如果他给杰斯特讲的那些关于金色尼日利亚人和纸板棺材小盒的故事不是真的，他的确听说过发生在其他县的这种俱乐部的真实故事；如果这件事没有真的发生在米兰镇的金色尼日利亚人身上，也一定发生在其他地方的其他人身上。因为他的想象力把所有的灾难都囊括在内，便觉得他读到或听说的所有恶事都如此真切，仿若亲身经历一般。

这种焦虑的心境使谢尔曼把老法官说的话当了真，他若能稍微平和些，或许会淡漠处之。奴隶制！老法官难道是在计划着奴役他整个民族吗？这说不通啊。但是在种族之间，什么又该死的说得通呢？第十五修正案根本没有施行，对于谢尔曼来说，美国宪法就是个骗局。还有什么正义！谢尔曼对于发生在他这个时代，或是历史上的每一桩私刑，每一场暴力都了如指掌，他觉得每一次受辱都加之于己身，因此他永远生活在压力与恐惧的凝滞中。若非如此，他便会想到法官的计划不过是法官头脑老化的产物。但是作为一个生长在南方的黑人，一个如他一般的孤儿，他曾面对过真正的恐怖与堕落，老法官最狂野的幻想都不可及，而在谢尔曼心中那片无法无天的世界中，这些都是不可避免之事。有各种事实支撑着他的幻想与恐惧。谢尔曼坚信所有的南方白人都是疯子。把一个黑人男孩处以死刑，罪因是一个白人女子声称男孩冲她吹了口哨。一个法官判定一个黑人有罪，因为一个白人女性声称她不喜欢他看她的眼神。吹口哨！眼神！他那被偏见迷执的脑袋怒火中烧，如同热带的空气一样颤动，带来了幻觉中的海市蜃楼。

中午时分，谢尔曼调了酒，但老法官与他都没开腔。一个小时后的午餐时间里，谢尔曼正拿起一听龙虾，薇萝莉说：

“你不要把那个打开，谢尔曼。”

“为什么不呢，老女人？”

“昨天你打开了一听金枪鱼罐头，给自己做了份金枪鱼三明治，剩下的还够你今天再做一顿的。”

谢尔曼依然不疾不徐地打开龙虾罐头。“而且，”薇萝莉继续说，“你本该和大家一样在厨房里就着甘蓝叶子吃玉米饼。”

“黑鬼才那么做！”

“喔，那你以为你是谁！示巴女王吗？”

谢尔曼正把大块的蛋黄酱拌进龙虾罐头中，还加了切碎的腌菜。“无论怎样，我可不是你这样的纯种黑人，”他对皮肤黑黝黝的薇萝莉说，“看看我的眼睛。”

“我看见了。”

谢尔曼正忙着制作他的龙虾三明治。

“那听龙虾本来是为了礼拜天晚上我不在时预备的。我定要跟法官好好说说。”

但是既然谢尔曼依然还是珍宝，是不可多得的人才，这威胁就毫无意义，他们也都心知肚明。

“好啊，去告啊。”谢尔曼一边往三明治里夹着黄油腌菜，一边说着。

“就因为你有那么一双蓝眼睛，不代表你就能这么趾高气扬的。你和我们一样都是黑人。你不过就是有个白人老爹，把那双眼睛传给了你。这也没什么好显摆的。你和我们一样，都是黑人。”

谢尔曼端着托盘，小心地穿过大厅，进了图书室。但是即便是做了宴会吃的三明治，他依然胃口全无。他还在琢磨法官说的话，他那双眼睛在黑色的面庞上呆滞无神。他心中明明清楚法官说的话大半都是疯话，可是因为忧虑灼心，谢尔曼失去了洞察力，不能理智地思考；只能任由感情驰骋。他记起了几位南方人士的竞选发言，狡猾，暴力，充满威胁。对于谢尔曼来说，法官说的话和许多其他南方政客一样，并没有更加丧心病狂。不过，他们全部都是疯子，疯子，疯子！

谢尔曼没有忘记法官曾经是个议员，曾在美利坚合众国担任过最高职位之一。他对那些身居要职的人可是了解呢。就看看提普·托马斯议员的回信吧。法官很聪明——绝对是老奸巨猾之辈——过起招来游刃有余。想到老法官的能力，他忘了法官的疾病；谢尔曼从未想过，曾做过议员的老人，如今头脑已因年老而退化了。芝宝·马林斯的祖父在老年时疯了。老马林斯吃饭时脖子上系着个毛巾，吃西瓜不会吐子儿，整个的吞下去；他牙齿一颗不剩，用牙床吃炸鸡；最后只能送进了市疗养院。老法官呢，正相反，每餐前一定会细心地打开他的餐巾，餐桌礼仪完美无缺，遇上他应付不了的食物，便让杰斯特或薇萝莉帮他切好。谢尔曼认识的这两位老人都年事已高，在其他方面毫无相似之处。谢尔曼可从未想过老法官的思维可能出现问题。

谢尔曼凝视着那份精心准备的龙虾三明治，望了许久，焦虑让他无法下咽。只吃了片面包和黄油腌菜，便回了厨房。他想喝上一杯。喝点加了奎宁水的杜松子酒，一半兑一半，会让他心神安定，也好吃了午餐。他知道他又得和薇萝莉碰面了，但依然径直走进厨房，抓起了杜松子酒的酒瓶。

“瞧瞧啊，”她说，“瞧瞧示巴女王要做什么啦。”

谢尔曼慢条斯理地倒好杜松子酒，加了冰镇的奎宁酒。

“我可是对你仁至义尽了，谢尔曼，但是打一开始我便知道这没啥用处：你怎么就成了这么个铁石心肠又不可一世的人呢？就因为你老爸给你的这双蓝眼睛吗？”

谢尔曼从厨房直挺挺地走出来，手里拿着酒，又在图书室的桌前安坐好。他越喝酒，内心的搅扰越重。他一路探寻他的生母，从未想过他的父亲。谢尔曼只是认定他是个白人，他想象着那不知名的白人父亲强奸了他的母亲。因为在每个男孩的心目中，母亲都是贞洁的，尤其他的这位母亲还只存在于想象中。因此，他憎恨他的父亲，甚至想起他都会心生厌恶。他的父亲是个发了疯的白人，强暴了他的母亲，留给了谢尔曼这样一双属于异类的蓝眼睛，成为了他私生子身份的证据。他从未如探寻母亲一样去寻找父亲的下落，对于母亲的幻梦让他心神安宁，慰藉了自己，但是想到父亲，却只会滋生恨意。

午饭后，法官像往常一样睡午觉，杰斯特来到图书室。谢尔曼还坐在桌前，餐盘里的三明治碰都没碰。

“你怎么了，谢尔曼？”杰斯特留意到那双凝神的眼睛中醉酒的睡意，让他有些许不安。

“滚！”谢尔曼无礼地说，因为杰斯特是唯一他能对其说这种话的白人。但是他此刻的心境，说什么都不会让自己好受。我恨，我恨，我恨，这样想着，他那空无一物的眼睛凝滞于一点，在酒醉中他陷入沉思，望向窗外。

“我经常会想，如果我是个尼日利亚人，或者是个有色人种，我是无法忍受的。我仰慕你，谢尔曼，你能这样承受下来。我对你的仰慕之情简直无法言说。”

“喔，把你的花生还是省给动物园的动物吧。”

“我常常会想，”杰斯特接着说，讲起他在别处读到的一个观点，“如果基督诞生在今日的话，他一定会是个有色人种的。”

“嗯，他不会的。”

“我可是觉得——”杰斯特又开了腔，却不知如何说下去。

“你觉得啥，懦夫娘娘腔？”

“我觉得如果我是尼日利亚人，或是个有色人种，我会神经不正常的，一定会变成个疯子。”

“不，你不会的。”他右手的食指迅速地划过脖子，做了个刀划的姿势，“一个疯了的黑人就是个死人了。”

杰斯特心中诧异，他和谢尔曼做朋友怎么就这么难呢。他的祖父经常说：“白是白，黑是黑，只要我力所能及，他们永远不会混合。”可《亚特兰大宪法报》又写到南方人的善意。他怎么能告诉谢尔曼他和他祖父不一样，他是个心中良善的南方人呢？

“我对有色人种和对白人一样的敬重。”

“你是正常人中的一个。”

“我对有色人种甚至更敬重，因为他们曾遭遇过磨难。”

“也有不少坏心眼的黑人。”谢尔曼喝尽了酒，如此说道。

“你干吗这么说？”

“不过想警告一下呆宝宝。”

“我尽力想告诉你，我对种族问题的道德立场。但你根本不在意。”

谢尔曼的压抑与愤怒因为酒精更盛了，他只是用威胁的口吻说：“那些坏心眼的黑人在警察那儿都有前科，其他的像我一样没有前科。”

“和你做朋友就这么难吗？”

“因为我不需要朋友。”谢尔曼在撒谎，除去母亲，他最想要的就是一个朋友。他对芝宝敬畏有加，芝宝对他却一直侮辱伤害，即使谢尔曼做了饭，芝宝也不会去刷盘子，芝宝对他的态度与他对杰斯特的态度极为相像。

“嗯，我要去趟机场。你想一起来吗？”

“我要是飞，我就开我自己的飞机。不会开你驾驶的那种便宜的，租来的飞机。”

杰斯特再也接不下去了；谢尔曼再度陷入沉思，眼神中满是嫉妒，注视着他渐渐走远。

两点时，法官午睡醒来，洗了洗睡觉时压皱的脸，觉得心神愉悦，精神抖擞。早上的不愉快全都抛掷脑后，下楼时，还哼起了歌。当谢尔曼听到沉重的脚步声及跑调的曲子时，对着大厅的门做了个鬼脸。

“我的孩子，”法官说，“你知道我为什么宁肯是福克斯·克兰恩，也不愿成为莎士比亚或尤里乌斯·恺撒吗？”

谢尔曼说话时，嘴唇几乎没动：“不知道。”

“也不愿成为马克·吐温，亚伯拉罕·林肯，或者贝比·鲁斯？”

谢尔曼不再说话，只是做了个不知道的动作，心里疑惑他究竟想说什么。

“我宁愿做福克斯·克兰恩，也不愿做任何伟大的名人。你不知道原因吗？”

这一次谢尔曼只是望着他。

“因为我活着啊。你一旦想到那不可计数的人都已仙去，你便会意识到，能够活下来是怎样的荣幸啊。”

“有的人死的是脑子。”

法官并未留意，继续说：“对我而言，活着就足够了不起了。谢尔曼，你难道不这么觉得吗？”

“没觉得。”他回答，他此刻只想回家，酒醉得太厉害。

“想想那些黄昏。那轮明月，那些星辰，还有那天堂般的苍穹，”法官接着说，“想想脆饼和酒。”

谢尔曼静静地思虑了一番周遭的世界，又冷眼环顾了日常的舒适环境，满脸鄙夷，却未答话。

“在我那次轻微发作之后，塔特姆医生很真诚地告诉我，如果发作影响到的是左半脑而非右半脑，我可能会终生脑部受损的。”法官的声音低了些，难掩心中的惊惧，“你能想象那种生活吗？”

谢尔曼能：“我认识的一个人，中了风，之后眼睛瞎了，脑子相当于两岁小孩的智力。疗养院不肯收留他，甚至精神病院都不肯。我不知道最后他怎么了，可能死了。”

“哎呀，那种事可没发生在我身上。我不过是有点运动神经受损罢了……只有左手和左腿，也只是轻微损伤……但头脑健全。所以我跟自己说：福克斯·克兰恩，你怎么可以诅咒上帝？怎么可以咒骂圣餐的面包与葡萄酒，怎么敢诅咒命运呢？难道就因为那么点旧疾，其实根本就没带给我任何麻烦啊。或者呢，我是不是该赞美上帝，赞美圣餐与命运，因为我一切安好，头脑清醒？归根结底，如果头脑不好使，心情不愉悦，小胳膊，小腿又算什么呢？因此我对自己说，福克斯·克兰恩，你最好赞美上帝，而且要长久地赞美下去。”

谢尔曼注视着那只萎缩的左手，凝神望着那只永远攥起的手。他为老法官难过，却又为这种难过之心厌恶自己。

“我认识个小男孩，生了麻痹症，只能在两条腿上穿托架，用钢制的拐杖……终生都残疾。”谢尔曼曾在报纸上见过这样一个男孩的照片。

法官以为谢尔曼心中藏着无数例这种凄惨故事，呜咽着“可怜的孩子”，眼泪便已夺眶而出。法官不会因为为别人难过而憎恨自己；他对自己毫不怜惜，因为总体来说，他过得还算尽如人意。当然，他很愿意每天吃四十次火烧冰激凌，但大体上他心满意足。“我更愿意恪守节食，也不想铲煤或者弹竖琴。我自家的壁炉我都照看不好，更是一点音乐天赋都没有了。”

“没错，有的人根本五音不全。”

法官又没有留意，因为他总是唱歌，也没觉得自己跑过调。“我们来继续写信吧。”

“你现在想让我写什么信？”

“写成山的信，给我私交的每一个众议员和参议员都写，给每个可能支持我观点的政客写信。”

“你想让我写什么信呢？”

“大概意思就是我上午跟你说的。关于南部邦联的货币，以及南方的复辟。”

杜松子酒的酒劲上来了，他心中充塞着怒气。尽管感情上蓄势待发，他也只是打了个哈欠，还故意不停地打哈欠，好显得粗鲁无礼。他权衡着自己这份工作，干净轻松，还能颐指气使，又想想早上那场对话带来的震惊。谢尔曼若爱，便全身心去爱，若崇拜，便崇拜，没有半途而废的感情。一直以来，他都爱着法官，崇拜着法官。谁还曾做过议员，当过法官；谁又能给他一个如文书这样的绝妙工作，还让他在图书室的桌子上吃宴会三明治？谢尔曼觉得左右为难，他说话时面庞轻轻颤动："甚至也包括奴隶制吗？"

法官此时方知，中间出了些问题："没有奴隶制，孩子，不过是恢复曾经被北方佬解放的奴隶。为了经济复苏。"

谢尔曼的鼻孔与嘴唇如蝴蝶翅膀一般翕动着："我不会写的，法官。"

法官很少收到过"不"，因为他的要求通常都合情合理。而如今他的珍宝，他的人才竟拒绝了他，他叹了口气："孩子，我不明白你的意思。"

谢尔曼这个人啊，任何对他表达爱意的词句他听着都很愉悦，更何况他很少听到，便沉醉了片刻，几乎露出微笑。

"这么说，你拒绝写这些信？"

"我拒绝。"谢尔曼回答，因为拥有拒绝的力量也让他觉得甜而愉悦，"我不会搅和进将时钟倒转一个世纪这种事。"

"不是倒转时钟，而是拨快一个世纪，孩子。"

这是他第三次如此称呼他，谢尔曼天性中一向沉睡的怀疑在无声萌动。

"伟大的变革总会将时钟拨快。尤其是战争。如果没有一战，女人们还穿着拖到脚跟的裙子呢。当今的年轻女孩穿着工装裤，像个木匠一样四处走，甚至是那些最漂亮、最有教养的女孩子。"

法官曾留意到艾伦·马隆穿着工装裤到她父亲的药房，他当时震惊不已，为马隆感到尴尬。

“可怜的J.T.马隆。”

“你怎么说起这个了？”谢尔曼听出法官声音中的怜悯，感到其中大有深意。

“恐怕啊，年轻人，马隆先生就要不久于人世了。”

谢尔曼可是全然不在乎马隆先生的死活，也根本没心情装出一副为之触动的样子，只是说：“要死了？太糟了。”

“死亡可比糟糕更糟。事实上，这世上没人知道死亡究竟是怎么回事。”

“你虔诚地信仰上帝？”

“不，我一点都不虔诚。但是我怕……”

“你为什么总是提到铲煤和弹竖琴？”

“哦，那就是打个譬喻。这么说，好像我最怕的就是死后去一个糟糕的地方，和其他犯下罪孽的人一起铲煤，他们中的很多人我应该早就认识。要是上了天堂，上帝啊，我得学着像盲汤姆和卡鲁索一样会玩音乐。① 其实这些我倒全不担心。”

“那你究竟害怕什么呢？”谢尔曼问，他从未对死亡有过深入思考。

“空无，”老人说，“一片无尽的空无，完全只我一人的空无。没有爱意，没有饮食，甚至没有任何事。只是躺在一片无尽的空无与黑暗中。”

“我也不喜欢那种感觉。”谢尔曼随意应和。

法官忆起自己的中风，往事清晰而残酷。尽管他跟别人提及时都轻描淡写为“轻微发作”，或是“轻度小儿麻痹症”，他却并不自欺；

① 卡鲁索（1873—1921）：意大利男高音歌唱家。

是中风了，他几乎因此丧了命。他记得跌倒后内心的惊慌。用右手摸着瘫痪的手，却没有任何感觉，只有一种沉重的潮湿感，凝滞不动，无知无觉。左腿也是一样，沉重，毫无知觉，因此在那漫长的几个小时内，他歇斯底里，认为自己一半的身体已神秘地死去。叫不醒杰斯特，他向小小姐，向他死去的父亲，他的哥哥波欧求助——不是为了加入他们，是为了在痛苦中找寻安慰。次日清晨，他才被发现，被送往市立医院，在那里他重获新生。一天天过去，他瘫痪的手脚渐渐苏醒，但那种震惊依然让他蔫蔫的，断烟断酒更加深了他的凄凉。他没法走路，甚至都抬不起左手，他不停地做着填字游戏，猜谜，读推理小说，玩单人纸牌，好让自己忙起来。除了三餐，他无可期待，而医院的饭菜让他腻烦，尽管任何进了他餐盘中的食物，都会被吃得一干二净。后来，突然之间，他想到了南部邦联货币这个主意。就是那么灵光一闪；就好像是童谣，尽是随手偶得。一个想法诞生另一个想法，他便思索着，创造着，梦想着。那时正值十月，清晨与黄昏间，都有种爽意的清寒笼罩在镇子里。在经历了米兰夏日炽热的阳光之后，此时的阳光清澈纯净得如同蜜糖。思维获得了力量，便又带来了万千思绪。法官给饮食学家解释了该如何沏可口的咖啡，住不住院都不影响，不久他便可以在护士的帮助下，从床边踉跄着走到衣橱，再从衣橱边跌跌撞撞地走到椅子边。他的牌友们来看望他，他们一起打牌，但他新生活的活力来自于他的思维，他的绮梦。他满怀爱意地守护着这些思想，对谁也不曾提及。要是让波克·塔特姆或者班尼·威姆斯知道了一个伟大政客的梦想会怎样？等他回家时，他已经可以走路了，还能用用他的左手，几乎可以如从前一样生活了。他的梦想却依然沉睡，他能和谁讲呢？而且因为年迈又受了惊吓，他的字写得也大不如前了。

“如果不是因为那次中风让我瘫痪，只好在市立医院半死不活待了将近两个月，我可能永远都不会有那些想法的。”

谢尔曼把一张纸巾插进了两个鼻孔中，一言不发。

“荒谬的是，如果我没有经历过死亡的阴影，就很有可能见不到阳光。你现在明白这些想法为何对我有着超乎寻常的意义了吗？”

谢尔曼望着那张纸巾，慢慢将其放回口袋。之后，他便开始瞪着法官，用右手托住下巴，怒视着对面那双纯蓝的眼睛，眼神直令人毛发倒竖。

“帮我写这些信，对你意义重大，你不明白原因吗？”

谢尔曼依然不发一言，他的沉默激怒了老法官。

“你还是不写这些信？”

“我之前告诉过你‘不会’，我还会再说‘不会’。你想让我把‘不会’纹在胸口上吗？”

“之前你可是个讨人喜欢的文书。”法官高声训斥，“但是现在呢，你简直像个墓碑一样死气沉沉。”

“没错。”谢尔曼应声。

“你鬼鬼祟祟，故意和人作对，”法官抱怨，“你太鬼了，你即使就站在镇子的钟下，也不愿给我时间。”

“我不会把我知道的事到处宣扬，我懂得保持缄默。”

“你们这些年轻家伙太鬼了——赤裸裸的狡猾，根本不成熟。”

谢尔曼想到了他曾守护的现实与梦想。他从未提过史蒂文斯先生的所作所为，直到他开始严重的口吃，说什么都说不出了。他从未吐露过他对母亲的寻找，从未和人谈起他对玛丽安·安德森所怀的幻梦。无人知晓他的秘密世界。

“我没有‘到处宣扬’我的想法。你是唯一一个我曾谈及此事的人，”法官说，“除了和我孙子稍微提了一下。”

暗地里，谢尔曼觉得杰斯特是个聪明的家伙，尽管他永远不会承认这一点。“他作何想法呢?”

“他也是一样的自私自利，一样的鬼鬼祟祟，即使站在镇子的钟下，也不肯给任何人时间。我本来期待你会不一样的啊。”

谢尔曼心里暗自掂量着这份轻松，可以摆架子的工作，又想了想那些他要写的信，两相比较。“我愿意为你写其他的信。表达赞成的信，邀请信，什么都行。”

“那些都无关紧要，”法官坚持，他依然什么都不明白，“那些不过是些琐事。”

“我愿意写那些信。”

“那些信我都毫无兴趣。”

“你要是这么走火入魔，你就自己写吧。”谢尔曼说着，他太清楚法官如今的字了。

“谢尔曼，”老法官请求说，“我视你如同己出，忘恩负义之子甚于毒牙之利啊。”

法官经常引用这句话给杰斯特听，可对他全无效果。他年纪小的时候，就用手指把耳朵堵起来，大了些后，就会想尽办法打断祖父，表示他满不在乎。但谢尔曼却被深深触动了；他那蓝灰色的眼睛惊奇地凝视着对面的那双蓝眼睛。法官曾三次称他为“孩子”，此刻，老法官又一副教训自己亲生儿子的样子对他说话。谢尔曼从未有过双亲，这种标准的父母责怪子女的话便从未听到过。他未曾想过寻找自己的父亲，而此刻亦如往常，他与这种幻想中的形象保持距离：长着一双蓝眼睛的南方人，所有蓝眼睛南方人中的一个。法官有双蓝眼睛，马隆先生也有。这样列举下来的话，银行的布里德洛夫先生有，泰勒先生也有，他大概算了算，光米兰就有十几位蓝眼睛的男人，附近的县里也有几百个，整个南方怕是要成千上万了。但是法官是唯一一个单单对谢尔曼好的白人。而谢尔曼呢，别人一对他好，他便起了疑：为什么当年他把法官救出池塘后，法官要送给他一块刻着自己名字和外国字的表呢？为什么他要雇佣他来做这份工作呢？对用餐的安排又那么奇妙。这一切都萦绕在谢尔曼的心头，尽管他仍与这份疑虑保持距离。

心中怀着迷惑，便往往跳往迷茫之境，他说："我帮芝宝写了许多情书。当然，情书他自己也会写，但他写得可没啥热情，都没敢拿给薇薇安·克莱看。后来我写了'爱的黎明悄悄上了我的心头'，写了'我将会在激情的日暮爱汝，一如今日'。我写的可都是长信，写满了'清晨''日落'这样的词儿，还描写了一番漂亮的颜色，点缀上'我爱汝'。后来薇薇安不仅读了信，而且笑得死去活来。"

"那你干吗不帮我呢？写写那些跟南方有关的信？"

"因为这主意太过怪异，居然想让时光倒流。"

"称我怪异，觉得我保守，都无所谓。"

"我把自己那套好公寓给写没了，自打看了那些情书，薇薇安便提出了那个问题，芝宝欣然接受。这意味着我要另觅住处了；我还真是把地板都给写穿了。"

"你只需要再找个住处。"

"找起来很难。"

"我可受不了搬家。虽然我和我孙子俩住在这个老房子里，就像鞋盒里的两粒豌豆一样晃荡。"

法官一想到他这所装饰华丽的维多利亚房子，想起那些彩色玻璃窗，呆板古旧的家具，便会叹息。这一声叹是因为心下得意，尽管米兰人时常把这栋房子称作“法官的白象”。

“我若是搬到其他地方住，还不如搬到米兰公墓呢。”法官又思量了一番自己的话，马上就着急想把话收回去，“啊呀，我可不是那个意思，孩子。”他谨慎地摸摸木头，“这可真是蠢老头子说的蠢话。我的意思其实是，因为这里有这么多的回忆，去别的地方生活会很难过的。”

法官的声音听上去摇摆不定，谢尔曼却厉声说：“别伤神了。没人会逼你搬走的。”

“想必是我对这房子用情太深。有些人不懂得欣赏这种建筑风格。但我深爱着它，小小姐爱它，我的儿子约翰尼在这房子里长大。还有我的孙子。有时候我晚上躺在床上，就会想起过去的事。你有没有躺在床上追忆过往事？”

“没。”

“我会忆起那些发生过的事，还有那些本可能发生的事。会想起我母亲讲的南北战争的故事。会想起我还在法学院读书的时光，想起我的青春往事，和小小姐的婚姻生活。想起有意思的事。悲伤的事。都会记起来。事实上，往昔比昨日更加清晰。”

“我听说老人都这样。如此说来，这话没错。”

“不是所有人忆起往事时，都准确清楚，如看电影一般。”

“瞎说吧。”谢尔曼咕噜着。可尽管他是对着法官那只聋了的耳朵说的，老法官还是听见了，心里受了伤。

“一提起过去，我也许就变得絮絮叨叨，但往事于我，就和《米兰信使报》上的事一样真实。而且还更有趣，因为这些事我都已亲身经历，或者发生在我的亲友身上。米兰镇发生的一桩桩一件件，没有一件逃得过我的眼睛，那时候，离你出生怕是还早着呢。”

“那你知道我是怎么出生的吗？”

法官犹豫了，不想承认；但发现很难撒谎，便不再吭声。

“你认识我母亲吗？认识我父亲？你知道他们在哪儿？”

但老人已迷失在对过去的沉思中，拒绝回答。“你也许觉得我是个心里藏不住话的老人，但是作为一个法律专家，我可以保持缄默，对于某些问题，我会如坟墓一般沉默。”

谢尔曼便苦苦相求，但老法官已备好雪茄，静静抽烟。

“我绝对有权利知道这事。”

看着法官依旧抽着烟，默不作声，谢尔曼便又开始立眉竖眼。他们坐在那里，如同一对死敌。

良久之后，法官说：“怎么回事，谢尔曼，你怎么了？你怎么一脸凶相？”

“我心里也很邪恶。”

“喔，你可别再用那种眼神看我了。”

谢尔曼继续怒视着他。“而且，”谢尔曼说，“我想跟你宣布，我不干了。你觉得这个主意如何呢？”

这些话说罢，就在那个午后，他跺着脚重重走了出去，因为惩罚了法官心中喜悦，却未曾想他也同样惩罚了自己。

第十章

尽管法官很少提及他的儿子，却常在梦中相见。只有在梦中，在那片记忆与欲望的复苏之地，往事才会鲜活如初。待他醒来时，总是气得鼻子都歪了。

因为他惯于尽情享受当下，除了入睡前做的那些愉快的白日梦，法官很少会沉湎于往事，而在那些往事中，作为一名法官，他几乎有着无上的权力——甚至有权决定生死。在下任何决断之前，他都会经过漫长的思考；他从不会未做祈祷就下死刑判决。并非因为他很虔诚，而是为了将落于福克斯·克兰恩身上的责任转嫁给上帝。即便如此，他有时也会犯错。他曾判处一个二十岁的黑人强奸犯死刑，行刑之后，另一个黑人却坦白了罪行。但是他作为一个法官，又何需为此负责呢？陪审团经过了审慎的考虑，方认定他有罪，并未请求法外开恩；他的决断不过是遵循国家的法律与习俗而已。那个男孩不停地说“不是我做的”，可他又如何知道那男孩说的就是真话呢？犯下这等错误可以让很多有良知的治安官自断性命；可尽管法官悔不自胜，他还是不断提醒自己，那个男孩是被十二个善良真诚的好人送上黄泉的，而他呢，不过是行使法律的一个工具罢了。如此一来，无论他曾判过怎样的糊涂案，都不会让自己永远怅惘不安。

黑人琼斯的案子属于另一类案件。他谋杀了一个白人，可在辩词里他却声称自己是正当防卫。谋杀案的目击者是那个白人的妻子，奥西·里特的夫人。事情是这样的：琼斯和奥西·里特都是金特利农场的佃农，金特利农场与塞瑞诺庄园比邻而居。奥西·里特比他的妻子年长二十岁，闲暇时做做牧师，在圣灵降临集会上，他会在神灵附体时口诵奇怪的语言。除此之外，他是个懒散拖沓的佃农，百无一用，任由他的土地荒芜。自从他娶了那个娃娃一样的媳妇，麻烦事就来了。她随家人从杰赛普一带过来，他们之前的农场在已废弃的尘暴地区。他们开着那辆破旧的车穿过佐治亚州，一路开向希望之地加利福尼亚，路上遇到了里特牧师，便逼着他们的女儿，乔伊嫁给了他。这故事简单平易，却令人不胜其烦，在不景气的年份里，别期望有什么好事发生，自然在这段阴惨的往事中，也没有任何好事临门。十二岁的娃娃新娘性子很奇特，年轻人身上很少会遇见。法官记得她是个漂亮的小女孩，起初是带着一烟斗盒的娃娃衣服玩娃娃，之后有了自己的小宝宝，就开始照看孩子，那时她自己也才不到十三岁。之后，麻烦事便接踵而至，就如天下所有的麻烦一样，都是祸不单行。一开始，传言有人看见年轻的里特夫人在附近的农场和有色佃农在一起，举止有失得体。之后，比尔·金特利再也忍受不了奥西·里特的懒散，威胁说要收回土地，交给琼斯来耕种。

法官加了床毯子放在床上，夜晚冷得很。而他那个白皮肤的宝贝儿子又怎么会和黑人谋杀犯，和懒惰的牧师，还有娃娃新娘混在一起呢？怎么会呢？噢，怎么会？他是在怎样混乱不堪的黑洞里失去了儿子啊!

无论他是不是正当防卫，所有人都心知肚明，约翰尼也该清楚，这个黑人是注定被判死刑的。那他为什么还执意要接这个案子呢，从一开始这便是场必输的官司。法官与他理论，希望说动他。他会得到什么啊？只有失败。可法官根本不知道最终伤害的远远不止是一个年轻人的自尊，不止是一个律师初露锋芒便一败涂地——最终得到的竟然是隐藏起的心碎与死亡。但是怎么会，噢，怎么会啊？法官喟然叹息。

除了必须要在最后下判决，法官都尽量远离那个案子。他知道约翰尼太过专注于此案，通宵达旦地研习案件，对法律的条条框框都刻苦钻研，就好像为琼斯辩护，是为自己的亲生兄弟辩护一样。约翰尼花了六个月时间研究案情，后来法官责备自己，他早该知道的。可他又怎么会知道呢，他不会读心。在法庭上，约翰尼如同其他初出茅庐的律师一样，接手第一桩谋杀案，辩护起来有些紧张。约翰尼当初同意接这个案子，法官的确有些心烦，但最开始也有些好奇，不知约翰尼会如何处理此案——真是个烫手的山芋啊。约翰尼慷慨陈词，把他所相信的真相呈现给众人。可就凭这样，怎么可能说动十二个真诚善良的人呢？他的声音没有像其他辩护律师一样抑扬顿挫。他没有嘶喊，没有在关键时刻低声悄语。约翰尼只是静静地陈述，就好像他并不在法庭之上——这副样子怎么可能说服十二个善良真诚的人呢？他用喑哑的嗓音谈论着正义。那正是他的天鹅绝唱啊。

法官希望其他的事儿能让他分分神——幻想一下小小姐，也好入睡，但他最想见的是杰斯特。人到老年或是生了病，体质虚弱，往事一旦勾起，便在脑中缠绵不去。刻意回想他在剧院有包厢的那段时光，却枉费力气；那时节，亚特兰大剧院首次开幕。他邀请了他的弟弟，弟媳，还有小小姐及她的父亲一同观看庆典演出。法官邀请了一整个包厢的朋友。第一场演出的是《牧鹅姑娘》，他记得很清楚，格拉汀·法拉带着两只活生生的鹅走上舞台，鹅身上都系着鞍带，“嘎嘎”叫着，老布朗先生，小小姐的父亲便说：“这是今晚我能听懂的第一句该死的台词。”小小姐当时有多尴尬，他又有多么开心啊。他听着德国人用德语嘶喊着——鹅呱呱叫着——他只是坐在那里，装出懂音乐博学的样子。回想这些却尽是徒劳无功。他的脑子又回到了奥西·里特，那个女人，还有琼斯——真是永无宁日啊。他奋力抵抗着那段回忆。

杰斯特几时回来啊？他对这个男孩从不严苛。的确，在饭厅的壁炉台上放着个花瓶，就在那瓶中插着一根草木鞭子，但是他从未在杰斯特身上用过。一次约翰尼淘了气，向父母及仆人扔面包，他大发雷霆，取下了草木鞭子，把他那小儿子拽到图书室，在响彻整间房子的哭喊声中，他在孩子那蹦跳的光腿上抽了两三下。自那之后，那鞭子一直放在壁炉上，光秃秃的在花瓶中立着，作为一种威胁，却时至今日再也没有用过。但是《圣经》中都说过：“孩子不打不成器。”如果那草木鞭子使用得更频繁些，是不是约翰尼会活到今天？估计不会，但他还是禁不住想想。约翰尼太性情了；尽管他身上那种激情法官不懂——不是民兵团的那种激情，也非南方人保护女性不受黑人和外来侵略者欺辱的那种激情——但那也委实是种激情，对于法官和其他米兰人来说，那是种太过陌生的激情。

如同犯了热病，脑中总是有首沉闷的曲调萦绕，那段往事也逡巡不散。法官在他那张巨大的床上辗转难安。杰斯特几时回来啊？都这么晚了。但等他点亮灯盏，才发现还不到九点。如此说来，杰斯特回来得也没那么晚。在壁炉架上，钟表的左侧摆着约翰尼的照片。灯光之下，那张怅然若失的年轻脸庞似乎又重现了生机，看上去朝气蓬勃。约翰尼的左边脸颊上有一块小小的胎记。这点瑕疵却让他的美貌愈加生动，当法官留意到这一点时，他的心都要碎了。

尽管每次瞧见那一小块胎记，他都能感到悲伤阵阵袭上心头，法官还是不会为他的儿子垂泪。因为在悲伤之下，常常潜藏着恨意——杰斯特出生时，这种恨意暂时平息了，随着时间的推移，也渐渐柔和了，但它依然蕴在心中，永远留在心中。就好像他的儿子通过剥夺了自己的存在而欺骗了他，儿子是那个甜蜜又背叛的小偷，洗劫了他的心。倘若约翰尼以另外一种方式死去，得了癌症或是白血病——法官对于马隆的病可比他早先声称得更为熟知——他本可以用一份清澈的心去悲伤，去哭泣。但是自杀就好似是出于恨意地故意为之，法官对其恨之入骨。在照片中，约翰尼淡淡微笑着，那一点小小的胎记点亮了整张面庞，让他的面孔熠熠生辉。法官铺好弄得七扭八歪的床单，笨拙地下了床，走过房间时用右手保持着平稳。他把约翰尼的照片取下，藏进了书桌的抽屉。之后又一步步回到床上。

圣诞节的钟声在空中回响。圣诞季对他可是最惨淡的时节。这钟声，全世界都认其为欢乐——却是如此凄凉，形影相吊。一道闪电划破黑暗的夜空。暴风雨要来了吗？约翰尼要是死于雷击就好了。但人是不能选择如何死去的。不能选择生，不能选择死。只有自杀能选择，憎恶生之鲜活，去往坟墓之虚无。另一道闪电划过，随后雷声阵阵。

的确，他几乎再没用过草木鞭子，可他像朋友一样苦口相劝。约翰尼对布尔什维主义、萨缪尔·利博维茨，对一般的激进主义都怀着敬仰之情，他便放心不下。他总是劝慰自己，约翰尼还很年轻，是佐治亚大学足球队的四分卫，年轻人一时的喜好与迷恋，待日后面对现实时，便转眼消散了。确实，约翰尼的花样年华与他父亲的青春时代截然不同了，法官年轻时整日的华尔兹，唱着歌跳着舞，是花枝市的惨绿少年，他向小小姐求爱，最终抱得美人归。他只能对自己说："那个凯歇斯有一张消瘦憔悴的脸；他用心思太多；这种人是危险的。"① 但是他根本没把这当回事，他怎么也不会把约翰尼与危险联系在一起的。

约翰尼工作头一年，法官有一次高声说道："我留意到，约翰尼，一个人要是和失败者交往过密，就会走下坡路的。"

约翰尼只是耸耸肩。

"我刚开始从业时，就是个穷小子。不像你，是有钱人家的公子。"尽管他觉察到约翰尼脸上掠过局促的神情，他依然接着说，"我把法庭免费办理的案件都给推掉，这种案子起初通常都会落在穷律师头上。后来我做得多了，很快就能为那些有赚头的案件辩护了。要么经济利益，要么政治地位，这两者一直都是首要的考量。"

"我不是那种律师。"约翰尼回答。

"我不是想劝你仿效我，"法官假意迂回，"关键是——我从来不接不正当的案件。客户撒谎我能看出来，我是绝不会插手那种案件的。对于这种事我有第六感。记得那个在乡村俱乐部的高尔夫球场上用铁头球棍谋杀自己妻子的人吗？他出的可是天价，但是我把他拒绝了。"

"我记得那案子是有目击者的。"

"约翰尼，一个天才律师是能骗哄目击者的，能说服陪审团相信目击者并不在事发之地，也根本看不见他们所见之事。可我把那个案

---

① 引自莎士比亚剧作《裘利斯·恺撒》，朱生豪译，人民文学出版社，《莎士比亚全集第五卷》。

子给拒了，还拒了许多这种案件。无论报酬多丰厚，我从来不会接嗅起来不对的案件。”

约翰尼露出嘲讽的微笑，和照片中的笑一样：“喔，你多了不起！”

“当然了，若是案件有得赚，还不缺正当的理由，对于福克斯·克兰恩简直就是妙不可言啦。记得我是如何为米兰电力公司辩护的吗？绝对是个美差啊，那么多的钱呢。”

“电费涨了很多。”

“水电可不是免费的。我小时候都没水没电，只能剪烛烧火。但我那时也无忧无虑。”

约翰尼不置可否。

常常是因为那一块小小的胎记，抑或因为那丝笑如冷笑一般嘲笑着他，法官的感情会忽然之间泛滥成灾，把照片取下，一直放在抽屉里，待到他心情转好，或者等到有一天，他再也无法容忍儿子的缺席，即便是照片也好。他便会把照片放回银相框，凝视着那一块小小的胎记，甚至能够容忍那遥远而迷人的微笑。

“别误会，”数年前，他曾劝告儿子，“我接利润高的案件，不是为了自己谋利。”这位身经百战的律师，前任议员，心里盼着自己年少的儿子能给予几声赞赏。是不是他发自肺腑说出的真相，在约翰尼听来，就是愤世嫉俗的话语呢？

过了半晌，约翰尼说：“在过去的一年里，我总是在想你到底有多敢于担当。”

“敢担当！”法官脸腾一下子红了，“我是米兰镇最勇于担当的公民，是全佐治亚州，是全南方最有责任心的公民。”

约翰尼哼起了《天佑吾王》的英国国歌，唱诵着“愿上帝护佑南方”。

“要是没有我，你觉得你又会在哪儿？”

“天堂晾衣绳上的一块小破布。”约翰尼的音调忽地一变，“我从未想过成为你的儿子。”

法官的心情仍未平复，依然涨红了脸，想要脱口而出：“但是我一直都想让你做我的儿子。”却只是问：“你觉得对我这个老人，什么样的儿子更合适呢？”

“那个——”约翰尼想了一圈假想中的儿子，“嗯，艾利克·希斯若怎么样？”约翰尼的轻声巧笑和他父亲的低沉大笑混在一起。“我的母亲，我的母亲噢。”法官模仿着那男孩说话，狂笑得唾沫横飞。艾利克·希斯若每年母亲节都在第一浸信会教堂引用这句诗。他是个很拘谨的男孩，天生瘦弱，一副娇生惯养的样子，约翰尼为了逗父亲开心，总会表演一阵，虽然如此就违了母亲的意愿。

这阵欢闹别出心裁，来时突然，走时亦仓促。这对父子，若是遇见了荒唐可笑之事，想起来两人都觉得好笑，便会这般笑闹一阵。他们的关系自是有这一面，倒引得法官进一步推想，做父亲的常会持这类幻想。“我与约翰尼，虽说是父子，倒更像是兄弟。都偏爱钓鱼打猎，都有着纯正的价值观——儿子从没对我说过谎——我们兴趣相投，喜好一致。”如此一来，法官便会到处宣扬这种兄弟间的相似，走到哪儿都喋喋不休，在马隆的药房，在法院，在纽约咖啡厅的里屋，在理发店。他的听众们呢，看不出那羞涩的小约翰尼·克兰恩与爱交际的父亲之间有何相像，却都不啧声。当法官意识到他与儿子之间的差异日益显著时，更是变本加厉，更愿意讲这父子相似的话了，就好像言语能够化梦成真。

关于“我的母亲小子”的最后一通欢笑，兴许就是两人分享的最后一件趣事。之前约翰尼提到了责任感，法官依然揪着心，便笑容尽敛，说："看起来你好像不太赞成我接米兰电力公司的案件。是这样吗，孩子？"

"没错，先生。电费涨了。"

"有时，成熟的头脑会面临痛苦的抉择，不得不两害相较取其轻。这个案子牵涉到了政界。可不仅仅是哈里·布里斯，或是米兰电力公司那点小事，联邦政府居然抬了头。你设想一下，像田纳西流域管理局这样的电力部门要来管理整个国家。我都能闻到整个电力系统无能的味道了。"

"无能没有味道。"约翰尼反驳。

"的确，不过社会主义呛着我的鼻子了。社会主义若是取代了自发性……"法官的声音顿住了，一个画面骤然浮现在脑中，他才接着说，"就是把人都放进饼干成型切割刀下，就是标准化，"法官说得起劲了，"孩子，你可能会觉得这些想法很吸引人，我也曾对社会主义甚至共产主义抱有一种科学的兴趣。不过注意啊，纯粹是科学兴趣，而且时间很短。后来有一天，我看见一张照片，上面有几十位年轻的布尔什维克女孩，她们都穿着一样的运动服，做着千篇一律的动作，全都蹲着。她们十几个、几十个做着同样的体操动作，一模一样的胸部，一模一样的大腿，每个动作，每条肋骨，每个后背都是一样的，全都一样啊。尽管我绝不排斥女性肉体，无论是布尔什维克的还是美国人的，无论是蹲着还是站着的，可我越看那张照片，就越发觉得恶心。不过注意啊，我很有可能爱上那十几个活力四射的女性中的某一位——但是看见她们一个接一个，全都如出一辙，我就反胃了。我全部的兴趣，即便是科学的，也都顷刻间烟消云散。可别跟我提什么标准化。"

“在查那个案子时，我最后追踪到的是米兰电力公司在公用事业上涨了价。”约翰尼说。

“为了维护我们的自由，为了从联邦政府，从业已瘫痪、蹩脚的社会主义手中逃脱，花几个钱又算什么呢？就为了一大罐的肉汁，难道要出卖我们与生俱来的权利吗？”

那时，年迈与孤独尚未让法官将怒气倾注于联邦政府。他动辄便迁怒于家人，因为此时他依然还有个家，要么把火算在同事账上，因为他仍旧是个能干勤奋的法官，那些年轻律师若是误引了巴特莱特、莎士比亚，或是《圣经》上的话，他可不会轻饶的，无论在不在法庭上，他的话依然举足轻重。那段时间，他最在意的是与约翰尼隔阂渐深，可这种关心并未深化为忧虑，他把这种隙罅视为人年少的一时糊涂。约翰尼突然间在一次舞会后便结了婚，他也并不忧虑，女方的父亲是个贩卖私酒的，远近闻名，他也没有丝毫挂心——他其实私底下更喜欢对方是贩卖私酒的，虽说臭名昭著，可和一个牧师比起来，牧师倒很可能破坏家里饮酒作乐的氛围，不然的话，他行事也会受制。在这件事上，小小姐勇气可嘉，她把她第二珍爱的一串珍珠项链，连带着一个石榴石做的胸针，一起送给了米拉贝拉。对于米拉贝拉在霍林斯大学修了两年音乐这件事，小小姐也真当成了一回事。就是这样啊，两人还一起练了二重奏，把个《土耳其进行曲》乐谱练得滚瓜烂熟。

虽说法官心悬着，却一直未曾忧虑，直到有一天，约翰尼的律师生涯还未满一年，便接手了琼斯对抗大众的案件。约翰尼若是连一点常识都不懂，以优异成绩从大学毕业到底有个什么用？当他践踏着十二位善良真诚的陪审团成员的脚，踩到他们每一个人脚上的囊肿、鸡眼和茧子，他那一肚子的法律知识，这么多年受的教育又有什么用呢？

他强忍着不提案情，却还是提醒儿子，作为一名律师，该对陪审团的反应保持敏感。他说："你要在他们能理解的范围内谈，看在上帝的分上，万不可高于他们的水平。"可约翰尼愿意那么做吗？他辩护时那个神情，就好像陪审团里那些佐治亚州的穷苦人，那些工厂的工人，还有那些佃农，都来自于最高法院，各个都训练有素一样。多有才华的一个人啊。却一点常识都没有。

九点半时，杰斯特来到法官的房间。他正嚼着块双层夹心三明治，经历了数小时回忆带来的焦虑与伤痛后，老人凝视着他手中的三明治，垂涎三尺："我等你一起吃晚饭来着。"

"我看电影时吃了点儿，回来后又自己做了个三明治。"

法官把眼镜戴上，凝神细看那厚厚的三明治："里面放了什么？"

"花生酱，西红柿，培根肉，还加了些洋葱。"

杰斯特咬了一大口三明治，一块厚厚的洋葱掉到了地毯上。为了解馋，法官原本觊觎着美味的三明治，转而目光又望向掉在地毯上的洋葱，上面还沾着蛋黄酱。他的胃口尚未飨足，便说："花生酱的热量太高。"来了酒兴，他倒了些威士忌，"一盎司就有八十卡路里。不管怎么说，都超出了我的需要。"

"我父亲的照片哪儿去了？"

"在那边的抽屉里。"

杰斯特自是清楚祖父的习惯，心情一不畅快了，便会藏起照片，遂问："你怎么了？"

"气愤，痛心，受了骗。每次想起我的儿子，总是如此。"

杰斯特的心沉静下来，一旦提起父亲，他都会有这种感觉。圣诞节的钟声在冰冷的空气中听起来分外悦耳。他停下嘴，默默地把吃成扇形的三明治放在床边的茶几上。"你从来不跟我讲我父亲的事。"

他说。

“我们父子更像是兄弟，像亲兄弟。”

“我不相信。只有内向的人才会自杀，而你根本不内向。”

“先生，告诉你，我儿子一点都不内向。”法官生起气来，声音有些刺耳，“我们兴趣相投，心智相匹。你的父亲若是活着，他就是个天才，这个词我可不是随便用的。”（这句话倒是比别人以为的还更真实，因为法官只把这个词用在福克斯·克兰恩与威廉·莎士比亚身上。）“我们一向如亲兄弟，直到他卷进那个琼斯案件里。”

“你总说我父亲要推翻公理，就是在办那个案子的时候吗？”

“法律，根深蒂固的习俗，都是不可变更的公理啊！”他瞥了一眼剩下的三明治，抓到嘴边，狼吞虎咽下去；可因为他的空虚并非源于饥饿，心里便也并没觉得好过。

法官向来很少对杰斯特提及自己的儿子，不肯满足孙子天生的好奇心。杰斯特便早已习惯迂回着提问：“那个案子是关于什么的？”

法官绕了个大弯儿来回答，竟好似与问题全无关联：“约翰尼年轻那会儿，正赶上共产主义风靡一时，哗众取宠的思想吸引了很多人。掌权的大亨在白宫里身居高位；那个时代属于田纳西流域管理局，属于联邦公路管理局，是富兰克林·罗斯福的时代，被所有那些有权势的人用文字统治着。接二连三的不太平，一个黑人女性在林肯纪念堂唱歌，而我的儿子……”法官的声音已是怒不可遏：“我的儿子居然在一桩谋杀案里为一个黑人辩护。约翰尼居然想——”老人忽然变得歇斯底里，因触动了记忆深处的心结，这种歇斯底里便会爆发，一旦发作，会显得怪诞而失调。他不可抑制地咯咯笑起来，唾沫四溅，痛苦不堪。

“别这样。”杰斯特说。

杰斯特冷静地站在一旁，脸色煞白，这刺耳的笑声一直不停，唾沫横飞。“我不是，”赶在癔病再度袭来之前，法官尽力吐出这几个字，“不是在笑。”

杰斯特挺直了身子坐在凳子上，面色如纸。惊骇之余，他担心祖父是不是中风了。杰斯特知道中风会突然发作，症状奇特。他在想人中风时，是不是脸色如火烧一样红，狂笑不止。他也知道，中风会死人。他的祖父，面色如火，都快窒息了，是不是会笑到死呢？杰斯特想把老人拉起来，他好拍打后背，但是老人太重了，他拉不起来，最后笑声渐弱，终于停了下来。

杰斯特心中迷惑，仔细端详他的祖父。他知道精神分裂表示人格分裂。是不是祖父老年时行为会有相反的表现，在本该哭泣时，却大笑不止？他非常清楚祖父深爱自己的儿子。整个阁楼都为他死去的父亲留存着东西：十把小刀，一把印第安匕首，一件小丑道具，全套的漫游男孩丛书，汤姆·斯威夫特丛书，成堆的儿童书籍，一只牛头盖骨，几副滑板，钓鱼的设备，足球队服，棒球手套，好几箱子的好玩意和玩旧的什物。杰斯特也渐渐明白那箱子里的东西，无论是好的还是旧的，他都是不能碰的，有一次，他把牛头盖骨拿出来，摆在了自己卧室的墙上，可把祖父气疯了，扬言要用草木藤条抽他。他的祖父深爱着自己的独生子，又为什么会歇斯底里地笑呢？

法官留意到杰斯特眼中的疑云，淡淡说：“孩子，是癔病发作，不是在笑。癔病是当你无法悲伤时，恐慌之下的一种错乱反应。儿子死后，我的癔病发作了整整四天四夜。塔特姆医生和保罗一起，把我放进浴缸里洗温水浴，给了我一些镇静剂，可我还是大笑不止——其实不是笑——是癔病。医生又试了冷水浴，镇静剂也加了量。可我的歇斯底里还是没个完，我儿子的尸体就停在前厅。葬礼不得不要延期一天举行，我身体太虚，走过教堂通道时，得要两个强壮的大块头扶着我。我们当时一定勉强才能挤过去。”法官表情严肃。

杰斯特也淡淡地问：“但是你怎么此刻会犯歇斯底里呢？我父亲去世也已十七年了。”

“这么多年来，我没有一天不在思念着我的儿子。有时只是短暂一瞬，有时却是良久。我不怎么愿意谈他，可今天的整个下午，还有漫长的夜晚我都在回忆往事——不止是怀想我们的青春时光，欢声笑语的日子，还回想成年后的岁月，世事繁重将我们分离，最后将我们吞噬。最后那次上法庭，我望着我的儿子，真切得如同我此刻望着你一样——其实要更加真切。他的声音都犹在耳边。”

杰斯特紧紧握住椅子扶手，指关节都白了。

“他的辩词自是精湛高明，只是有一个要命的缺点，那便是，他说的那些话陪审团根本就听不懂。看我那儿子辩论的架势，就好像面前不是佐治亚州花枝市巡回法庭的十二个善良真诚的人，而是纽约犹太律师团。他们都不识字啊。这种情况下，我那儿子的开局攻势依然算是神来之笔。”

杰斯特张大了嘴喘气，一声不响，紧张极了。

“我那儿子一开场便要求陪审团全体起立，对着美国国旗宣誓效忠。陪审团的成员磨磨蹭蹭站起来，约翰尼对他们宣读了繁杂的程序，然后进行宣誓。我和纳特·韦伯都是猝不及防啊。纳特抗议时，我敲了槌，命令把这些话从记录中删去。但是这并无影响。我的儿子已经达到目的了。”

“什么目的？”

“只这一下子，我的儿子就和那十二个人站成一伙，逼着他们发挥最好的作用。他们在学校学过效忠的誓言，通过念诵，他们就共同开始做起一件神圣的事情。我当时敲了槌！”法官哼了一声。

“你为什么要把这个从记录中删去？”

“与案情无关。但是我那儿子，作为辩方律师，把一桩本来已成定局的肮脏谋杀案上升到宪法的高度，已经达到目的了。我的儿子继续说：‘陪审团的各位成员及尊敬的法官先生——’我的儿子讲话时，直视着每一位陪审团成员，然后望向我。‘十二位陪审团成员中的每一位都具有重大的责任。在此刻，没有任何事能够超越你和你所进行的工作。’”杰斯特用食指和整个手掌支着下巴，仔细聆听，他那酒棕色的眼睛大睁着，脸上满是疑问。

“从一开始，赖斯·里特就坚称里特夫人被琼斯强奸了，他的哥哥有理由杀了琼斯。赖斯·里特就像一只小脏狗一样站在那儿，守护着他哥哥的地盘，什么都无法让他动摇。约翰尼询问里特夫人时，她发誓说事实并非如此，她的丈夫完全是出于恶意，早有计划要杀死琼斯——在两人搏斗着抢枪时，她的丈夫被杀死了—— 一个妻子说出这样的话，还真是怪事。约翰尼问她，琼斯是否曾对她有过失礼之处，她回答说：‘从未有过。’他一向都像一个真正的绅士一样对她。”

法官加了一句：“我本该看出点端倪的。但那时我虽长了眼睛，却有目无睹。

“那些话都犹在耳边，面庞依然历历在目。被控人的肤色是黑人中非常吓人的那种。赖斯·里特穿着他礼拜天穿的紧身套装，神情凝重，面色蜡黄的如削下的干酪皮。里特夫人坐在那里，她的眼睛那样蓝，那样蓝，透出肢肆无忌惮的心性。我的儿子发着抖。一个小时之后，我的儿子从里特的个案扩展开，在普遍意义上辩论。‘若换作是两个白人，抑或两个黑人，因为同类的案件上了法庭，根本就不会有什么争议，因为这就是一起奥西·里特在试图杀死被告时，枪支走火

的意外事件。’

“约翰尼继续说：‘而如今案件牵扯到一个白人和一个黑人，这种情况出现时，便出现了不平等。事实上，诸位陪审团成员，在这类案件中，审判的是宪法本身。’约翰尼引用了前言与修正案中关于解放奴隶，他们也拥有公民权及享有平等权利的条文。‘我刚刚引用的话是一个半世纪之前写下的，上百万的人曾将其念诵。这些话语是我们国家的法律，而我，作为一个公民和律师，不能随意增减字句。我在法庭上的作用就是强调这些条文，尽力去实行这些法律。’激动之下，约翰尼引用起‘八十七年前……’我敲了槌。”

“为什么？”

“这些言辞不过是林肯个人曾说过的一些话，每个学法律的学生都会熟记，但我可不想听到有人在我的法庭上引用这段文字。”

杰斯特恳求道：“我父亲当时想引用这段话。现在让我听听这些话吧。”杰斯特并不明确知道这段话讲的是什么，不过，他觉得此刻比以往任何时候都离父亲更近，而那避人耳目的自杀谜团与那些古老的杂货箱子都被这活生生的形象瞬间照亮了。兴奋之下，杰斯特起了身，一只手扶着床柱，一条腿靠在另一条上等待。法官一旦受了邀请，无论是唱歌、背诵，但凡能向听众亮亮嗓子，他一概不会推辞，便庄严地背诵起葛底斯堡演说，杰斯特眼中含着自豪的泪水，身子挺直了，瞠目伸舌。

背到最后，法官似乎忘了因何要引用这篇演讲。他总结道：“真是演讲中的杰作，不过，却用心险恶蛊惑人心。把嘴合上，孩子。”

“我觉得你把这段话从记录里删了，是个顶坏的主意。”杰斯特说，“我父亲还说什么了？”

“他最后的结束陈词，本该是他最有说服力的话，可前面引用的宪法与葛底斯堡演说，充满各种浮夸而不切实际的话语，他自己的话就显得气势弱了些，就如同是无风天气里无精打采的旗子，可怜兮兮的。他指出，内战后颁布的修正案尚未得到实施。但是当他提到公民权利时，激动之下，说成了‘空民’，破坏了好印象，他自然也没之前那般自信了。他指出，在桃郡的人口比例上，黑人与白人几乎各占一半。他说他留意到陪审团中没有黑人代表，陪审团的各位成员都互相望了一眼，满腹狐疑，迷惑不解。

“约翰尼问：‘被告到底是被控谋杀还是被控强奸？在起诉过程中，被告与里特夫人的名誉都被用心险恶的含沙射影之词所玷污。但是，我站在这里，要为他的谋杀罪名进行辩护。’

“约翰尼想把他的辩护推向高潮。他的右手试图抓住什么，就好像在召唤话语的到来。‘一个世纪过去了，宪法中的言辞已经成为我们这片土地上的法律，但是除非我们将其付诸实践，否则它们不过空无意义，而经历了这个漫长的世纪之后，我们的法庭依然在面对黑人之时，变成一座偏见横流的庄严屋宇，化身为一座合法的迫害之所。那些言辞都已成真，那些思想也已成形。可真正付诸实践还要多久？行动与言辞之间，行动与思想之间，行动与正义之间相距多远？’

“约翰尼坐了下来，我也终于挺起了后背。”法官有些愤愤。

“你什么？”杰斯特问。

“我的后背，自从他把公民说成了空民，我就一直蜷缩着。等约翰尼说完了他的辩词，我也终于放松了。”

“我觉得他的辩词精彩极了。”杰斯特说。

“并没有什么用。我回到房间去等待判决。他们也就讨论了二十分钟。二十分钟的时间，他们一伙人也就能走到法院的地下室，稍微统一一下意见。我早知道他们会如何下判决。”

“你怎么会知道？”

“在这种情况下，一旦风言风语中夹杂进了强奸，被告一定会被判有罪。而里特夫人居然急吼吼地为杀她丈夫的人辩护，简直是天下奇闻。那时节，我真是如婴孩般天真，我儿子也是一样。陪审团却嗅到了不对劲，便判了有罪。”

“可难道不会有人诬陷吗？”杰斯特依然气难平。

“不会。陪审团必须决断是谁在说真话，而在这个案件中，他们的判断是明智的，尽管我当时不这么想。宣读判决时，琼斯的妈妈当庭痛哭，约翰尼的脸色忽如鬼魅，苍白如纸，里特夫人在椅子上前后晃着身子。只有谢尔曼·琼斯看起来像个男子汉，平静地接受了现实。”

“谢尔曼？”杰斯特的面色惨白，又猛然飞红了。“那个黑人叫谢尔曼？”杰斯特茫然问道。

“对，谢尔曼·琼斯。”

杰斯特心中迷惑，他兜了个大圈子来试探：“谢尔曼这个名字可不常见。”

“自从谢尔曼[①]穿越了佐治亚州，许多黑人男孩都起了这个名字。我这辈子就认识六七个叫谢尔曼的。”

杰斯特心里想的是那个谢尔曼，他认识的唯一叫此名字的人，但他不动声色。只是说：“我不明白。”

“我当时也完全不明白。我长了眼睛，却一无所见。长了耳朵，却一无所听。要是在那间法庭里，我用用天赋的理解力，要是我儿子能对我倾诉，该有多好。”

---

① 指威廉·特库塞·谢尔曼，美国南北战争中的著名将领。

“倾诉什么？”

“告诉我他爱上了那个女人，或者是以为自己爱上了。”

刹那间，杰斯特因震惊而呆若木鸡：“但是不可能啊！他已经和我母亲结婚了！”

“我们就如亲兄弟，孩子，不是祖父和孙子。就如一个豆荚中的两颗豌豆。一样的无知，一样的充满荣誉感。”

“我不相信。”

“他那时告诉我时，我也不相信。”

杰斯特经常听到关于他母亲的事，对她的好奇心早已得到了满足。据他所知，她很喜欢吃冰激凌，尤其是火烧冰激凌，她会弹钢琴，在霍林斯大学主修音乐。这些支离破碎的往事在他童年时便在不经意间告诉了他，因此，他的母亲不会让他产生对他父亲怀有的那种神秘的畏惧感。

“里特夫人长什么样子？”杰斯特终于问。

“一个轻佻的女人。她的脸色总是很苍白，怀着孕，不可一世。”

“怀着孕？”杰斯特问，心生厌恶。

“明显能看出来。她走在大街上，就好像期待人群为她和她腹中的胎儿让道，就如红海为以色列人分开一样。”

“那我父亲又怎么会爱上她呢？”

“坠入爱河是世间最平易之事，能一直爱下去才更为重要。那种爱不是真爱，是一种类似你爱上事业一样的爱。而且，你那父亲从未付诸行动。应该称其为迷恋。我的儿子是个清教徒，清教徒比那些一见钟情便有所行动的人更爱幻想。”

“我父亲该多痛苦啊，与我的母亲结了婚，却爱上了另一个女人。”这种戏剧性的情节让杰斯特兴奋不已，丝毫未念及他那爱吃火烧冰激凌的母亲，“我母亲知道这事吗？”

“当然不知道。我的儿子只是在他自杀前一周告诉我的，他心烦意乱，惊愕难当。要不他也不会告诉我的。”

“为什么会惊愕呢？”

“让我们讲完这个故事吧，宣判和判决执行之后，里特夫人请约翰尼去了她家。她把孩子生了下来，就快死了。”

杰斯特的耳朵一下子红了：“她是不是说她爱着我的父亲？满怀激情地爱着他？”

“她恨他，也便如此说了。她诅咒他，说他是个拙劣的律师，说他为了抒发自己那些关于正义的想法，以牺牲他的客户为代价。她骂骂咧咧，指责约翰尼，一个劲儿说，若是当初他能固守着按谢尔曼·琼斯自卫杀人来辩护的话，琼斯本可以是自由身。那么一个将死的女人，咆哮不休，痛心哀嚎，诅咒不停。她说谢尔曼·琼斯是她见过的最干净、最体面的男人，她爱着他。她给约翰尼看了她的新生儿，黑皮肤，遗传了她的蓝眼睛。约翰尼回到家时，看上去就像是那个坐着木桶穿过了尼亚加拉瀑布的人。

“我就让约翰尼讲下去，之后我对他说：‘儿子，我希望你长了一智。那个女人不可能爱谢尔曼·琼斯。他是个黑人，而她是白人。’”

“祖父，你这话说得好像爱上黑人就跟爱上长颈鹿或者其他什么似的。”

“这当然不是爱情，是欲望。欲望一旦涌动，会对奇特怪异之物，堕落险恶之事生起迷恋之心。我就是这么跟约翰尼说的。之后我问他，他怎么会用心至深到这步田地。约翰尼回答：‘因为我爱着里特夫人，或者以你之见，是对她怀着欲望？’

“‘不是欲望就是疯狂，儿子。’我回答。”

“那婴儿后来怎么了？”杰斯特问。

“显而易见，赖斯·里特在里特夫人去世后，便把婴儿留在了米兰镇圣升天教堂的长椅上。一定是赖斯·里特干的，我想不出其他人。”

“那不就是我们认识的谢尔曼吗？”

“对，但千万别告诉他。”法官厉声说。

“我父亲是在里特夫人给他看了她的婴儿，咒骂指责他之后，便自杀了吗？”

“他一直等到了圣诞节的下午，那时事情已经过了一个礼拜了，我以为我让他恢复了理性，那件事已经彻底结束了。那个圣诞节就如往常的圣诞节，早上拆礼物，把那些圣诞节的包装纸都堆在圣诞树下。他的妈妈送他一个珍珠领带夹，我送给他一盒雪茄，还有一个抗震防水的手表。我记得约翰尼猛撞着手表，还放进一杯水里测试。我一遍遍地责备自己，那天居然没有察觉出任何异常，我们既如亲兄弟，我就该觉察出他内心的绝望。那么瞎折腾一块抗震防水的手表能算正常吗？杰斯特，你告诉我。”

“我不知道，可你别哭，爷爷。”

在这么多年里，法官都未曾流过一滴泪，今天，终于为他的儿子哭了出来。他和他的孙子一同回到了往昔岁月，这段旅程奇迹般冰融了他那倔强的心，他便嚎啕大哭起来。无论任何事，他都沉迷其中，如今他的哭泣也不例外，他也不加控制，乐在其中。

“别哭了，爷爷，”杰斯特劝着，“别哭了，爷地。”

历经了数小时的记忆之旅，法官又回到了此时此刻。“他死了，”他说，“我的宝贝死了，可我却还活着。生命充满了各种各样的事物。有船只，有卷心菜，有国王。这话不是这么说的。有船只，还有，有……”

“密封蜡。”杰斯特提示。

“对。生命充满了各种各样的事物，有船只、密封蜡、卷心菜、国王。[1] 这倒是提醒我了，孩子。我得买个新的放大镜。《米兰信使报》的铅字越来越不清楚了。上个月，一个直线直视着我，我居然都没看见——把7看作了9。我气得肺都炸了，当时在纽约咖啡厅的里屋，我差点大喊出来。

“而且，我还要弄个助听器，尽管我一向觉得那东西是骗老太太的，根本没什么用。再说了，再过几年，我的感官会变得更灵敏的。视力，听觉，所有的感官都会变好的。”这事到底如何发生，法官未作解释，但是只要活在此时此刻，梦想中有着更有活力的未来，就足以让法官心满意足了。这天晚上，经历了一番情感宣泄之后，他整个冬夜都睡得很安稳，一觉睡到早上六点。

---

① 出自刘易斯·卡罗尔的叙事诗《海象与木匠》，该诗出现在作者的代表作《爱丽丝镜中奇遇记》中。原文为："'时机会到，'海象说，/'来谈论许多事：鞋——船只——密封蜡——/卷心菜——国王——/谈论为何大海会滚烫——/为何猪生了翅膀。'"

第十一章

我是谁？我要做什么？我将去往何方？这些问题如鬼魅般搅扰着少年的心，如今，杰斯特终于找到答案了。他做的那些跟格柔恩·博伊有关的梦，令他心神难安，让他充满负罪感，之后又茫然不解，如今再也不会困扰他了。一同烟消云散的还有他期望从暴民中救出谢尔曼的梦，牺牲了自己的生命，留谢尔曼在一旁悲痛欲绝。消逝的还有他从瑞士雪崩中救出玛丽莲·梦露的梦，梦中，他在纽约彩带纷飞的欢迎仪式中前行。那确乎是个绮丽的梦想，但无论怎样，拯救玛丽莲·梦露可不能当作毕生追求的事业。他已救了无数人，如英雄般死了无数次。他的梦几乎都发生在异国。从不在米兰镇，从未发生在佐治亚州，总是在瑞士，在巴厘岛，或在其他的远方。可如今，他的梦不可思议地变了。梦魇与美梦一同改变。夜复一夜，他梦见他的父亲。寻到了父亲，便寻到了自己。他是他父亲的儿子，他也将成为一名律师。曾经面临过多的选择而造成的困惑，一朝消散俱尽，杰斯特顿觉开心愉悦，自由自在。

新学期伊始，他心生欢喜。身着圣诞节送的全新的衣裳（簇新的鞋子，崭新的白衬衫，极新的法兰绒裤子），他觉得心神自由：“我是谁？我要做什么？我将去往何方？”终于悉数有了答案，他的心已安定。这学期学习要更加努力，尤其是英文和历史两门课——不管课上是否要求，他都要通读宪法，把杰出的演讲烂熟于心。

如今有意加诸于父亲身上的神秘感也已打破，他的祖父便会时不时聊起父亲；并不会频繁提及，也不会再落泪，但就好似杰斯特新近入了共济会，或是加入了兄弟会一样。如此一来，杰斯特便对祖父和盘托出了他的计划，他将来打算学法律。

“天晓得，可不是我怂恿你的。但你若果真下了决心，孩子，我自会尽全力来辅助你。”私底下，法官欣喜若狂。他禁不住流露出得意的神色，“你是不是想效仿你的祖父？”

杰斯特说：“我想像我父亲一样。”

“你的父亲，你的祖父……我们就像亲兄弟。你就是克兰恩家一个模子刻出来的。”

“噢，我终于解脱了。”杰斯特感叹，“我从前觉得一辈子能做那么多事。弹钢琴，开飞机。可这些事又总是差了几分。那时的我，真像是只不停上错树的猫。”

才刚进了新年，法官生活的平静基调猛然间碎裂。一天早上，薇萝莉过来上班，先把她的帽子挂在后庭的帽架上，却并没去前厅，没像往常一样开始打扫房间。她眼神忧悒，立在厨房，牛心古怪尽显无遗。

“法官，”她说，“我想要那些文件。”

“什么文件？”

“政府文件。”

薇萝莉便说起社会保险，法官又是惊异，又是激愤难当，也败了他抽第一根雪茄的雅兴。她说：“我把工资的一部分交给政府，你也照理该付一部分的。”

“这些事都是谁跟你说的？”老法官心想这没准儿又是重建时期的什么政策，可他害怕有变，不敢透露。

“之前大家都在说这事儿。”

“好了，薇萝莉，别任着性子。你干吗要给政府钱？”

“因为法律就是这么规定的，政府正在抓人。有我认识的人也被抓了。就是因为这个收入税。”

“仁慈的上帝啊，你绝不会想交什么收入所得税的！”

“我要交。”

法官一向觉得自己总能了解黑鬼心里打的什么算盘，并引以为傲，便言辞坚决，安慰道：“你全都搞混了。别乱想了。”接着便不由自主地慨叹：“哎呦，薇萝莉，你已经在我们家待了将近十五年啦。”

“我不想犯法。”

“什么破法，扰民而已。”

最后终于弄清了薇萝莉到底意欲何为，“我想等年份到了，就开始领退休金。”

“你干吗需要退休金？等你老得干不动活了，有我养活你。”

“法官，你离古稀之年还早着呢！”

居然暗示他也有大限之期，这可触怒了法官。实际上，整个情势都让他火冒三丈。生气之余，心中也是纳罕。他一向觉得自己对黑人的品性十分了解。却丝毫没有意识到，每个周日上午，一到吃正餐，他总会说那句“啊，薇萝莉，薇萝莉，我跟你说啊，上帝也会收了你……”，他根本就没留意到，在一个个礼拜天里，这句话都激怒了薇萝莉。他也无所察觉，格柔恩·博伊的死给她留下的锥心之痛。他觉得自己摸透了黑人的品性，却从来不曾对他们留心。

薇萝莉不愿岔开话题，“有位女士愿意帮我弄到那些政府文件，一周付我四十美元，周六周日还休息。”

法官的心跳加速，脸色变了：“好啊，那你就去她那儿吧！”

“我能帮你找到人，法官。艾丽·卡彭特愿意接替我。”

“什么艾丽·卡彭特！你应该晓得她连个黄铜猴子都比不上！”

“好吧，那个无价之宝谢尔曼·登怎么样？”

“谢尔曼不是仆人。”

“原来如此啊，那你觉得他是什么人？”

“不是个训练有素的仆人。”

“有位女士能帮我弄好那些政府文件，一周付我四十美元，周六周日还放假。”

法官更加怒不可遏。从前，仆人一礼拜赚上三美元就心满意足了。可佣金却年复一年地不停在涨，到如今，法官要付给薇萝莉一周三十美元，他还听说那些仆人中的行家里手一周能挣到三十五，甚至四十美元。即便如此，时下仆人也很紧俏。他一向对仆人恩宠有加；实际上，他一直信仰着人性——难道他还要依仗高薪吗？心里盼着息事宁人，老法官便勉力做了让步：“我愿意给你出社保金。”

“我不相信你。”薇萝莉说。他第一次意识到薇萝莉是个难对付的女人。她的声音已经不再谦卑了，而是充满敌意：“那个女士能帮我解决政府文件，还一周付我四十美元……”

“好啊，去找她吧！”

“现在吗?”

尽管法官很少对仆人大声嚷嚷，这一次他却喧嚷开了：“就是现在，该死！摆脱你简直让我开心死了！”

薇萝莉虽心里有火，却强压下去，一言不发。只见她愤怒地噘起嘴，紫色的嘴唇上遍布皱纹。她走到后庭，一板一眼地戴上那顶装饰着紫色花朵的帽子。她甚至都未环视一下这间她工作了将近十五年的厨房，也没跟法官道别，便从后门蹬蹬蹬离开了。

房内顿时鸦雀无声，法官心里有些慌。他怕若是留他孤单单地待在房子里，他会再度中风。杰斯特要等到下午才会放学回来，中间这段时间他不能一个人待着。他想起杰斯特小的时候，一待在黑暗里便会嘶喊：“来人啊！任何人！”法官此刻也想这么喊。只有当整间房子骤然寂静，他才意识到房子里有些响声对他至关重要。他便去了法院广场雇仆人，可时迁境移，法院广场上再也找不到黑奴了。他询问了三个黑人，可他们都已经有活干了，而且他们看法官的眼神似乎觉得他疯癫了。他便逛到理发店，剪了头发，洗了头，刮了脸，为了消磨时光，还修了指甲。等在理发店没什么好干的了，为了打发更多的时光，他便踱步去了泰勒旅馆的绿房间。他在蟋蟀茶室花了两个钟头吃午餐，又去了药房拜访 J.T. 马隆。

整日的凄惨飘零，法官熬过了三天。因为不想独自待在家中，他便常常在米兰镇的街上徘徊，要么出没于泰勒旅馆的绿房间，要么就耗在理发店，或者干脆坐到法院广场的白色长椅上度日。晚饭时，他煎了牛排，杰斯特刷了盘子。

因为他这辈子就没缺过仆人，便从未想过去中介寻找。房子越发脏起来。这般凄凉的境地还要持续多久，无人知晓。有一天他去了药房，请 J.T. 马隆帮忙问问他夫人，能不能帮他寻个仆人。J.T. 马隆答应回去问问夫人。

一月的日子闪耀着亮蓝与金色的光芒，空气温暖宜人。但这其实是个虚假的春天。因为天气转好，J.T. 马隆的身子也恢复了些，便自觉已痊愈了大半，开始盘算着旅行。一个人偷偷跑去了约翰·霍普金斯医院。那次与海登医生的夺命会面中，海登医生告诉他还可以活一年或十五个月，如今他已安然度过了十个月。他觉得身体如今依然无恙，定是米兰镇的开业医生弄错了。他跟妻子说要去趟亚特兰大参加药学会议，这种暗中所为充满欺骗性，令他暗自愉悦，如此一来，到了他向北出发之时，竟有些喜不自胜。一时兴起，他乘坐了豪华的普尔曼式列车，之后又感到一丝负罪感，他在餐车里消磨时光，午饭前喝了两瓶威士忌，还点了海鲜拼盘，尽管菜单上赫然写着肝脏为当天的特价菜肴。

第二天早上，巴尔的摩下了雨，马隆身上又冷又湿，站在候诊室和接待员解释了一番他的需求。“我要看你们这儿最好的专家，我家乡那里的开业医生个个都抱残守缺，我不信任他们。”

接下来的检查他做起来轻车熟路，拍完片子化过验，便坐等结果，可最后得到的依然是再熟不过的诊断结果。愤怒难当，马隆当天便坐着长途客车回了米兰。

第二天，他跑到赫尔曼·克莱因的店里，把手表往柜台上一放。“这个表每周都会走慢，慢了将近两分钟，”他跟钟表匠发着脾气，“我的手表必须要严格遵照铁路时间。”在马隆等待死亡的这段日子里，常常心绪不宁，对时间极为执迷。他总去钟表匠那里找麻烦，抱怨说他的表要么慢两分，要么快三分。

“我两周前仔细检查过这块手表的。而且你要去哪儿啊，还要严格遵守铁路时间!”

马隆火冒三丈，握紧拳头，关节都发白了，像个孩子似的信口谩骂:“我去哪里关你什么事！真他妈的!”

钟表匠注视着他，这无端招来的火气令其尴尬。“你要是不能提供让我满意的服务，我就去找别家了!”拿回了手表。马隆离开店铺，留下赫尔曼·克莱因不明原委，惊讶地凝望着他的背影。将近二十年了，马隆一直是他忠实的顾客。

这段日子里，马隆常常骤然间便爆发怒火。他无法思量自己的死亡，因为对他而言，他的死亡并不真实。但是这些莫名而起的怒气，令他也大为惊讶，却在他曾经宁静的心中不时发作。有一次，他正和玛莎砸山核桃，为了装饰蛋糕或者其他的什么，突然间，他便把核桃钳扔在地板上，用采摘器狠狠地扎着自己。一次，他被汤米留在楼梯上的球绊倒了，他发狠劲儿将那球抛远，力气太大，把前门的玻璃都砸碎了。可即便是发过了脾气，他也并未得到安宁。消火之后，马隆只觉得有一件可怕之事即将发生，却无从理解，更不知如何避免，无计可施。

马隆夫人帮法官找了个仆人，终于把法官从大街上救了回来。她应该算是个纯种的印第安人，异常沉默。可法官也不再害怕独自留在房中了。他不再想呼喊:“来人啊！任何人!”因为房中另有他人，这便让他心生慰藉，房子里那些彩色玻璃窗，带镜子的矮儿，熟悉的图书室，餐厅，前廊，也都不再是一片死寂了。这位厨师名叫李，三餐做得极为马虎，让人难以下咽，服务态度也恶劣至极。正餐前上汤时，她的拇指有一英寸都浸在了晃悠的汤里。但她目不识丁，从未听说过社会保险，这便让法官有了些许满意。对啊，他并不奢求。

谢尔曼并未将辞职的威胁付诸实践，但二人的关系已不复从前。他每日来帮法官打针。之后，便会带着一副愠怒的样子，不情不愿地待在图书室打发时间，削削铅笔，给法官读经典诗歌，调制中午喝的甜酒，做做其他的杂事。他不会写任何与南部邦联货币有关的信。尽管法官知道他故意闹情绪，也知道除了打针，法官根本说不动他做任何事，可法官依然没有辞退他，盼着事情会有好转的一天。他甚至都不让老法官享受吹嘘孙子的乐趣，对法官的孙子决定学法律的事充耳不闻。法官一提起这一话题，谢尔曼就无礼地哼起了歌，要么就大张着嘴打起了哈欠。法官经常说："游手好闲，造恶之源。"说这话时，法官便会直视着谢尔曼，可谢尔曼也只是直眉睖眼地望着他。

一天，法官说："我想让你去趟法院大楼，进我的办公室，找到标签为'剪报'的钢制文件夹。我想读读写我的那些个剪报。你根本都不晓得，我是个多么了不起的人。"

"用'J'代表'剪报'的钢制文件夹。"谢尔曼重复着，他倒满心愿意跑这趟腿。他还从未去过法官的办公室，急盼着能去一次。

"别乱翻我的重要文件，只把剪报拿回来就好。"

"我不会乱翻的。"谢尔曼回答。

"你走之前，给我调杯甜酒。十二点了。"

那天中午，谢尔曼没有喝甜酒，直接去了法院大楼。在法官办公室的门口，磨砂玻璃上有个牌子，上面写着：克兰恩父子律师事务所。谢尔曼的心掠过一阵快意，打开门，走进充满阳光的房间。

他把标注着"剪报"的文件夹取出后，便开始乱翻钢制柜子中的其他文件。他也并非刻意寻找什么，他天生就是个爱翻东西的人，而且他为法官那一句"别乱翻"还生着一腔闷气。但等到了当天下午一点，法官正吃着午餐，谢尔曼翻到了收有报道约翰尼那篇短文的文件夹。他瞥见了谢尔曼这个名字。谢尔曼？谢尔曼？除了眼前这个谢尔曼，我是我认识的人中唯一叫这个名字的。在镇子里到底有几个叫谢尔曼的？待他读起那些文件，头目不时眩晕。那天下午一点，他发现了有个和他同一种族的男人，法官将他处决了，而这个男人就叫谢尔曼。还有个白人女子，被控和此黑人有染。眼前这一切，他都不能相信。他能确信这些都真切地发生过吗？但是一个白人女子，长着一双蓝眼睛，这和他想象中的可是大相径庭。这就像一道刁钻古怪的填字谜题，让人倍受折磨。而他，谢尔曼呢……我是谁？我要做什么？那一刻，他只知道他生病了。他的耳朵变成了含辱带羞的瀑布。不，玛丽安·安德森不是他的生母，莉娜·霍恩不是，贝茜·史密斯也不是，他童年时曾对他温言软语的女士们都不是。他被戏弄了。他被欺骗了。他想如那个黑人男子汉一样死去。但他永远不会和一个白人搞在一起，这一点确定无疑。就像奥赛罗，那个疯狂的摩尔人！他慢慢吞吞地将文件夹放了回去，等回到法官的家，他走路的样子活像一个罹患重病的人。

法官午觉刚醒，谢尔曼回来时，已是下午。法官一向不擅察言观色，并未留意到谢尔曼那震惊的面庞与颤抖的双手。他让谢尔曼大声读剪报夹里的剪报，谢尔曼心神俱损，没法不依着他。

法官会重复谢尔曼读过的句子，比如："南方议员这片灿烂苍穹中最隽永的星辰之一。一个具有远见卓识，心怀责任感，正直高贵的人。是本州以及整个南方的光荣。"

"听见了吗？"老法官问谢尔曼。

谢尔曼依然惊魂未定，抖着嗓音说："你还真是给点阳光就灿烂了！"

法官依然沉浸在自己彪炳日月的功绩之中，把这句话当作了赞扬，问："孩子，你说什么？"因为尽管法官买了助听器，配了新的放大镜，他的视力与听力都衰退得很快，而他的感官也并未得到新生。

谢尔曼没有吭声，因为给些阳光便灿烂虽是句狠话，但对于他的人生，他那该死的蓝眼睛，还有遗传给他蓝眼睛的那个人，这句侮辱的话力道根本不够。他要有所为，有所为，有所为。但当他想把那叠纸扔在桌上时，方觉虚弱至极，那些纸只是无力地被放在了桌上。

谢尔曼走后，剩下法官只身一人。他将放大镜举到剪报前，大声读给自己听，依然沉浸在自己的丰功伟绩之中。

第十二章

早春满眼的黄绿色也已深沉，进了五月，尽是青色的荫翳，枝叶葳蕤，暑热也开始再度停滞在镇子里。暴力随着溽暑一同到来，米兰镇上了各大报纸：《花枝账目》《亚特兰大日报》《亚特兰大宪法报》，甚至还上了《时代周刊》。一家黑人搬进了白人社区，有人便向他们住的房子掷了炸弹。尽管没炸死人，可三个孩子受了伤，镇子里对立的双方已做剑拔弩张之势。

这段时间，谢尔曼也有自己的烦心事。他想要**有所为，有所为，有所为，**却不知如何有所为。他把扔炸弹这件事写进了黑皮书。渐渐地做起了越矩的事。第一步，他从法院广场的白人喷泉里舀水喝。似乎没人留意。他又去了巴士车站的白人候车室。可是他行色匆匆，举止又偷偷摸摸的，还是无人理会。他坐在浸信会教堂后排座位上。除了礼拜结束时，引座员指引他去黑人教堂，依然没人在乎。他在维兰药房坐了下来。一个店员说："滚开，黑鬼，永远别来这儿。"他犯下的每一桩越矩的事都让自己胆战心惊。手上汗涔涔的，心脏怦怦乱跳。可更让他心惊的是，除了维兰药房的店员，其他人都好像根本没注意到他。他憔悴不安，饱受折磨，**我要有所为，有所为，有所为，**这句话如同鼓点一样在他脑中不断敲打着。

他终于有所为了。早上为法官打针时，他用水替换了胰岛素。连续三天皆是如此，他静待后果。又一次，让他毛发悚然的事发生了，似乎什么都没有发生。法官还如往常一样活蹦乱跳，看上去可根本没有生病。尽管他对法官怀恨在心，认为法官应该从地球上消失，他却一直都清楚，法官该死于政治暗杀。他不能这样杀了法官。如果这是一桩政治谋杀案，他本可以用匕首或手枪，但绝不是用这种下三滥的手法，用水替换胰岛素。根本不会有人留意到。第四天，他又换回了胰岛素。头脑中的鼓声急促，不知停息。

与此同时呢，法官一向粗心大意，这段日子过得很是愉悦，脾气更是和蔼，竟胜于往日。谁知这也触怒了谢尔曼。他的怒火竟已蓄势待发，对于法官，对于所有白人，他都莫名生起恨意，难以克制。他渴望做越矩的事，心底却害怕，渴望引人注目，却又怕被人发现。初进五月的这些日子里，谢尔曼着了魔。**我必须有所为，有所为，有所为。**

但是当他真的有所为时，所为之事怪且荒唐，甚至他自己也不懂为何这么做。在一个了无生趣的下午，他穿过法官家的后院，向小路走去，这时候，杰斯特的狗，虎子跳到他的肩膀上，舔他的脸。谢尔曼永远都搞不清楚自己为何做这件事。他不慌不忙地找到一根晾衣绳，做了个绳圈，把狗吊在了榆树枝上。狗只挣扎了几分钟。半聋的老法官没听见狗哽塞的嚎叫声，杰斯特也不在家。

尽管时间尚早，谢尔曼没吃晚饭埋头便睡，那晚他睡得像只死猪，等杰斯特次日早上九点钟捶门时，他才被叫醒。

“谢尔曼！”杰斯特嘶喊着，嗓音刺耳，明显受了惊。等谢尔曼慢条斯理地穿好衣服，用清水洗着脸，杰斯特依然不停捶打着门，尖叫嘶喊。待谢尔曼开门出来，杰斯特半拖半拽地将他拉到法官的院子里。那只狗的身子此刻已经僵硬，挂在碧蓝的五月天空之下。杰斯特开始哭泣。“虎子，虎子。怎么回事？为什么？”之后，他望向谢尔曼，见他低头凝视着地面。杰斯特心中原就有种梦魇般的怀疑，瞬间便被谢尔曼低垂的目光证实了。

“为什么，谢尔曼？你为什么要做这种蠢事？”他注视着谢尔曼，杰斯特尚未从真相带来的惊愕中缓过神。他希望自己知道该说什么，该做什么，期盼着自己别吐。他没有呕吐，只是走到棚屋，拿出铁锹开始挖坟。但是等他弯下腰，把绳圈割断，把虎子放入坟墓中时，他觉得自己眼花头晕，几乎要晕倒了。

“你怎么一下子就知道是我干的？”

“我一看你的脸，就全清楚了。”

“我看见你遛那只白人的狗，你穿着泡泡纱做的裤子，盛装打扮去了白人的学校。为什么就没人在意我？我有所为，却没人注意到。无论做好事还是干坏事，都没人在意。比起我，人们更宠爱那只该死的狗，而那怎么也不过是只狗。”

杰斯特说：“可是我爱虎子，它也喜欢你。”

“我不会爱白人的狗，我谁也不爱。”

“可这太让人震惊了。我无法平复心情。”

谢尔曼想起五月的阳光照在法院大楼里的那些文件上：“你受了惊。可你不是唯一受了惊的人。”

“你做下这种事，我觉得你该被关进米利奇维尔的精神病院。”

“米利奇维尔！”谢尔曼冷笑，他那无力的双手模仿着白痴来回摆动，“我太聪明了，孩子，进不去米利奇维尔。没人会相信我对那狗做了什么。甚至那些治疯子的医生也不会相信。你若是认为那就是疯狂，你等着瞧，看看我还会干出什么事。”

杰斯特被他嗓音中暗含的杀机所吸引，禁不住问：“你要干什么？”

“我要做一件疯狂至极的事，我这辈子从未做过，任何黑人都未曾做过。”

可谢尔曼不会向杰斯特透露他的计划，而杰斯特也无法让谢尔曼对杀死虎子生起一丝负罪感，甚至不能让他意识到这事干得有多恐怖。那天杰斯特太过伤心，上不了学，心里又躁，在家待不住，他跟祖父说虎子死了，死在睡梦中，他已埋葬了它，老法官并未追问。生平第一次，杰斯特逃了课，去了机场。

老法官空等了谢尔曼一场，谢尔曼却径自写着信，用他那“天使般的字体”。他给亚特兰大办事处写了封信，请求在米兰镇的白人社区租个房子。等法官过来叫他，谢尔曼便声称自己再也不会为法官工作了，阁下可以另觅他人了。

“你的意思是你要把我置于绝境？”

“正是如此。法官，置于绝境。”

法官失去了谢尔曼的陪伴，只能再度依靠自己打发时光。借助新的放大镜，他读着《米兰信使报》，身边只有一个沉默的仆人，这个仆人有着半个印第安血统，从来不会哼歌，而杰斯特又去上学了，法官疲惫不堪却又无所事事。镇上此时正举办着一场兽医大会，这可算是个福佑。波克·塔特姆参加了会议，还有其他六位代表都住进了法官的房子。医骡子的兽医，猪兽医，狗医生，他们狂饮之后，从楼梯扶手上一路滑了下来。法官觉得从扶手上滑下来未免有些失礼，便怀念起和妻子一同参加的教堂集会，气氛文雅庄重，在那些场合，牧师和教堂代表都唱着圣歌，言辞谨慎。兽医大会一结束，波克也离开了，房子比从前更加孤寂，老法官心中空虚，越发觉得茫然无措，心底也越发凄楚。他怪谢尔曼弃他而去。他回想着那些家中不止一个仆人的时光，有两个，三个，房子里的声音就如棕色的河水一般汇聚在一起。

这段时间里，谢尔曼也收到了办事处的回信，他也邮了汇票付了租金。没人质疑他的种族。两天后他便搬了进去。房子就位于马隆房子的转角处，紧邻着马隆夫人继承的三所小房子。谢尔曼租的房子旁边是个小商店，商店过去就是黑人的社区。他的房子看上去破败寒酸，却依然处于白人社区。萨米·兰柯带着兰柯一家就住在隔壁。谢尔曼分期付款买了一架小型钢琴，一套货真价实的古老家具，雇人搬到了新房子里。

他是五月中旬搬进去的，他终于引人注目了。这个消息如野火般在整个镇子里蔓延。萨米·兰柯向马隆抱怨，马隆找到了法官。

“他将我置于绝境。我也正憋着火呢，不能再让他瞎闹下去了。”萨米·兰柯、本尼·威姆斯，还有药剂师马克斯·格哈特，在法官的房子里四下转悠。法官劝着马隆：“我也和你一样不支持暴力，J.T.，可这样的事一旦发生，我认为我有责任有所行动。”

其实法官背地里兴奋难抑。法官曾参加过三K党[①]，三K党后来被镇压了，他依然对其耿耿于心。他再也不能去派恩芒廷参加白色床单会议了，也无法再让自己周身涌动着隐而不见的力量。

马隆可没入过三K党，只觉得近日愈发消瘦。那间房子不是他

① 美国历史上以及现代奉行白人至上主义和基督教恐怖主义的民间仇恨团体。

妻子的财产，感谢上帝，而且那房子都开始下陷，一边也已倾颓。

法官劝道：“事态若照此发展下去，J.T.，如你我这等人自是不会受到影响。我这儿有自己的宅院，你在那个上好的街区也有自己的家宅。对我们自然无损。黑鬼不太可能搬到我们这里来。但我是作为镇上的首席公民来讲话的。我是为了那些穷人，为了那些无所盈利的人站出来说话的。我们这些市民中一等一的人物就该为那些下层人说话。萨米·兰柯进屋时，你注意到他的神色了吗？我觉得他都要中风了。整个人都怒火难平，因为他的房子就在隔壁呀。你要是住在黑鬼隔壁，你会怎么想？”

“我绝不愿意。”

“你的地产将会贬值，老格林拉夫夫人留给你妻子的地产会掉价的。”

马隆说：“这么多年了，我一直都劝妻子把那三所房子卖掉。这些房子如今就是些贫民窟。”

“你我都是米兰镇的首席公民……”能与法官同享这一称号，马隆心中暗自骄傲，竟也唯唯诺诺地承认了。

“另一件，”法官继续劝，“你我都有自己的财产，地位声望也都尽有。可萨米·兰柯除了那么一大堆孩子，还有什么呢？萨米·兰柯，还有像他一样的穷白人，除了白皮肤，他们还有什么呢？没资产，没金钱，又没人能供他们鄙视——这便是整件事的症结所在。虽然这么说，对人性的理解略显悲观，可的确是每个人都需要其他什么人供他鄙视。因此，在这个世界上，萨米·兰柯只有黑鬼能让他鄙视了。J.T.，你看出来了吧，这事关乎尊严。你和我都有自尊，我们血脉相传的尊严，我们后代也会享有的自尊。可萨米·兰柯除了那一大堆宠溺的三胞胎、双胞胎，还有一个生了太多孩子，整日坐在前廊吸鼻烟、筋疲力尽的妻子，他又有什么呢？”

如此便定好几个钟头之后，在马隆的药房开会，杰斯特会开车送法官和马隆过去。那天夜里，静谧的月亮悬在五月的夜空。对于杰斯特，对于老法官，这不过是轮月亮，马隆却带着一种空虚的伤感望着这轮明月。在多少个五月的夜空里，他曾留意过月亮？如今夜这般的明月，他又能看见多少次呢？这一次会是最后一次吗？

这功夫，马隆正安静地坐在车里，暗自思忖着，杰斯特也在想着心事。今晚开会是为了什么呢？他觉得该是与谢尔曼搬到白人社区有关。

待马隆打开了通向调药间的侧门，他和法官便走进房间。“孩子，回家去吧。”法官对杰斯特吩咐着，“等会儿会有男孩送我们回去的。”

马隆和法官进了药房，杰斯特把车停在转角处。马隆打开了电扇，暖意窒闷的空气搅动起来，扬起一阵微风。他没把药房的灯全打开，半明半暗让房间笼罩在密谋的氛围中。

他以为来客都会从侧门进来，当正门传来一阵很响的捶门声时，他吃了一惊。是治安官麦高尔，他双手小巧，略微透着紫色，他的鼻梁断了。

与此同时，杰斯特也回到了药房。侧门虽关上了，却并未上锁，他便悄悄溜了进去。这时间，恰好一群人刚到，敲了前门之后，被引入房中，没人注意到杰斯特在药房内。藏身于调药间的暗影中，杰斯特悄悄地不出声，害怕一旦被发现，他会被赶走。药房都已打烊了，他们这么晚在这里做什么？

马隆不知道会议该如何进行。他本来期待着来的都是市民中有头有脸的人物，但是除了汉密尔顿·布里德洛夫，米兰银行与信托公司的出纳，马克斯·格哈特，尼海饮料公司的药剂师，就没有几位有身份的人了。法官的那些老牌友都来了，本尼·威姆斯，斯波特·刘易斯，萨米·兰柯也都来了。其他几位刚到的，马隆只是见过，并不相识，可他们也都是无名之辈。一群小伙子穿着工装裤来了。不，他们可不是什么镇子里的翘楚，多数不过是些乌合之众。而且，他们到这里时，都已经灌了些酒，空气中便有些狂欢的意味。一个瓶子被传来传去，最后放在了冷饮柜上。会议尚未开始，马隆已然后悔，他就不该出借药房给这群人。

兴许是马隆的心境使然，可那天晚上，他确能想到每一个在场之人身上发生过的不快之事。治安官麦高尔，专惯殷勤讨好法官，手法太过张扬，甚至激怒了马隆。况且，他曾看见治安官用他的警棍在第十二街与主街的转角处打一个黑人女孩。马隆又细细端详起斯波特·刘易斯。斯波特的妻子和他离婚了，原因是他对她犯下了极端的精神暴力。马隆也有家，他想知道什么是极端的精神施暴。刘易斯夫人办妥了墨西哥式离婚[①]之后，不久便又再婚了。但是那个所谓的——极端的精神施暴究竟是什么呢？他知道自己也非圣贤，曾经还出过轨。但是没人因此受伤，玛莎也一直不知道。一种极端的精神施暴？本尼·威姆斯整日游手好闲，他的女儿又病怏怏的，因此他总是在马隆这里赊账，账单一直都没还清。听说马克斯·格哈特聪明过人，他都能弄清楚喇叭声需要多久能到达月球。可他是个德国人，马隆一向不信任德国人。

这些聚集在药房中的人都乃无名之辈，不过是些小人物，马隆平日里无论如何都不会想到他们。可是今夜，他看出了这些庸众身上的缺点，他们那些琐碎的不堪之事。不，他们中绝无杰出之人。

---

① 墨西哥式离婚：20 世纪 60 年代，一些纽约人会驱车到墨西哥办理离婚，因为墨西哥办理离婚的手续简单、快捷，比美国的许多州办理所需费用更便宜。

一轮金黄的圆月让马隆悲从中来，尽管夜晚暖意袭人，他却觉得寒冷彻骨。药房里威士忌的味道太过强烈，他有些犯恶心。看见有十多个人到了，他便问法官："人都来齐了吗？"

法官看似也有些失落，说道："十点了，应该就这些人了。"

法官用了他演讲时惯用的浮夸嗓音："公民朋友们，我们作为这个社区的重要公民相聚一堂，我们在这个社区拥有产权，我们是民族的守护者。"房间里一阵静寂。"可日甚一日，我们这些白人公民有了麻烦，我们甚至被严重地欺骗。仆人少得如凤毛麟角，你得花大价钱才能养个仆人。"法官聆听着自己的发言，望向听众，意识到自己根本就开错了头。因为面前这些人大致来说都养不起仆人。

他又继续说下去："公民朋友们，我们镇上难道没有城市区划法了吗？你难道想让炭黑子黑鬼搬到你的隔壁住吗？难道想要你的孩子挤在巴士的后排，而让黑鬼们坐在前排吗？你难道想让你的老婆隔着后院的篱笆和大个儿黑鬼拌嘴吗？"法官抛出一连串设问句。人群里传出一阵低声嘟哝，不时听到有人喊着："不，老天啊，不。"

"难道我们要让我们这镇子的划分区域由黑人决定吗？让我来问你，我们真的要这样吗？"法官小心地保持着平衡，用拳头敲击柜台，"此刻便是抉择的时刻。谁是这个镇子的主人，是我们还是黑人？"

大家互相传递着威士忌，房间里弥漫着同仇敌忾的情谊。

马隆透过玻璃窗望向窗外的明月。看见皓月当空，他便有些犯恶心，可他已忘了为何如此。他希望自己是在家和玛莎一同夹核桃，或是坐在家里的前廊下，把脚放在栏杆上喝啤酒。

"谁去把那杂种的家炸了？"一个沙哑的嗓音喊道。

马隆意识到人群中并没几个人真的认识谢尔曼·登，但同一种恨意却让他们结下情谊，促使大家一同行动。"法官，我们是不是该抽签决定呢？”本尼·威姆斯从前做过这档子事，便向马隆要了支铅笔，拿起一张纸，又把纸撕成纸条。之后，他在一张纸条上写了个X：“谁抽X，谁去。”

目睹这样闹哄哄的场面，马隆心中不解，周身有股寒意，他依然望着月亮，冷冷地说：“我们不能和那个黑人聊聊吗？我从来对他都不甚喜欢，即便是他为你工作那段时间，法官。他一直就是个厚颜无耻的黑人，总是副傲慢无礼的样子，彻头彻尾的卑鄙小人。可是若是用暴力，扔炸弹，我不同意。”

“我也一样不赞成啊，J.T.，我充分认识到，我们作为公民团体的成员，应该遵守法律。但是如果法律没有保护我们的利益，或是我们的孩子或后代的利益，我情愿绕过法律，只要动机是正当的，只要整个事态的发展威胁到了我们社区的道德准则。”

“大家都准备好了吗？”本尼·威姆斯问道，“抽到X的人就去。”那一刻，马隆着实憎恶这个本尼·威姆斯，长着瘦长脸的汽车修理工，地道的好酒之徒。

在配药间，杰斯特紧紧贴着墙坐着，他的脸都贴到一瓶药上了。他们就要抽签来决定谁去炸谢尔曼的房子了。他必须去提醒谢尔曼，可他不知如何走出药房，他便继续听着会议进行。

治安官麦高尔说：“你们可以用我的帽子。”说着便贡献了他的宽边帽。法官第一个抽了签，其他人也逐一抽了。马隆拿到一个卷成一团的纸，他的手在颤抖。他多盼望自己此刻正在家中，那儿才是他该待的地方。他的上嘴唇紧紧抿住下嘴唇。每个人都在昏暗的灯光下展开纸。马隆望着这群人，看见他们的神情骤然间渐次放松下来。马隆只觉得恐惧不安，瞧见自己那张展开的纸上画着个X，毫无惊讶之色。

“我就猜到可能是我。”他压低声音说。所有人都在紧紧瞅着他。他的声音提高了些：“但是如果是去扔炸弹或者施暴，我不会去做。”

“绅士们，”马隆环顾药房，意识到在场的并没几位绅士，可他继续说下去，“绅士们，我离死神太近，不能犯下罪恶，不能蓄意谋杀。”竟然在这群人面前谈论死亡，他只觉得局促不安，痛苦不已。他的声音高了些，说：“我不想让我的灵魂濒于险境。”大家都凝视着他，就好像觉得他已彻底疯癫，正在胡言乱语。

有人嘟囔：“胆小鬼。”

“哎呦，真见鬼，”马克斯·格哈特说，“那你干吗来参加会议？”

马隆担心自己会在大庭广众之下，当着药房的这群人面哭出来：“一年前，我的医生告诉我，我活不过一年，最多还有十六个月了，而我不想让我的灵魂陷于险境。”

“扯上灵魂干什么？”本尼·威姆斯粗声问道。

马隆心中含羞带辱，重复道：“我永生的灵魂。”他的太阳穴在跳动，双手无力地颤抖着。

“永生的灵魂是他妈的什么东西？”本尼·威姆斯问。

“我不知道，”马隆说，“可是我若是有，我就不想失去它。”

法官目睹着他朋友处境狼狈，自己也觉得窘迫起来。“振作起来，孩子，”他低声鼓励，之后又用响亮的声音对全屋的人讲，“J.T. 此刻觉得我们不该这么做。可是如果我们必须为之，我觉得我们就该团结起来共同做这件事，因为**那样做的话**，这件事整个都会与众不同。”

如今自己已然在众人面前出了丑，已是丢人现眼，马隆索性破罐子破摔，便喊道：“但是这并没有什么不同啊。无论是一个做还是众人做，都一样是谋杀。”

蜷缩在调药室一角的杰斯特想，他未曾想到老马隆竟有这般勇气。

萨米·兰柯啐了口痰在地板上，又开了腔：“胆小鬼。”之后他说：“我去做，乐不得呢，就在我家隔壁。”

所有的目光都集中在萨米·兰柯身上，他顿时成了英雄。

第十三章

杰斯特旋即去了谢尔曼的家中通风报信。待他把药房发生的种种事情都讲了一遍，谢尔曼的脸色变得灰白，在死亡的恐惧下，黑皮肤变得苍白便显出这种面色。

他罪有应得，杰斯特自忖。让你害死我的狗。可是他一看见颤抖的谢尔曼，便忘记了那狗，仿若回到了将近一年前，回到那个夏夜，仿佛他又是初次见到谢尔曼。他便也开始颤抖，可这一次却并非起于激情，而是因为为谢尔曼忧心，心里终究放不下。

谢尔曼突然大笑起来。杰斯特搂住他不停打战的臂膀："别这样，谢尔曼。你必须离开这里。你必须离开这幢房子。"

谢尔曼环视着这个房间，瞧着这些崭新的家具，分期付款买的小型钢琴，分期付款买的纯古董沙发，还有两把椅子，他泪如雨下。壁炉里生着火，尽管今夜熏风和暖，谢尔曼却浑身冰冷，火焰让他觉得惬意，透出家的温馨。在火光的映照下，眼泪在灰色的脸庞上散发着紫色与金色的光芒。

杰斯特再一次提醒他：“你必须离开这里。”

“离开我的这些家具？”杰斯特深知他的这副野性子，谢尔曼开始聊起了家具，“你还没见过我卧室的家具吧？罩着粉红色的床单，还有卧枕。你也没瞧瞧我的衣服。”他打开了柜子门，“四件全新的雅戈尔套装。”

他又猛地奔到厨房，接着说：“还有全套现代化装配的厨房。而且，这些都是我的。”在拥有这一切的狂喜中，谢尔曼似乎已将恐惧置之脑后。

杰斯特问：“可你就没想过会出这种事吗？”

“我想过会，又觉得不会。可绝对不会有事的！我已经邀请了客人来参加新居宴，还发了邀请函，附了‘敬请赐复’的字样。我买了卡尔费特威士忌，陈年佳酿，买了六瓶杜松子酒，六瓶香槟。我们要就着鱼子酱吃松脆的吐司，还有炸鸡，哈佛甜菜和绿叶菜。”谢尔曼环顾着房间，“不会出事的，孩子，你知道这些家具值多少钱吗？所有这些家具，酒，还有衣服，我要花三年多才能还清。”谢尔曼走到钢琴旁，满怀爱意地抚摸着，“我一辈子都想要这么一架优雅的小型钢琴。”

“别再犯傻了，谈什么小型钢琴，还说什么宴会？你难道没意识到这事有多严重吗？”

“严重？为什么他们要炸我？我这么一个根本没人在意的人。我去了一毛商店，还在一张椅子上坐了片刻。这可是千真万确得确有其事啊。”（谢尔曼**确**是去了一毛商店，也的确坐在一张椅子上。可是等店员威逼着走过来时，谢尔曼恳求道，“我病了。小姐，能给我一杯水吗？”）

“如今你可是被所有人盯上了，”杰斯特劝说着，“你怎么就不能忘了关于白人黑人那些疯狂的念头，动身去北方，在那儿，根本就没人在意这个。我若是个黑人，我一定会飞奔去北方的。”

“可我不能，”谢尔曼说，“我已经花了大钱租下这间房子，把这些华美的家具搬了进来。这两天我一直在收拾。依我看，这间房子真是优雅至极。”

这所房子已经瞬间占据了谢尔曼的整个世界。自从在法官的办公室有了发现，这些日子他从未刻意地想过他的父母，只是心中有种迷蒙的凄凉。他必须让自己忙起来，摆弄家具，操持各种事情，总有种危险感弥漫心头，挥之不去，同样萦绕不散的是永不退缩的劲头。他的心一直说着，**我已有所为，有所为，有所为**。而恐惧只是让他越发亢奋。

“你想看看我新买的绿套装吗？”谢尔曼心里惴惴，却又兴奋难抑，便愈加狂躁，进了卧室，穿上他那浅青绿色的丝质套装，还簇新着。杰斯特拼命想劝谢尔曼转念，却只能看着他忙来忙去，穿着他那全新的绿套装在房间里踱步。

杰斯特只能说：“我不在乎什么家具衣服，但我真的在乎你。你没有意识到事情有多严重吗？”

“严重吗，伙计？”谢尔曼开始重重敲击钢琴上的中央C音，“对我这个一辈子都在记黑皮书的人，你居然还敢说严重？我跟你说过我心灵的震颤吗？我震颤，震颤，震颤着！”

“别像个疯子似的敲钢琴，听我说话。”

“我心意已定，我就要待在这儿，就在此处，炸或不炸都一样。而且，你他妈的又在乎什么呢？”

“我不知自己为何如此在意，但我的确很在意。”几次三番，杰斯特自问为何如此在意谢尔曼。当他和谢尔曼在一起时，胃里搅动，心也抽搐。倒也不是一直不停，时断时续地折腾。他弄不懂自己，便说：“我猜是因为波纹。”

“波纹？什么波纹？”

“你没听过这个表达吗？你的心海泛波？”

“去他妈的波纹。我对波纹一无所知。我只知道，我花了大价钱租了这间房子，我就要住下去。对不起。”

“好了，你必须做得比道歉更好些。你必须离开。”

“对不起，”谢尔曼说，“为了你的狗。”

谢尔曼此话一说，杰斯特的心里顿时有丝丝缕缕的甜蜜震颤而过。“忘了狗吧。狗已经死了。我想让你一直活下去。”

“没人会一直活下去，可既然我活着，就要昂头挺胸。”谢尔曼开始大笑。这让杰斯特想起另外一阵笑声。那是祖父谈起魂归九泉的儿子时发出的笑声。毫无意义地敲打钢琴，毫无意义的大笑，他心内悲感油然而生。

是的，杰斯特尽力去告诫谢尔曼，可他根本不把它当回事。如今，只能依仗杰斯特了。可他又能找谁帮忙呢？他能做什么？他只能留谢尔曼一人坐在那里，一直笑着，一直敲击着那架小型钢琴上的中央C音。

萨米·兰柯对制造炸弹一窍不通，便去找了聪明过人的马克斯·格哈特，格哈特制了两颗炸弹给他。过去几天里，他心中的暴躁尽已宁息，那些耻辱与愤怒也几乎消失殆尽，还有那被侮辱与被伤害的尊严，曾经令人惊惧，如今已近乎泯灭，当他携着炸弹，站在那五月轻柔的夜晚，透过洞开的窗扉望向谢尔曼时，他的激情已近耗尽。

木然呆立，他只剩下肤浅的自尊，让他觉得此刻所为乃势在必行。谢尔曼正在弹钢琴，萨米好奇地凝视着他，疑惑一个黑人怎么会弹钢琴。之后，谢尔曼唱起了歌。他那粗壮黝黑的脖子向后仰着，萨米就是朝着那个脖子投去了炸弹。因为他们相距只有几码远，炸弹直接命中。第一颗炸弹投出之后，萨米·兰柯心中野蛮的性子又回来了，还带来一丝快意。他便扔了第二颗，房子顿时燃烧起来。

大街上院子里都已聚集了许多人。有周围的邻居，皮克店里的顾客，甚至还有马隆先生。消防车呼啸着赶来。

萨米·兰柯心知他已击中了那个黑人，却依然等到救护车赶来，看着他们盖住破碎不堪的尸体。

人群依然在房外伫立等待。消防队扑灭了火，人们随即一拥而入。他们把那架小型钢琴拖到院子里，却不知为何要这么做。不久便淅淅飘起了细雨。皮克先生开的杂货店正挨着那座房子，当晚生意特别好。《米兰信使报》在早版新闻中报道了这起炸弹袭击事件。

法官的房子位于镇子的另一端。杰斯特甚至都没听见爆炸声，只是次日一早听到了新闻。法官年纪大了便很容易动感情，听到消息后，心里有些触动。本来就惶惶不定，还念起了旧情，心又慈，脑袋也不再灵光，老法官便去了医院的停尸间。他没看尸体，而是直接移交给了一个机构，交给他们五百美元合众国的绿色钞票，委托其举办葬礼。

杰斯特没有哭泣。他木然地将乐谱《特里斯坦与伊索尔德》仔细折好，之前便早在这份乐谱上题了词，“献给谢尔曼”，将其放入父亲在阁楼里的箱子中，锁了起来。

一夜雨落，此刻已停，久雨过后，碧空如洗。杰斯特走到被炸的房子前，四个兰柯家的孩子正在钢琴上演奏《筷子进行曲》，这钢琴已被毁得面目全非，音全走调了。杰斯特站在阳光下听着毫无生趣、走了调的《筷子进行曲》，气愤不过，更是悲从中来。

“你父亲在家吗？”他问兰柯家的一个孩子。

“没在。”孩子回答。

杰斯特回了家。他找到手枪，那支他父亲用来自杀的枪，将其放于仪表盘后面的储藏柜里。之后便开着车慢悠悠地在镇上转，他先是去了工厂，到处打听萨米·兰柯。他不在那儿。那首走了调的《筷子进行曲》，梦魇般缠绕不去，兰柯家的孩子们，再加上找不到萨米·兰柯，杰斯特心中沮丧，便用拳头狠狠地砸着方向盘。

他的确为谢尔曼忧心，却从未料到真会出事。不会真有什么事的。不过是场噩梦。《筷子进行曲》，毁坏了的钢琴，还有一定要找到萨米·兰柯的决心。待他再次发动汽车在路上转悠，便看见萨米·兰柯在马隆先生的药房前懒洋洋地消磨时光。杰斯特打开车门，喊他过来。“萨米，你想不想和我一道去机场？我带你坐飞机。”

萨米睡意正蒙眬，懵懵懂懂的，便骄傲地咧嘴笑了起来。他暗自揣度：我已经算是镇上的名人了，连杰斯特·克兰恩都要带我坐飞机。他便跳上了车，心里乐开了花。

在虎蛾机里，杰斯特先安顿萨米坐下，自己爬到飞机另一侧。枪藏在口袋中。起飞之前，他问：“以前来过机场吗？”

“没有，先生，”萨米回答，“可我并不害怕。”

杰斯特的起飞堪称完美。满目的蓝天，空气又清新，还有劲风阵阵，都让他麻木的灵魂渐渐复苏。飞机开始攀升。

“是你杀了谢尔曼·登吗？”

萨米只是粲然一笑，点点头。

谢尔曼的名字一出口，内心深处又起波澜。

“你有人寿保险吗？”

“没有。我只有一堆孩子。”

“你一共有多少个孩子？”

“十四个，”萨米说，“有五个已经长大了。”

萨米坐飞机坐得惶遽失色，神经质地念叨些蠢话：“我们两口子差一点就能生出五胞胎啦。一胎三个，又一胎两个。加拿大的五胞胎先出生，我们紧随其后生了第一胎。我们夫妻俩一想到加拿大五胞胎——家里堆金积玉，如今又名扬天下，老爸老妈本来就有钱，还名声显赫——我们俩心里就不是滋味。我们本来可以中头彩的，每次我们做的时候，我们就想我们是在制造五胞胎。可我们只生过三胞胎和双胞胎，剩下的就是些单个的。有一次，我们俩带着所有的孩子一起去了加拿大，去看五胞胎在他们那小小的玻璃游戏屋里。我们那些孩子全都出了麻疹。”

“这就是你生那么多孩子的原因。”

“对啊。我们想中头彩。我们两口子注定要生双胞胎、三胞胎这一类的，可却从来没中过。不过，《米兰信使报》上登了篇文章，写的就是我们米兰镇的三胞胎。我把那文章剪了下来，裱装好后，挂在了我们客厅的墙上。为了养那些孩子着实辛苦，可我们从未放弃。现如今，我妻子身子不中用了，一切都结束了。我永远都不过是个萨米·兰柯。”

这故事何等荒诞，又让人暗自怜惜，杰斯特不由得大笑起来，笑声阵阵透出了万念俱灰。可一旦笑出来，内心便充盈着绝望与悲悯，他便自知不会再用那把手枪了。因为在那一刻，心中的伤痛竟催发了恻隐之心。杰斯特从口袋里摸出手枪，将它扔了出去。

“那是什么？”萨米万分惊恐。

“没什么，”杰斯特回答，他转过头看着脸色变绿的萨米，“你现在想着陆了吗？”

“不，”萨米说，“我一点儿都不怕。”

杰斯特便继续在空中盘旋。

从两千英尺的高空向下看，莽莽大地，风貌一片井然。甚至如米兰这样的小镇，此处彼处的景色竟也对称，每一处都精致完整，仿若微小的灰色蜂巢。周围的地形似乎依据另一种法则规划设计，比人的偏执与财产法更精确合理：呈现平行四边形的松林，正方形的田野，长方形的草地。此刻万里无云，环顾四周，再望向头顶，尽是一片炫目的纯蓝，目难穷尽其广，想象力亦难及其深。可若向下俯瞰，会发现地面却是圆形的。大地有止境。从这个高度你看不见人影，更看不见人所受的种种屈辱，个中细节都不在眼前。从远处望去，大地尽善尽美，完整无缺。

可心灵却对这幅一丝不乱的景致全然陌生，想要爱这片土地，必须靠得更近。向低处滑翔，低空俯瞰镇子与郊野，之前的完整无缺碎裂为缤纷的印象。春去秋来，镇子里看不出差别，但土地却在变幻。早春时节，田野就像打了片片补丁，用灰色灯芯绒布缝制，穿久了脱了色，每一块都像极了彼此。这个时节，你便能分辨出不同的庄稼：灰绿色的是棉花，如蛛网般稠密的是烟草地，鲜绿色的是玉米地。随着你继续盘旋，整个镇子变得疯狂而又复杂。你会看见所有那些凄凉的后院中，不为人知的角落。那些灰色的栅栏，一间间工厂，乏味的主街。从空中望下去，人们都缩小了，脸上都带着种呆板的表情，全都像上了发条的娃娃。他们就如在随机发生的不幸中机械移动。你看不见他们的眼睛。终有一刻，这一切都让你不堪忍受。从高空遥望整个地面，比不过凝视一双人类的眼睛更有意义。即使你所凝视的是仇人的双眼。

杰斯特凝视着萨米瞪圆的双眼，那双眼中充满恐惧。

杰斯特在这番长途冒险中，经历了激情与友情，爱情与复仇，如今一切都结束了。他轻柔地降落，让萨米·兰柯下了飞机——让他去跟家人吹嘘自己如今多有名，甚至连杰斯特·克兰恩都会带他坐飞机兜风了。

第十四章

起初马隆还介怀不已。当看见本尼·威姆斯和维兰药房做起了买卖，治安官麦高尔每天也不再来他的药房喝可乐了，他心里都很在意。表面上他暗自忖度："去他的本尼·威姆斯；去他的治安官。"但内心深处，他却有所担忧。那晚在药房发生的事，是不是损害了药房的声誉，会不会影响销量呢？他那晚一味地固执己见，付出这样的代价值得吗？马隆心中惶惑，尽日忧虑，却依然不明所以。这番思虑难免衰耗了身子。他开始出现各种疏漏——对于像马隆这样精通计算的人来说，账目上出错可是颇少见的事。他送出的账单数目出了错，顾客便开始有了怨言。可他体力不济，无力促销，没办法维持营业额。自知身子一日不如一日。他只想躲在家中，便常常在那张双人床上躺上好几天。

将死的马隆对日出颇为敏感。在经历了漫漫无尽的黑夜之后，他注视着虚假的黎明到来，又凝望着东方天空的变幻：最初是象牙色，之后变为金色，最后是橙色。天气若是暖晴宜人，花也开得正艳，他便会倚着枕头坐起来，急盼着吃早餐。可若天气令人沮丧，天空阴沉，或是落了阵雨，情绪便会受了天气的左右，他会打开灯，焦躁不安，抱怨不停。

玛莎尽力安慰他：“不过是因为这夏日初来，热浪袭人。等习惯了这天气，你会感觉好些的。”

可并非如此，并不是天气的缘故。他再不会将命之终结与季节伊始相混淆。紫藤篱架上胭脂红的薰衣草瀑布匆匆来去。他已无力打理花园。此刻，柳树的金绿色已变得深沉。很奇怪，他一向将柳树与水牵系在一起。可他的柳树并非傍水而居，尽管有条小溪穿街而过。是的，大地又开始了季节的轮回，春天又来了。可他心中再也没有了对自然的厌嫌，也寻不见对万事万物的反感。他的灵魂感到一种奇异的轻盈，心下不禁狂喜。如今，当他凝视大自然时，大自然便成了他自身的一部分。他再不是从前的那个人，不会注视着没有指针的钟。他并不孤单，他不再反抗，他毫无苦痛。这些日子，他甚至都没有想过死亡。他不是一个将死之人——没有人曾经死去，每个人都已死去。

玛莎就坐在房间里织着衣服。她刚学会编织，看着她织织缝缝的，马隆便觉得心安。他再也没有想过孤独的各种滋味，曾经，这事也困于心头，令他百思莫解。他的生活不可思议地收缩了。有床，有窗，还有一杯水。玛莎用托盘为他端来三餐，她还经常放一瓶花在床头——有玫瑰，长春花，还有金鱼草。

对妻子的爱意曾经衰退，如今却重又回了心间。玛莎换着花样做些精致可口的饭菜来吊他胃口，或是坐在病房里织着衣裳，这些时刻，马隆就感到了她的爱弥足珍贵。有一次，她从古迪百货商店买了个粉色的靠垫，为了让他倚靠着坐在床上，不必只倚那些个潮乎乎、软沓沓的枕头，心中不觉一阵感动。

自那次在药房举行了会议，老法官便像对待伤病号一样对待马隆。他们的角色如今调转了：现在是法官带来一袋袋的脱水玉米粉，芜青菜，还有水果，就像去看病人时带的食物一样。

五月十五日这天，医生来了两次，早上一次，下午又来了一次。现在为他看病的是韦斯利医生。五月十五日，韦斯利医生和玛莎单独在起居室谈话。马隆毫不介意他们在隔壁房间谈论他。他不担心，也不好奇。那一夜，玛莎帮他擦洗身上时，她擦了他发烧的脸，在他的耳后也洒了古龙水，又滴了许多在脸盆中。之后她用这散发香气的水帮他洗了毛茸茸的胸和胳肢窝，洗了他的腿和生了茧子的脚。最后，她轻柔地帮他洗净了那软绵绵的生殖器。

马隆说："甜心，世上再难找你这么好的妻子了。"这是自他们结婚之后，他第一次这么叫她。

马隆夫人走进厨房。等她出来时，已在厨房哭了一小会了，她手里拿着热水瓶。"一早一晚都挺冷的。"待她把热水瓶塞进他的被子后，她问："舒服吗，宝贝？"

马隆从靠背上滑下来，用脚摸了摸热水瓶。"甜心，"他问，"我能喝杯冰水吗？"可待玛莎拿来了冰水，冰块硌到了他的鼻子，他便说："这些冰让我的鼻子痒痒。我只要一杯冷水就好了。"马隆夫人便把冰块从杯中倒掉，又退回厨房哭了起来。

他并不痛苦，却总觉得骨头很沉，他便诉说着这种感受。

"宝贝，你的骨头怎么会觉得重呢？"玛莎问。

他说他想吃西瓜，玛莎便去了镇上最好的卖水果和糖果的店铺——皮扎拉蒂水果店，买了海运过来的西瓜。可待切下一片带着银霜的粉红色西瓜，放在盘子里端给他吃时，尝在嘴里却与想象的滋味相迥。

“J.T.，你得把它吃了，好保持体力。”

“我要体力有什么用?”他说。

玛莎做了奶昔，又偷偷在里面打了个鸡蛋。其实打了两个鸡蛋。看见他把它喝了，她心里才觉得安慰了些。

艾伦和汤米回家后，来病房坐坐，他们的声音对他来说太吵了，尽管孩子们已经尽量轻声交谈。

“别烦父亲，”玛莎说，“他现在感觉很累。”

十六号那天，马隆感觉身子清爽了些，甚至想着自己来刮胡子，好好洗个澡。他便坚持要去浴室，可等他走到盥洗池边上，便不得不用手扶住池子，玛莎只好扶着他回到了床上。

可他身上激荡着生命最后的活力。那一天，他的心性变得异常敏感。在《米兰信使报》上，他读到一个男人从火中救出了一个孩子，自己却失去了生命。尽管马隆不认识那个男人，也不认识那个孩子，他却潸然泪下，还哭了半晌。他读到的一切都会令他心有所动，天空会触动他，窗外的世界会触动他——那天天气晴朗，碧空无云—— 一种奇特的幸福感占据了他。若不是觉得骨头太重，他觉得自己完全可以起身去药房了。

十七号时，他没有看见五月的日出，因为他还在沉睡。生命的活力已渐渐离他远去。声音好似都来自远方。他吃不下午餐，玛莎便在厨房为他做了个奶昔。她放了四个鸡蛋进去，他埋怨味道不好。对往昔的回忆与对今朝的怀想两相淆杂。

在他拒绝吃鸡肉晚餐之后，家中来了个不速之客。克兰恩法官突然闯进了病房。他怒火中烧，太阳穴在不停跳动。“我来是想拿点镇静药，J.T.。你听广播里的新闻了吗?”待他瞧见马隆，便被他那气若游丝的模样惊骇到了。老法官心中，悲愤交加。“抱歉，J.T.，”他的嗓音一下子谦卑起来，之后嗓音又变大了，“可你听说了吗？”

“哦，法官，出什么事了？听说什么？”玛莎问。

法官愤怒得语无伦次，口中唾沫飞溅，他讲述了最高法院对学校取消种族隔离的决议。玛莎目瞪口呆，只能说：“哇！我的天啊！”因为她还没悉数明白他的意思。

“我们还有些手段来阻止这事，”法官大声喊着，“这事永远都不会发生的。我们会抗争。所有的南方人都将奋战到底。奋战到死。写在法律里是一回事，真的实行却是另一回事啦。有辆车在等我；我要去广播站发表演讲。我要召集大家。我要讲得简明扼要，要能激动人心。你明白我的意思，不卑不亢又要癫狂十足。就像‘八十七年前……’那种，我要在去广播站的路上好好酝酿一番。别忘了听。这将是具有历史意义的演讲，也会让你从中受益的，亲爱的J.T.。”

马隆起初根本没意识到老法官在房间里。只是听到了他的声音，感到他汗流浃背的巨大身形。之后，言辞，声音，都在他那无法理解的耳朵里弹跳着：取消种族隔离……最高法院。概念与思想在他脑中冲击，力量却太过微弱。终于，马隆对老法官的爱意与深情将他从死亡边缘唤回。他看了看收音机，玛莎将它打开，却是一个舞蹈乐队在演奏，她便将音量拧小。接下来再度播报了宣布最高法院决断的新闻，之后便是法官的演讲。

在广播站的隔音房间中，法官就如一个专业播报员一样手持麦克风。但尽管他在来的路上尽力去构思演讲稿，却一个字都没想出来。那些观点可真是够乱套，又令人难以置信，他不知该如何抗议。心里的种种想法又都过于感情用事。因此，法官心里生着气，又全然不服输——随时等着中风可能会发作，甚至发生更糟糕的事——他握着麦克风站在那里，哑口无言。唯一能想起的是在法学院读书时，背诵的

第一篇演讲。不知为何，他依稀觉得自己即将出口的都与心意相悖，可依然讲了起来。

“八十七年前，”他说，“我们的先辈在这片大陆上创立了一个新的国家，它孕育于自由之中，奉行人生而平等的原则。如今我们正在进行一场伟大的内战，以考验这个国家，抑或考验任何孕育于自由之中，奉行上述原则的国家能否长久存在。”①

之后听到房间里有扭打的声音，法官大肆咆哮：“你干吗要推我！”但是一旦你开始念诵这篇不朽的演讲，就很难半途而废。他继续背诵下去，声音更大了：

“我们在这场战争中的伟大战场上相会。一些人为了这个国家付出了生命，我们在此聚会就是为了将这片战场的一块土地献给他们，作为他们永久的安息之所。我们这么做完全顺乎天理。”

“我说了不要推我。”法官又喊起来。

“但是，在更广泛的意义上，我们不能奉献这片土地——不能将其奉为神灵——更不能将其神圣化。那些勇敢的人，无论依然活着，还是已然死去，是他们在此处的奋战将此地神圣化，远远超过我们微薄之力所能增减的。世界不会留意，更不会永远记得我们在此地说过的话……”

“看在上帝的分上！”有人喊道，“停！”

老法官站在话筒前，方才话语的回音犹在耳边，想起他在法院时敲击木槌的声音。意识到这种惊人的相似，令他濒于崩溃，但旋即便喊道：“这不过是反向论证！我是说我在反向论证！别切断我的话！”法官急切地恳求着：“请别切断我的话。”

① 摘自林肯的葛底斯堡演说。

但是他们听到了另一个播音员开始讲话，玛莎便关掉了收音机。“我不明白他在说什么，”她说，“究竟怎么回事？”

“没事，亲爱的，”马隆说，“冰冻三尺，非一日之寒。”

可他的生机正离他远去，而在弥留之际，生活呈现出马隆从未知晓的井然之序，一切都变得简单。他的气势、生命力已经消失了，而且他似乎也不再需要它们。唯有生命的设计图景浮现在眼前。最高法院取消学校的种族隔离，这又与他何干呢？对他来说，没什么值得介怀。就算玛莎在床脚边摊开所有可口可乐公司的股票，一张张地数，他都不会抬一下头的。可他的确想要一件东西，因为他说：“我想要一杯冰镇的凉水，不加冰。”

但在玛莎拿着水回来之前，生命便轻缓地离开了J.T.马隆，没有一丝挣扎与恐惧。他的生机已逝。而对于拿着满满一杯水站在一旁的马隆夫人来说，听上去就如一声叹息。

年 表

一九一七年　露拉·卡森·史密斯二月十九日出生于佐治亚州首府哥伦布，是拉马尔和玛格丽特·沃特斯·史密斯的第一个孩子。

一九二六年　开始上钢琴课。

一九三〇年　去掉名字中的“露拉”，立志要成为一名钢琴家。

一九三二年　身患严重的风湿热，当时被误诊，这件事之后被认为与她晚年的中风关系密切。据信，就是在这一年，她告诉最要好的朋友，她决定要成为一名作家。

一九三三年　自哥伦布高中毕业，开始写作剧本和她第一部短篇小说《吸管》，这篇小说最终在一九六三年得以出版。

一九三四年　乘坐汽轮从萨瓦纳前往纽约市，先是在哥伦比亚大学登记参加了文学创作班，在接下来的一年，进入纽约大学学习。

一九三五年　与小詹姆斯·利夫斯·麦卡勒斯相遇。

一九三六年　第一篇正式刊载的短篇小说《神童》挣到二十五美元的稿费，这个短篇刊登在该年十二月号的《故事》杂志上。再一次患上风湿热（这一次被误诊为结核病）。在养病期间，开始筹划她的第一部长篇小说。

一九三七年　与利夫斯·麦卡勒斯结婚，搬家到北卡罗来纳州的夏洛特市——利夫斯在那里的零售信用公司找到了工作。她开始撰写一部她称为《哑巴》的小说。

一九三八年　搬家到北卡罗来纳州的费耶特维尔市。提交了《哑巴》的六个章节及故事大纲参加米夫林出版公司新人出道作大赛，赢得了一份合同，以及五百美元的出版预付款。

一九三九年　完成《哑巴》，开始写第二部长篇小说——《军中来信》，稍后被更名为《金色眼睛的映像》。筹划第三部小说，《新娘和她的兄弟》，亦即后来的《婚礼的成员》。

一九四〇年　《哑巴》更名为《心是孤独的猎手》，由米夫林出版公司出版。出席佛蒙特州明德学院的布莱德·洛夫作家会议。《金色眼睛的映像》分为两个部分，于该年十月和十一月在《时尚芭莎》[①]杂志上发表。与利夫斯分居，搬到布鲁克林的一家社区公屋居住；同住的房客包括威斯坦·休·奥登[②]和吉普赛·罗斯·李[③]。

---

① 全球历史最为悠久的顶级时尚杂志，一八六七年创刊。

② 威斯坦·休·奥登（Wystan Hugh Auden，1907—1973）：英国出生的美国诗人，是继叶芝和艾略特之后，最重要的英语诗人。

③ 吉普赛·罗斯·李（Gypsy Rose Lee，1911—1970）：美国三十年代脱衣舞明星，一九三七年登上银幕。代表作有《玫瑰影后》《巴格达的姑娘们》等。

一九四一年 《金色眼睛的映像》由米夫林出版公司出版。造访萨拉托加温泉市的耶都艺区，并在那里完成了《伤心咖啡馆之歌》。开始跟利夫斯办理离婚。第一次脑中风之后，在这一年的晚些时候患上严重的肋膜炎、链球菌喉炎和肺炎。

一九四二年 《树·石·云》被选入《欧·亨利纪念奖小说年选》。获得古根海姆创作基金。糟糕的健康状况迫使她取消了前往墨西哥的旅行。利夫斯延长服役时间。

一九四四年 病情更为严重。父亲去世。利夫斯在诺曼底战役中受伤。《伤心咖啡馆之歌》被选入《最佳美国短篇小说年选》。

一九四五年 与利夫斯再婚。完成《婚礼的成员》。

一九四六年 米夫林出版公司出版《婚礼的成员》。在南塔克特岛上与田纳西·威廉斯一道将《婚礼的成员》改编为剧本。再获古根海姆创作基金，与利夫斯前往巴黎。

一九四七年 两次严重中风，第二次中风令她左臂瘫痪。回到纽约。

一九四八年 与利夫斯分居，尝试自杀，后与利夫斯和解。公开支持哈利·S. 杜鲁门的总统竞选。

一九四九年 新方向出版公司出版《婚礼的成员》(剧本)。

一九五〇年 《婚礼的成员》在百老汇帝国大剧院首演。作为当季最佳剧本，这部舞台剧赢得了纽约戏剧评论家奖。再次与利夫斯分居。

一九五一年 米夫林出版公司出版《伤心咖啡馆之歌与其他作品》。开始创作她称之为《碾槌》的作品（其中一部分将会成为长篇小说《没有指针的钟》)。

一九五二年　与利夫斯一起回到欧洲，在巴黎附近买了一所房子。短暂参与电影《终点站》剧本的创作。《婚礼的成员》电影版上映。

一九五三年　利夫斯试图说服卡森一同自杀。她返回纽约。利夫斯在巴黎的一家旅店里自杀身亡。

一九五四年　在耶都艺区度过数月时间，创作《没有指针的钟》和一部剧本《奇妙的平方根》。

一九五五年　在基韦斯特同田纳西·威廉斯一同创作。母亲猝亡。

一九五七年　《奇妙的平方根》在百老汇首演，但是经过四十五场演出后即撤剧。

一九五九年　手臂和手腕进行两次手术。开始写作儿童诗歌。

一九六〇年　完成《没有指针的钟》。

一九六一年　再次手术。《没有指针的钟》由米夫林出版公司出版。

一九六二年　确诊乳腺癌，被施以乳房切除术。左手再次手术。

一九六三年　爱德华·阿尔比①的改编剧本《伤心咖啡馆之歌》在百老汇首演。

一九六四年　右侧髋骨骨折，左侧手肘粉碎性骨折。儿童诗集《甜如泡菜净如猪》由米夫林出版公司出版。

一九六五年　首本麦卡勒斯研究著作——奥利弗·伊文思的《卡森·麦卡勒斯：她的生命与作品》出版。

一九六六年　与玛丽·罗杰斯②合作，将《婚礼的成员》改编为音乐剧。撰写自传《神启与夜之光》（于一九九九年出版）。

一九六七年　因“对文学作出的杰出贡献”获亨利·贝拉曼奖。最

---

① 爱德华·阿尔比（Edward Albee，1928—　）：美国剧作家。

② 玛丽·罗杰斯（Mary Rodgers，1931—　）：美国音乐剧作家、编剧。

后一次中风，重度脑出血，昏迷四十七天。卡森·麦卡勒斯于九月二十九日逝世，埋葬在橡树山公墓，墓碑就在哈德逊河的河堤旁。《金色眼睛的映像》电影版上映。

一九六八年　《心是孤独的猎手》电影版上映。

一九七一年　米夫林出版公司出版《抵押出去的心：短篇小说及非小说作品集》，由卡森的妹妹玛格丽塔·G. 史密斯负责编辑。